www.tredition.de

AF177522

Dirk Viessmann

Peru

Tag & Nacht

...nicht noch ein Reisebericht!

www.tredition.de

© 2016 Dirk Viessmann

Verlag: tredition GmbH, Hamburg

ISBN
Paperback: 978-3-7345-8179-3
Hardcover: 978-3-7345-8180-9
e-Book: 978-3-7345-8181-6

Printed in Germany

Vorwort

Dieses Buch schreibe ich für all diejenigen Wenigen, die der Meinung sind, es sei eine gute Idee, einmal in meinen verkorksten Schädel zu schauen (…Tachchen Marion…) und für ein paar Andere.

Das Geschilderte klingt vielleicht manchmal etwas übertrieben und unwirklich, … und ja, genau das war es auch!

Peru und Bolivien Sommer 2000.

Kapitel

Kapitel 1

Die Ankunft

Nach gut 22 Stunden in der Luft, nur unterbrochen durch langweiliges und unbequemes Hämorrhoidenquetschen auf viel zu glatten Flughafenschalensitzen während den Zwischenlandungen, spuckte uns das Leben um cirka halb sieben Ortszeit in die schmutzige und brodelnde 'schön dass sie da sind, wir haben jedoch im Moment leider keine Zeit zauberhaft zu sein'- Stimmung des Jorge Chávez International-Airport von Lima. Hurra!

O.k. kein Problem damit. Willkommen in der Zwischenwelt.

Alle Gänge und Räume waren voll, staubig, laut und alles war natürlich eine endlos ausgedehnte Nichtraucherzone. Ist ja auch viel gesünder. Und doch wird es sich mir wahrscheinlich nie erschließen, warum man zum damaligen Zeitpunkt auf Inlands- und Kurzstreckenflügen wie nach Malle, also Rein-Rauf-Runter-Raus, auf denen man doch bequem verzichten könnte, dem Tabak wie Momos graue Männer frönen durfte, als wenn es kein Morgen gäbe. Auf langen Interkontinentalstrecken, inklusive den Nervenzehrenden Aufenthalten in innenarchitektonisch -böse aufs Auge gehenden- Transiträumen, jedoch nicht. Welch perverses Vergnügen muss es doch all diesen Körner knabbernden, mit Faktor 35 vor der Sonne geschützten, ,Men's Health' lesenden und veganen Hintenanschnallern, ja einfach in jeder Beziehung einzigartig vollkommenen und vorbildlichen Nichtraucher(inne)n bereiten, uns dabei zu beobachten, wie wir langsam, na ja, verrückt werden eben.

Na hallo, schau doch mal einer an, was sich da für eine Aggression anstaut! Ist ja auch kein Wunder, verdingt man sich die Zeit im Flieger doch ausschließlich mit Dingen, die förmlich nach einer Zigarette schreien.

Eine Zeitung lesen, oder ein gutes Buch. - piff paff –

Backgammon spielen oder ein Kreuzworträtsel lösen. - saug hechel lechts –

Nach dem Essen – sabber - oder jedes Mal, wenn die Stewardess vorbei geht und fragt : "jemand noch Kaffee?".... „Ja ich, bitte, und den Aschenbe... scheiße, äh schade,... ich meine ... NEIN DANKE!"

Eine echte Tortur!

Zur Krönung lief so cirka einmal pro Stunde ein völlig Gestörter aus der Business Class mit einem immer kürzer werdenden Kippenstummel unter seinem nikotinverfärbten Schnauzer den Gang auf und ab und hätte mich so schon unter anderen Bedingungen total kirre gemacht. "Noch Kaffee?" "Ja danke, und äh . . . Hm, ach nee, lass mal!"

Aber jetzt waren wir wenigstens schon einmal angekommen. Ein fahles Licht am Ende des Sucht-

Tunnels. Währenddessen wir auf unser Gepäck warteten, was sich mal wieder etwas in die Länge zog, pfiff ich dann auf alle Verbote und schob mir endlich eine Piepe unter die Nase und atmete erst einmal tief durch. Ja..., angekommen.

Ich muss zugeben, das war ein schon fast pubertäres Erlebnis. Die erste Zigarette. Mir wurde leicht schwindlig und ich hatte Probleme, meinen Darm unter Kontrolle zu bekommen.

Die Nächste schmeckte dann aber auch schon wieder und nach zwei Weiteren hatte sich auch meine Peristaltik wieder beruhigt. Soweit, so gut.

Das einzige Problem war jetzt nur, dass meine Nikotinstängel langsam zur Neige gingen, denn nach einer bis jetzt wirklich angemessenen Zeitspanne waren wir nun aber mittlerweile die einzigen aus unserem Flieger, die noch auf ihr Gepäck warteten.

Alle großen und kleinen Schalenkoffer, Rucksäcke, hamsterkäfigähnliche Schminkköfferchen und Taschen, ja selbst dieses große braune Ding, welches irgendwie eher an eine Rinderhälfte als an ein Gepäckstück erinnerte, hatten mittlerweile ihren Besitzer gefunden.

Nur unser Zeug war nicht da! War ja klar. Irgendwie bin es immer ich, dem so etwas passiert, aber ich habe irgendwann einfach aufgehört mich zu fragen warum, nur um mich danach immer wieder schlecht zu fühlen. So ist es eben, und so wird es, wenn es das Schicksal irgend einrichten kann, wohl auch immer sein. Deshalb habe ich es im Übrigen auch nie eilig, aus einem Flugzeug auszusteigen. Dinge nehmen sich einfach ihre Zeit!

Bis jetzt hatte sich die Angst um meine Klamotten sowieso immer als unbegründet erwiesen. So dann glücklicherweise auch dieses Mal. Aus dem selben unerfindlichen Grund, aus dem unser Zeug nicht zusammen mit den anderen ihre Runden auf dem Förderband gedreht hatte, erschienen sie nach ungefähr einer Stunde wie von Geisterhand, wurden von der Kofferrosette ausgefurzt und wackelten uns entgegen. Aus Trotz ließen wir sie noch zwei Runden drehen.

Die im Transit eingekehrte Ruhe fand beim Betreten der Haupthalle ein jähes Ende. Hunderte von Peruanern wollten abrupt unsere Amigos werden und unser Gepäck an sich reißen. Ich wusste bloß eins. So hilflos wie wir waren wollte ich deren Hilfe jetzt nicht! Jetzt bloß nicht kopflos handeln. Es taten sich beängstigende Parallelen zu meinem Urlaub in Tansania auf.

Die Erfahrung hatte mich aber auch gelehrt, dass man erst seine Ruhe vor diesen „Geiern" hatte, wenn man sich in die Fänge von einen von ihnen begibt. Also versuchte ich eine Person in der Menge auszumachen, bei der die Dollarzeichen in den Augen nicht so offensichtlich zu lodern schienen. Mein Blick fiel auf eine Frau mittleren Alters in der 4 - 5 Reihe. Sie stand locker gegen eine Säule gelehnt und erweckte in mir so einen eher desinteressierten oder zumindest entspannteren Eindruck. Ich schaute sie mit fragendem Blick an und sie nickte uns gelassen zu. Treffer! Nach Austauschen der üblichen Freundlichkeiten und des 'Woher - Wohin' gingen wir gemeinsam zur Straße vor dem Terminal, wo sie für uns einen guten oder auch schlechten Taxipreis aushandelte. Dann gab sie uns ihre Visitenkarte und ein "Hasta luego" mit auf den Weg. Dann war sie verschwunden. Das war einfacher als gedacht.

Im bereits von zuhause gebuchten Hotel Palace angekommen, wunderten wir uns beim ‚Check In' so ganz nebenbei, dass anscheinend keines der Zimmer mit Fenstern zur Straßenseite ausgestattet war. Wir nahmen dies aber erst einmal achselzuckend hin. Noch einen Snack und Tee zu uns nehmend, schickten wir anschließend die vergangenen 27 Stunden unter Krämpfen per Knopfdruck mit dem Wasserexpress durch die Unterwelt Limas ans Meer und schleppten uns ins Bett. Es dauerte auch nicht lange und schon waren wir beide unterwegs.

Meine Träume waren von extremem trockener Natur, soll heißen, von Hitze, Staub und dem Wunsch zu schwimmen beherrscht. Wahrscheinlich wegen der trockenen Luft im Flieger.

>> *Sand,... überall Sand und Flaschen,... leere Flaschen. Süßlich klebrige und sandige Kinderhände, welche mir, warum auch immer, im Mund rumspielen.*

Und noch mehr leere, staubige Flaschen. Flaschen und Buddelformen. Warum eigentlich Buttelformen? ... hmm, ... Außerdem noch ein kaputtes Auto und viele kleine, haarige fretchenähnliche Wesen mit Zigaretten in den Mäulern, die hektisch hin und her wuselten und irgendwie über mich zu lachen schienen. <<

Ich glaube, ich war in dieser Nacht nahe daran, zu verdursten.

Kapitel 2

Lima

Unser erster Morgen in Peru barg die Hoffnung auf einen wunderschönen Tag. Gut gelaunt und frisch geduscht gingen wir ins Restaurant. Das Frühstück im Hotel offenbarte unseren Aufenthalt im Haus der sechseinhalb Köstlichkeiten. Eine Auswahl derer wurde uns nun auf einem ach zu kleinen Teller serviert. Was taten wir uns genüsslich daran. Wir aßen sehr, sehr langsam, um in uns den Anschein eines üppigen Mahls zu erwecken. Als Dessert ereilte uns dann die Erkenntnis, dass 'Hasta luego', also 'bis später', nicht nur 'Tschüß' im Sinne von "macht's gut", "grüß schön" oder "winke winke" heißt, sondern in der Tat wörtlich zu verstehen ist. Da stand sie also, lächelnd an unserem Tisch. "Hola" grins grins! Die gute Fee vom Flughafen.

Ich muss an dieser Stelle anmerken, dass ich es wirklich honoriere, dass sie uns die Nacht über in Ruhe ließ und wirklich erst am nächsten Morgen bei uns auftauchte, um ihrem Business nachzugehen. Manch anderer dieser Vermittler wäre gestern gleich zu uns ins Taxi gestiegen und hätte uns sicher die ganze Fahrt über belatschert. Aber jetzt in diesem Augenblick fühlte ich mich von ihr trotzdem völlig überrumpelt.

Sofort drangen wieder Parallelen aus Tansania in mein Gedächtnis, wo ich einige Typen erst nach bösen, also wirklich wirklich bösen Beschimpfungen und Titulierungen und sogar Handgreiflichkeiten wieder losgeworden bin. Worte, welche man in Afrika als Weißer nicht benutzen sollte! ... Ja, der ansonsten bei allen bekannte ‚Multi-Kulti Dirk‘ musste sich danach den Mund mit Seife auswaschen. Ich meine, klar ist, dass wir in den Augen der Bevölkerung vieler ‚Dritter Welt-Länder‘ wie Tansania allesamt reich sind, allein nur aus dem Umstand heraus, dass wir dort sind und viele von Denen es wohl niemals aus eigener Kraft nach Europa schaffen werden. Und ja, sicherlich wollen und sollen sie auch an unserer Anwesenheit verdienen und ihrem Business nachgehen können. Trotzdem gibt es auch für mich dabei Grenzen, welche ich damals leider nur durch mein, ich nenne es mal freundlich „Sehr direktes Verhalten" wahren konnte.

Die gute Frau hier schaffte es jedoch durch ihre ruhige und nette Art, mir den Argwohn gleich wieder zu nehmen. Ihr Interesse galt zunächst unserem Befinden und ob wir die Nacht gut verbracht hätten u.s.w., bevor sie dann langsam zur Sache kam.

Sie bot uns an, sie zum Büro ihrer Reiseagentur, INKA WASI, zu begleiten, wo wir die Möglichkeit hätten, uns eine individuelle Reiseroute zusammenstellen zu lassen. In aller Ruhe und ohne jede Verpflichtung. Auch gab sie uns zu verstehen, dass sie durchaus Verständnis dafür habe, dass wir ihr und einer fremden Agentur ein gewisses Maß an

Misstrauen entgegen brächten, legte uns aber glaubhaft dar, dass dieses Vorgehen aufgrund der jetzigen Hauptsaison für uns nur von Vorteil wäre. Wir fühlten uns bei ihr eigentlich in guten Händen und traten somit immer noch hungrig die Fahrt ins Büro an. Sie zahlte das Taxi!!! Bei INKA WASI angekommen, planten wir nun also mit ihrem Kollegen die Route für die nächsten knapp vier Wochen, handelten noch ein wenig um den Preis und buchten dann für 1.200,00 US $ p.P. alle Hotels, Bus- und Bahnfahrten, Touren, Flüge und sämtliche Transfers im Voraus. Das war in etwa die Summe, welche ich auch veranschlagt hatte. Mir war bei dieser Buchungsaktion ziemlich unabenteuerlich zumute, da ich ja eigentlich vorhatte, alles auf eigene Faust zu organisieren. Rein in den Matsch und sehen wie man vorwärts kommt. Das aber wiederum löste bei Mone von Anfang an ein ungutes Gefühl aus. Also, um ihr die Angst zu nehmen, wählten wir eben diese Option. Im Nachhinein muss ich eingestehen, dass es so wohl auch das Beste war, da viele Touren wirklich sehr ausgebucht waren und sich der Urlaub noch als kompliziert genug erweisen sollte.

Nach Abschluss des Deals sprachen wir noch über unseren Wunsch, unseren Rückflug sieben Tage vorzuverlegen, um den regulären, mehrstündigen Zwischenaufenthalt auf Aruba auf eine Woche auszudehnen. Dort sollte dann der Mann aus dem Meer auf seine Kosten kommen. Mit meiner Nixe noch einen ordentlichen Bade - und Schnorchelurlaub verleben, um dann völlig entspannt in die Heimat zurückzukehren. So war der Plan. Leider erfuhren wir von der Zwischenlandung dort erst am Tage unseres Abflugs in Berlin, so dass wir es von dort aus nicht mehr umbuchen konnten.

Unser INKA WASI - Agent erwies sich aber auch hierbei als überaus hilfsbereit und erklärte, dass er das für uns schon regeln würde. Er gab uns noch die Nummer von KLM und meinte, wir müssten nur in zwei Tagen dort, oder bei ihm anrufen, um die neuen Abflugsdaten zu erfragen, dann passt das schon. Na das war ja wirklich mal einfach. Ich liebte das Leben. Frohen Mutes und voller Tatendrang stürzten wir uns ins Abenteuer.

Unsere Tour sollte uns noch am selben Abend nach Ica, in die Oase 'Huaccachina' führen. Ein paar Tage in der Sonne relaxen und so. Ein bisschen Sandborden und dabei den Coolen raushängen lassen. Doch zuvor wollten wir uns doch mal die Stadt anschauen, in die ‚UKW' ihre Tina Anfang der 80er bei Schlechtwetter immer mitnehmen wollte.

- "... haben wir hier schlechtes Klima, fahren wir sofort ..." und so weiter!

Wir ließen die Rucksäcke im Reisebüro und nahmen ein Taxi ins Zentrum. Das Erste, was uns hier auffiel, waren die Wolken. Jede Menge Wolken. Kleine und große, graue und schwarze, längliche und breite, aber auf jeden Fall fette, feuchtigkeitsschwangere Wolken. Kein Sonnenstrahl erhellte die prachtvollen Bauten der Spanier am Plaza del Armas, dem zentralen Platz der Stadt. Dafür wurde jedes Ding in dieser Stadt von einer Art Nebel, oder feinem Sprühregen eingehüllt. Die Temperaturen lagen um die 12°C und somit weit unter unseren Erwartungen. Mit anderen Worten, es war tierisch ungemütlich. Es herrschten hier in etwa dieselben Lichtverhältnisse wie an der Towerbridge, so Licht von der dunklen Sorte, wegen dem in mir wohl nie der Wunsch geboren werden wird, nach London zu reisen.

Jacques el Ripperos hätte hier garantiert gern seinen Sommerurlaub verlebt und ein bisschen gemeuchelt.

„Nun ja" dachten wir, „heut Abend sind wir ja weg. Dann wird alles gut".

Das Zweite auffällige war, dass es hier von Polizei nur so wimmelte und zwar in einer Konzentration, die ich nur aus Ost-Berlin der 80er Jahre kenne. So um die 25 bis zu den Zähnen bewaffneten Typen nur an diesem Platz hier. Mit Tau auf ihren Mützen, schusssicheren Westen und ziemlich grimmigen Gesichtern. Sollten wir uns jetzt eigentlich besonders sicher fühlen oder haben wir dadurch erst recht einen Grund, ein gewisses Unbehagen zu verspüren? Wir wussten es nicht und taten beides. Auf jeden Fall versuchten wir uns unauffällig zu verhalten. Wir setzten uns auf eine Bank, nachdem unser Vorrat an Tempos dabei draufging, diese erst einmal zu trocknen und betrachteten die Situation. Bei Sonnenschein wäre dies ein recht ansehnlicher Ort. Sehr aufgeräumt, großzügig angelegt. Die Pflanzungen erhielten eine gratis Dauerberieselung, somit prahlten sie in einem satten Grün. Sicherlich ein Platz, an dem, so dachten wir jedenfalls, regelmäßige große Festlichkeiten stattfanden.

Dann rief mich plötzlich wer, oder besser etwas. Es waren die langen Finger der Sucht, welche wieder in meinem Gehirn bohrten. Okay, Zigaretten raus und ab in den Mund, Feuerzeug in die Hand und ...halt, warte mal! Nun hat man ja schon so einige Geschichten gehört. Andere Länder, andere Sitten. In China z.B. spuckst du auf die Straße = kostet viel Geld. Im Iran zwinkerst du ´nem hübschen Kopftuch zu = ihre Brüder feiern mit dir Hochzeit oder das „andere" Opferfest. In Indien killst du die Kobra, die dich im Tempel gebissen hat und die Priester schlagen dir den Schädel ein, noch bevor das Gift die Möglichkeit hat, dir die Sinne zu vernebeln. Den Wahrheitsgehalt dieser Weisheiten zu ergründen war ich in keinem der Fälle bereit, da ich ein mittelloser, speichelarmer und lebensfroher Typ in den besten Jahren war, darüber hinaus auch schon vergeben.

Nun, hier in Peru war es gerade so, dass ich nicht wusste, wie es mit dem Rauchen auf öffentlichen Plätzen ist. Also tat ich das, was ein guter Tourist mit Achtung vor den Bräuchen und Gesetzen des Landes, in dem er sich befindet, eben tut. Ich ging mit freundlichem Blick, aber leicht devoter Haltung, zu einer Zweiergruppe der Ordnungshüter und fragte in dem mir eigenen, stümperhaften Spanisch, ob es wohl erlaubt wäre, hier zu rauchen. Einer der Männer drehte sich zu mir, legte den Kopf leicht auf die Seite. Er sah mich mit einem Blick an, der in mir ernsthafte die Frage weckte, ob es wohl schon jemals vorgekommen sei, dass ein Reisender von einem peruanischen Beamten in den Kopf gebissen wurde. Ich wollte nicht der Erste sein, also lächelte ich leicht verlegen, legte den Kopf ebenfalls leicht zur Seite und, um eventuelle Missverständnisse auszuräumen, wiederholte ich meine Frage. Daraufhin sah er seinen Kollegen an und sagte irgendetwas, das sich in meinen Ohren eindeutig nach einer Beleidigung anhörte. Plötzlich griff dieser in eine seiner Taschen. Eventuell war das der Augenblick für mich, im Nebel zu verschwinden. Verpasst! Vielleicht war das Rauchen ja gar kein Problem, aber hatte ich mir eigentlich Gedanken darüber gemacht wie es darum steht die Miliz anzuquatschen? Eventuell war das ja ein absolutes No-Go. So wie die Jungs bewaffnet waren, hatten sie garantiert auch eine gute Nahkampfausbildung und in Anbetracht ihrer numerischen Übermacht dachte ich nur noch so bei mir: „Hoffentlich tut´s nicht so weh". Mein Lächeln verschob sich langsam in Richtung nervöses Augenzucken. Gleich einem ungeschminkten Joker aus Gotham City, so in etwa muss ich in diesem Augenblick ausgesehen haben, stand ich da und wartete. Ich war jetzt auf so ziemlich alles gefasst, aber wirklich nicht auf das, was er mir dann mit einer ruckhaften Bewegung direkt unter die Nase schob. Ein niedliches kleines buntes Päckchen Streichhölzer. Mit einer Handbewegung wie 'kannst du behalten' lächelte er mir für eine Sekunde zu, schaute dann durch mich hindurch und widmete sich wieder den wirklich wichtigen Dingen. Der Observierung der tropfenden Kirchen und Kathedralen.

Okay, ich hatte meine Antwort. Sie hieß: Ja!

Siegreich wie Kolumbus schlenderten wir noch einige Zeit durch die Gassen bis uns der Hunger irgendwann in ein KFC- ähnliches Schnellrestaurant trieb. Der richtige Ort, um uns am Fenster sitzend mit appetitlichen kleinen Hühnerbeinen zu vergnügen. Hühnerfleisch kann man überall gut und schmackhaft essen. Lecker! In ca. 3 Meter Entfernung schiss ein kleiner Junge vor unseren Augen mitten auf den Gehweg, wischte sich den Hintern, grinste uns an und zischte ab. Nicht lecker! Niemand außer uns hatte Notiz davon genommen.

Selbstverständlich war das Rauchen auf öffentlichen Plätzen hier erlaubt!!

Kurze Zeit später hatte der leichte Nieselregen die Stadt genügend vorbereitet und es fing richtig an zu plattern. Ich dachte beim Verlassen des Hühnergrills noch kurz an die Kinderwurst und achtete beim Laufen sehr penibel darauf, dass uns nichts Derartiges entgegen schwamm. Irgendwie hatte ich sehr schnell das Interesse an Lima verloren. Hey, ich achte die Sitten, oder auch manchmal das Fehlen Derselben, aber wir waren nicht dementsprechend ausgerüstet. Wir wollten einfach nur noch weg von hier und freuten uns auf die Oase. Und auf Sonne. Und auf Wärme.

Zurück in der Agentur wurden wir sofort zum Busbahnhof gebracht. Dort wurden wir, nachdem wir unsere Rucksäcke eingecheckt und auf ein Förderband gelegt hatten, welches diese über mehrere Weichen direkt in unseren Bus beförderte, in die VIP Lounge gebracht. Brech! Es beschlich mich schon wieder dieses merkwürdige Gefühl. Hightech Förderbänder und VIP Lounge, ... doppelbrech! Ich wollte eigentlich nicht wie Graf Koks durch die Anden flanieren. Genau das geschah aber jetzt. Hatte ich erwartet, mit Ziegen und Hühnern im Bus zu reisen, wurde ich jetzt total enttäuscht. Der Bus spottet jeder Beschreibung. Die Sitze in diesem Gefährt sind allemal besser als im Flieger und es wird Kaffee und Kuchen serviert. Oje, ...ich habe mich schuldig gemacht, ich bin ein Snob. Ich lasse mir den Arsch durch Südamerika tragen. Wie auf roter Seide! Land und Leute unmittelbar erleben, dass war es, was ich eigentlich wollte. Mittelklasse, das hatte ich bei der Buchung gesagt. Einfache Mittelklasse. Keine Dreckslöcher, aber auch keine Extrawurst. Na ja, vielleicht ist mein Englisch doch nicht so gut, wie ich dachte. Meine Begleitung war auf jeden Fall sehr zufrieden mit der Situation und nach und nach hörte auch ich allmählich auf, mich zu ärgern. Ich musste eingestehen, dass diese Sitze durchaus eine angenehme Abwechslung für meinen strapazierten und eh viel zu dünn geratenen Gesäßmuskel waren. Am Abend trafen wir dann auch wie auf Watte gelagert und wohl behütet in der Oase ein. In der Eis-Oase. Ok, ok, die Temperaturen lagen nicht unter dem Gefrierpunkt, aber wer wird denn hier so kleinlich sein. Es war ARSCHKALT!

Im Hotel angekommen versicherten uns die Angestellten, dass morgen herrlicher Tag werden würde. Mit diesem Gedanken gingen wir in unser Zimmer, welches natürlich keine Heizung hatte, zogen uns AN und gingen zu Bett. Warum ich an Schneewittchen denken musste? Nun ja, eventuell weil das Bett kurz unterhalb meiner Kniekehlen seiner eigenen Existenz überdrüssig wurde und einfach aufhörte zu existieren. Dafür aber bot es in der Breite genügend Platz für 7 Halbwüchsige!

„wer hat in meinem Bettchen geschlafen" Ich, und ich, und ich ….

Schräg und die Mittelritze im Kreuz spürend fiel ich in einen dunklen, traumlosen Schlaf.

Na wenigstens Das!

Kapitel 3

Die Oase

Der nächste Morgen hatte durchaus seine guten Seiten. In kluger Voraussicht, dass es nun gleich richtig warm werden würde, und diese Plätze mit Sicherheit sehr begehrt sein würden, erklärten wir nach unserer morgendlichen Toilette einen Tisch auf der Terrasse zu unserem Hauptquartier für die nächsten Stunden. Visavis zu den Palmen, welche vor den beige und ockerfarbenen Dünen ein Bild aus 'Tausend und einer Nacht' entstehen ließen. Und zum See, der das satte Grün der Palmen und Sträucher auffing und in die diesige und noch sonnenlose Luft der Oase zurückwarf. Ein malerischer Anblick.

Das Frühstück war diesmal wahrhaft üppig und es gab Kaffee und Tee soviel man nur wollte. Wir genossen dies in langen, tiefen Zügen und machten dabei allerlei Pläne für den Tag. Also nach dem Essen wollten wir uns erst einmal am Pool lang machen bis zum Mittag, schauen was die Küche an kulinarischen Leckereien zu bieten hat, dann ein bisschen über die Dünen kraxeln und gegen Abend in die Stadt, mit den Bewohnern auf Tuchfühlung gehen. Mittlerweile war auch ein zweiter Tisch auf der Terrasse besetzt. Schöne alte Tische und Stühle, schweres Material, aus Tropenholz oder so, sehr edel. Das ganze Hotel war in der Art ausgestattet und machte einen sehr gepflegten, kolonialen Eindruck. Mit schönen alten Bildern an der Wand und diversen Accessoires wie alten Werkzeugen und Spielzeugen, die auf eine lange und bewegte Vergangenheit schließen lassen. Der Bau selbst hatte nur eine Etage und war in Hufeisenform angeordnet, wobei sich das Restaurant und die Rezeption in Richtung See am Hacken des Pferdefußes befanden und entlang dem Eisen die Zimmer einreihig ihre Anordnung fanden. Dazwischen lag ein recht üppig angelegter Garten mit einer wahnsinnig glatten, mit roten Steinplatten gepflasterten Fläche in seiner Mitte, über deren Sinn und Zweck wir uns noch des Öfteren den Kopf zerbrachen. Etwa als am Nachmittag, als, wie dann täglich, ein Angestellter des Hotels diese Platten bohnerte und polierte. Wohlgemerkt unter freiem Himmel. Warum, im Namen Jesu Christo ? Warum ??????? Ich sah vor meinem inneren Auge spontan eine kleine Gruppe von Indios, welche mit ihren kleinen Besen und glatten Schuhen eine Art Eiscurling spielten. Nur ohne Eis. Mitten in der Wüste. Ja, das machte wohl Sinn! Natürlich spielte dort niemand, lediglich der Bohnermeister zog hier pflichtbewusst seine Kreise. Wir liefen hin und wieder mal quer hinüber, und ja, es war schön glatt.

Wir stöberten also im Reiseführer um heraus zu bekommen, was Ica so an Interessantem zu bieten hatte. Mone pfiff leise ein Liedchen vor sich hin und jetzt bemerkte auch ich so allmählich, dass hier irgendetwas überhaupt nicht stimmte. Sie pfiff

" I wish you a merry Christmas, wish you..." und in der Tat hatte ich das Gefühl, dass es jetzt eher noch kälter war, als vor einer dreiviertel Stunde. Man, mich durchtuckte ein eisiger Schauer. Na gut, eigentlich durchzuckte er mich, aber jedenfalls bekam ich dieser unmännlichen Bewegung wegen von Simone vorübergehend den Beinamen 'Pancho, die Flattertrine' verpasst. Pancho zitterte vor Kälte wie einer dieser überzüchteten haarlosen Schoßhunde und fragte sich nun, in Betracht der gestrigen Aussage des Hotelpersonals, was die hier als einen herrlichen Tag bezeichnen. War es doch nun bereits kurz vor 10:00 Uhr immer noch so schweinekalt, dass einem der Atem kondensiert. Meinten sie vielleicht es ist herrlich, dass die Meerschweinchen, welche hier angeblich eine Delikatesse sein sollen, nach einem eventuellen plötzlichen Verkehrstod auf einer staubigen Landstraße aufgrund der Temperaturen nicht gleich verwesen, sondern auch nach 2 Tagen im Dreck gefunden noch einen frischen lecker saftig Braten abgeben würden? Ist das herrlich? Oder dass der Händler unten am See mehr Alpakamützen, Pullover und eine Menge dieser <<Ichweißnichtwieichsnennensoll>> (danke Martha Gellhorn) verkauft? Ist das vielleicht mit herrlich gemeint?

Oder hat man uns einfach nur herrlich verarscht und sich danach schiefgelacht? Ha, … ha, … ha ha ha. Und dann vielleicht noch Wetten abschließen, wie viele der dummen Touris am nächsten Morgen ihre Handtücher am Pool ausbreiten, um Stunden später festzustellen, dass sie festgefroren sind. Welch ein Spaß. Lange Rede kurzer Sinn, hatten wir nach gut zwei Stunden die Schnauze gestrichen voll und gaben unseren Sitzplatz in der ersten Reihe auf. Rückzug ins Zimmer, welches, oh Wunder, immer noch keine Heizung hatte. Wir bliesen den Trübsal hin und her und im ganzen Zimmer herum, bis wir auch davon die Nase voll hatten. Jetzt saßen wir einfach nur noch deprimiert da. In eine warme Decke gehüllt mussten wir entsetzt feststellen, dass wir die absolut falsche Garderobe für diesen Urlaub eingepackt hatten. Davon natürlich reichlich! Wir vertrieben uns also irgendwie die Zeit, spielten Karten, blätterten noch ein bisschen im Reiseführer und machten neue Pläne. Plötzlich war da etwas am Fenster. Ein großer Schatten huschte vorbei. Ein Dieb, der abcheckt, ob jemand im Zimmer ist? Oder nur ein Vogel, oder sonst irgendwas. Ein Schneekamel? Ha! Aber Moment mal, hatte ich da gerade Schatten gesagt? Schatten gibt es doch im Allgemeinen nur dort, wo die Sonne nicht hin scheint und wenn aber gar keine Sonne da wäre, dann gäbe es doch andersherum auch gar keinen Schatten. Oder?

Also, wenn da ein Schatten war, dann muss da ja auch Sonne sein. Da war er schon wieder, ein Schatten, ganz eindeutig! Wir schauten raus. Und wirklich, während der letzten Stunde muss sich der ganze Dunst verzogen haben und jetzt drückte der Planet mit voller Kraft auf uns herab. Raus aus dem Zimmer - brütende Hitze - und zurück zu Plan A.

Das Wasser im Pool war zwar eiskalt, aber sei es drum. Die Sonne weckte wieder all unsere Lebensgeister. Wir machten uns lang und tankten UV. Der Trip durch die Dünen am Nachmittag war dann ein wahres Fest für unsere Augen. Zwar gab es eigentlich nur Sand und Sonne zu sehen, davon jedoch in so unvorstellbaren Mengen, dass sich der Horizont in allen vier Himmelsrichtungen wie eine satte gelbe Vanillesoße unter den wolkenlosen, stahlblauen Himmel ergoss. So verdammt herrlich viel Sand! Nun treiben ja im Allgemeinen raue Mengen von Irgendwas nicht diese wohligen Schauer durch meinen Körper. Nehmen wir zum Beispiel mal eine Meute von schnoddernasigen und knieverschorften Hortkindern. Da sagt man nicht "uiiii schön, sooo viele klebrige Kinder". Da will man doch einfach nicht umarmt werden. Oder man checkt im Urlaub im Hotel ein und bemerkt, dass man die nächsten zwei Wochen in einer riesigen Gruppe von hektischen Italienern, fußballfanatischen Briten oder noch schlimmer, mit Deutschen verbringen darf. Das ruft in mir kein Hochgefühl hervor.

Also muss dieses prickelnde Gefühl in der Wüste doch wohl eher daran gelegen haben, dass man eine gewisse Einsamkeit verspürte und sich nach und nach ein faszinierender Hauch von Angst, sich zu verirren, einstellte. Es war wie eine Art Schwindel, eine leichte Ohnmacht, die einen langsam und behutsam zu ummanteln beginnt. Schön, doch beängstigend zugleich, denn auf einmal hatten wir zwischen diesen riesigen Sandhügeln wirklich die Orientierung verloren. Einzig unsere Fußspuren wiesen uns jetzt den Weg aus dieser himmlischen, heiß-trockenen Hölle zurück in die Oase. Und den traten wir so auch alsbald an. Zurück am See informierte ich mich über die Preise fürs Sandbordleihen, welches auf einer Anhöhe angeboten wurde. Ging so. Also rauf auf die Düne und mit dem Verantwortlichen gequatscht. Ganz beiläufig berichtete er uns, dass es dieser Sport ganz schön in sich hätte, denn obwohl man die Geschwindigkeit vom Snowborden nicht zu erreichen vermag, hatte sich vor zwei Tagen ein Brite die Schulter ausgerenkt. Nun ja, vielleicht machte er auch durch seine Segelohren etwas mehr Fahrt als üblich, aber auf jeden Fall war das noch eine dieser Erfahrungen, auf die ich in meinem Leben locker verzichten konnte. Zumindest jetzt, am Beginn unseres Round-Trips durch Peru. Ich ließ es also bleiben und wir gingen runter zum malerisch gelegenen See.

Dort bemerkten wir ziemlich schnell, dass seine herrlich grüne Farbe, welche uns auf der Terrasse in ihren Bann zog, weniger von Reflexionen der ihn umgebenen Vegetation herrührte, als von der Beschaffenheit des Wassers. Dieser Anblick lud herzlichst zum Verdursten ein.

Also hieß es für uns zurück zum Pool, wo ich mir bis zum Abend einen gepflegten kleinen Sonnenbrand erbastelte.

Gut geschmiert begaben wir uns dann bei Sonnenuntergang in die Fänge eines verrückten und offensichtlich minderjährigen Taxifahrers und ritten in einer rostigen Warze nach Ica.

Schöne kleine stinkende dreckige Stadt! Sicher nicht überall, jedoch die Gegend, wo wir ankamen, erfüllte genau diese Beschreibung. Mir gefällt's. Wer einmal von ortsansässigen Mexikanern durch die hinteren Gassen von Tijuana geführt wurde, kann sich in etwa diesen Ort hier vorstellen.

Im, na nennen wir es mal Zentrum, waren die, na nennen wir sie mal Straßen, einfach nur unaufgeräumt und schmutzig. Die Häuser und Geschäfte erinnerten wenigstens noch an Stätten, an denen sich Menschen aufhalten und wohlfühlen können. Die Luft war schwanger vom Geruch, oder eher vom Gestank der zahllosen Garküchen, an denen 'ich hab nicht wirklich danach gefragt' zubereitet und zum Verzehr angeboten wurde.

Hautnah erleben, ja genau das geschah gerade und ich konnte nicht genug davon bekommen. Ich führte uns wie in einem schlechten Film in immer entlegenere Straßen und Gassen, wohin das Licht nur noch widerwillig vordrang, weil es dort eigentlich nichts mehr gab, das zu erhellen sich lohnte und wo die Mienen der Leute unzufriedene und finstere Züge annahmen. Die Behausungen sahen jetzt aus, als hätte jemand versucht, ohne Stein und Mörtel zu bauen.

Ich hatte ja keine Ahnung, dass man Dreck, so will ich es mal nennen, so hoch aufstapeln kann. Versucht wurde dies hier ganz offensichtlich, doch floss oder bröselte das Zeug treu der Schwerkraft ab der 1. Etage unwillkürlich wieder nach unten und bot hier allen unaussprechlichen Krankheiten Asyl. So sah das einfach mal aus! Mag am Licht gelegen haben, aber so sah es aus. Sicherlich sagt diese Darstellung auch mehr über mich, als über die Menschen aus, die hier wohnen. Die haben sich das ja sicherlich nicht ausgesucht!

Ich will auch gar nicht werten, aber jedem, der an diesem Tag dort stand, wo wir gestanden haben und das sah und roch, was wir gesehen und mit der Nase geschmeckt haben, dem konnte nur diese Assoziation in den Sinn gekommen sein. Ich spreche es aus. Ich male eben manchmal gerne mit kräftigen Farben!

Ja genau, hier bringt euch kein Reisebus hin. Diese Ecken will keiner sehen und wenn ich ehrlich bin, ich eigentlich auch nicht. Der Gestank wurde jetzt unerträglich. Neben dem Qualm und Innereiengeruch der Garküchen, die selbst hier noch fröhlich vor sich hin blubberten, gaben sich nun offensichtlich auch Urin und Kot ein lustig Stelldichein und kämpften erbittert um die Vorherrschaft in unseren Nasen. Wir gingen die Straße bis zum Ende, überquerten noch eine Brücke und was uns dann beim Blick nach unten entgegenlinste, war von einem plätschernden Gebirgsbach weiter entfernt, als Dieter Bohlen von guter Musik. Müll in all seinen Variationen! Von Autoteilen, elektrischen Geräten über kaputte Sitzmöbel, bis hin zu aufgerissenen Säcken voller Hausmüll, Papier, Glas und Essensresten. Das Flussbett war um die 50-60 Meter breit und voll mit entsorgter Zivilisation. Kein Tropfen Wasser. Nur dunkle, fette Rohre, aus denen sich bedrohlich schäumende Fäkalien ergossen. Missgebildete streunende Hunde und Hühner lebten und ernährten sich dort unten. Miteinander ... Voneinander. Einige von ihnen liegen inmitten der stinkenden Lache und schlafen, oder vielleicht ..., nein, ich hoffte sie schlafen. In der Jauche ist wahrscheinlich auch der wärmste Platz in der Nacht. Wie mag wohl ein Spiegelei von solch einem Huhn aussehen? Oder gar schmecken? Ekel! In gewissen Abständen stiegen immer wieder feuchtwarme, schwere Wolken aus Unheil verkündender Luft wie der unregelmäßige Herzschlag eines sich windenden, sterbenden Tieres nach oben und lud unsere Mägen dazu ein, sich am Geruchscocktail zu beteiligen. Welch ein widerwärtiges Geschwür der Menschheit. Ekelhaft! Mir stockt der Atem und Mone ist längst am würgen, also machen wir, dass wir hier schleunigst verschwinden. Es gibt wenige Orte auf dieser Welt, an denen ich war und nicht ein Foto gemacht habe. Dieser gehört definitiv dazu. Den Rest des Abends wendeten wir uns wieder der hellen, oder zumindest der besser beleuchteten Seite der Zivilisation zu. Wir kehrten in ein Kasino ein. Ja, auch das gab es hier zu unserer Überraschung. Wir verzockten ein Paar Soles beim Black Jack und hatten `ne Menge Spaß dabei. Als Hauptpreis gab es ein Sofa zu gewinnen, welches, ich hätte schwören können, eben noch auf dem Grund des 'Flusses' stand.

Die nächsten anderthalb Tage verbrachten wir nach dem gleichen Muster, wobei wir den Gang in die Kloake als 'da gewesen und abgeharkt' einstuften und abends gleich ins Kasino gingen. Darüber hinaus starb hier in Ica, wegen den hier kennen gelernten Garküchen, auch vorerst mein Wunsch, einmal ein gegrilltes Meerschweinchen zu probieren. Aber mir blieb ja noch eine zweite regionale Köstlichkeit. Das Alpaca-Steak in den Hochebenen der Anden, das hoffentlich nicht so ‚Nasen betäubend' zubereitet wird, wie in den hiesigen Straßen.

Bleibt noch zu erwähnen, dass ich am dritten Tag kurz vor unserer Abfahrt nach Nasca wie vereinbart im Büro von INKA WASI anrief, um zu erfragen, wie es um unsere Flug-Umbuchung und den geplanten Aruba-Urlaub steht. Das Ergebnis dieses Gespräches war an und für sich sehr befriedigend. Der Flug sei so gut wie vor verschoben, Extrakosten kommen nicht auf uns zu und ein Transfer zum Flug sein auch kein Problem. Wir sollten nur noch einmal bei KLM anrufen, da es dort wohl noch einige Daten abzuklären galt. Im folgenden Telefonat mit Senora Konsuela Sancez fiel mir auf, dass ihr Englisch und mein Spanisch zwar nicht das beste war, jedoch absolut ausreichte um mir klarzumachen, dass es lediglich zu klären gab, dass es wohl völlig unmöglich sei, unseren Flug umzubuchen.

Na Bitte !!! SHIT !

Noch mal mit INKA WASI telefoniert gab man uns den Rat, es direkt im KLM - Büro in Arequipa selbst in die Hand zu nehmen. Wird wohl auch besser sein, als so etwas per Telefon zu versuchen. Warum sollte das nicht möglich sein? Alles ist möglich!

Oder etwa nicht?

Kapitel 4

Nasca

Der Bus nach Nasca erfüllte dieses Mal all meine Wünsche und Vorstellungen unserer Reise.

Nachdem wir unsere Rucksäcke wieder am Schalter im Busbahnhof aufgegeben hatten, traten wir in einem verstaubten und völlig überfüllten Linienbus zwischen ganzen Hühnern und vermutlich halben Ziegen in Plastiksäcken unsere 4-stündige Fahrt nach Nasca an. Das soll heißen, ich kam jetzt voll auf meine Kosten. Fliegende Händler, die im Bus Getränke und Kekse, und bei jedem Stop von außen Obst und gekochte Eier zum Kauf anboten. Hurra, gekochte Eier. Beim Gedanken an das Ica'sche Federvieh verzichteten wir dankend auf das Letztgenannte und begnügten uns mit Keksen und Obst. Der Gedanke, dass die Obstbäume vielleicht auch in der Schlucht des Grauens hätten wurzeln können, kam uns leider erst viel später. Eventuell war es aber auch gut so, denn wo hätte dieser Gedanke wohl sein sinnvolles Ende gefunden und essen mussten wir ja nun mal irgendetwas! Genug an Leckereien, wir haben es überlebt!

Die Straßen waren soweit in Ordnung, so dass die Fahrt an sich keine körperliche Belastung darstellte. Nur die Ellenbogen und Tüten der im Gang stehenden Passagiere gaben hin und wieder Anlass zur Sorge, selbst die neue Heimat diverser

Ausschlag verursachender Kleinstlebewesen zu werden. Das mag vielleicht etwas überängstlich und herablassend klingen, jedoch denke ich, dass unser mitteleuropäischer Lebenssaft mit den meisten der hier ansässigen eitrigen Kuriositäten seine wahre Freude hätte und Vorsicht sollte auch hier nun mal die Mutter aller Fremdkörperkontakte sein. Also machte ich mich schmal. Trotzdem fand ich es fantastisch, hier zu sein.

Es war ein wunder, wunderschöner Tag mit dem herrlichsten Sonnenschein, den man sich wünschen kann und was man durch die arg verstaubten Fenster noch erkennen konnte (leider nicht allzu viel), ließ mein Herz einen wahren Freudentanz vollziehen. Staubige kleine Häuser in allen erdenklichen Farben tauchten hier und da am Straßenrand auf, meist umgeben von geschäftigem Treiben und spielenden Kindern. Ärmlich, aber eingehüllt von einer Aura der ganz offensichtlichen Zufriedenheit. Endlich waren wir wirklich in Peru unterwegs, in dem Peru, welches bis dahin leider nur in meinen Vorstellungen existent war. Nicht als Könige im klimatisierten Luxusliner, sondern als ganz gewöhnlicher Mopp. So kamen wir dann auch etwas geschafft, aber glücklich in Nasca an. Welch geschichtsträchtiges Areal. Ich verlasse den Bus mit einem breiten und zufriedenen Grinsen im Gesicht. Rundum glücklich.

Ich wiederhole noch einmal, WIR KOMMEN AN!

Was daran nun lustig sein soll? Nun ja, WIR kommen halt an, nicht aber unser Gepäck.

Als alle Anderen mit ihren Beuteln, Tüten, Säcken und mit Was auch immer schon längst weg waren, bestätigte sich die Gewissheit, dass wir bei der Aufgabe unserer Rucksäcke in Ica anscheinend auch deren Besitzanspruch aufgaben! Weil . . . , wir hatten sie einfach nur in der Gepäckaufbewahrung abgegeben (wohl für den Fall, dass wir in ein paar Jahren noch mal vorbei schauen würden und Wechselwäsche benötigten). Uns lief der Arsch auf Grundeis. Wir hatten nichts, aber auch gar nichts hier. Kaum wird uns der Hintern mal nicht nachgetragen, ist er auch schon passe. Nicht glücklich!

Ich versuchte dem Fahrer klarzumachen was passiert war und es dauerte eine ganze Weile bis er mit einem leicht verlegenen Hüsteln zu verstehen begann, dass wirklich jemand so bescheuert sein kann wie wir. Wir waren es.

Mit den Aufbewahrungsbelegen aus Ica als letzte Spur zu meinen Unterhosen versuchte er telefonisch zu klären, ob sich unsere Säcke noch dort befanden. Japp, taten sie. Er bewirkte, dass sie mit dem nächsten Bus geschickt werden sollen. Meine Dankbarkeit ließ mich ihn fast umarmen, denn so schön wie die Fahrt auch war, hatte ich jetzt nicht unbedingt vor, noch einmal nach Ica zurück zu wackeln, um unser Gepäck selbst zu holen. Durchs Telefon zog sich eine Spur des Gelächters von hier bis in die Wüste.

Egal, in ca. fünf Stunden sind wir hoffentlich wieder ‚fresh dressed'. Mit diesem Gedanken im Hinterkopf ging es nun erst mal ab ins Hotel. Das Zimmer war klein, aber sauber und hell. Dass wir ohne Gepäck anreisten, verwunderte hier offensichtlich niemanden. Anscheinend hatte unsere Cleverness bereits vor uns eingecheckt. Man trat uns ständig grinsend und extrem fürsorglich entgegen. So wie man zwei kleine Kinder behandeln würde. War uns auch egal, Hauptsache das Zeug kommt heute wirklich noch hier an. Wir aßen erst mal was, besorgten uns einen Stadtplan und schlenderten herum. Eigentlich hat nur Mone etwas gegessen, denn das von mir bestellte Hühnerschnitzel hatte offensichtlich schon zu viele Tage außerhalb des Kühlschranks verlebt und war so eher als Forschungsobjekt, denn als Speise geeignet. Zum Glück bemerkte ich dies schon beim dritten Bissen. Die Panade sah ja gut aus, aber der Schnitt durchs Fleisch offenbarte mir dann doch ein etwas zu sattes grün.

Der Kellner nahm den Teller anstandslos zurück und bot mir erst ein Ersatzschnitzel, und dann weitere Leckereien seiner Küche an. Dankend verneinte ich jedes Mal und wir kehrten, nachdem Mone fertig war, in eine Cocktailbar ein. Ich bestellte mir sicherheitshalber einen Schnaps um meinen Magen auszufegen. Ein Whiskeyglas dreiviertel voll mit Gin! Sportlich! Drei große Schluck später, von denen der Erste schmeckte, der Zweite brannte und der Dritte eindeutig zuviel war, fing es bei mir sofort an zu bimmeln. Also in meinem Kopf bimmelte es, da schlug jemand die Nebelglocke. Ich fand das in diesem Moment aber echt angenehm. Wir zahlten und irrten dann noch ein wenig ziellos umher. Ich versuchte angestrengt mit dem Kichern aufzuhören. Misslang mir jedoch völlig, es hatte sich fest in meinen Mundwinkeln verbissen. Irgendwann gingen wir zurück zur Busstation, um unser Gepäck abzuholen. Natürlich hatte der Bus Verspätung. Zeit genug für mich, wieder nüchtern zu werden, doch langsam wurde es kalt und dunkel, und wir machten uns mittlerweile wieder mächtig große Sorgen. Was hätte ich in diesem Augenblick für noch einen Gin gegeben.

Dann kam der Bus endlich, eine Stunde zu spät, aber immerhin war er jetzt da. Reisende raus, Gepäck raus und gähnende Leere in der Kofferklappe. Und in meinem Kopfe. Das schlimmste war in diesem Moment, dass ich nicht mal jemand Anderen dafür verantwortlich machen und ausrasten konnte. Ich selbst war ja der Hornochse! Ich wusste nicht mehr weiter. Meine Faust hämmerte immer wieder gegen meine Stirn, doch nichts passierte. Was auch, ich hatte ja nicht wirklich erwartet, dass mir davon ein Rucksack aus der Nase fällt. In Gedanken ging ich immer und immer wieder durch, wie es uns passieren konnte, unsere Klamotten zu vergessen. Wir hatten natürlich gedacht, dass das Zeug wie in Lima über magische Förderbänder direkt in der Ladeklappe vom Bus verschwindet. Ja genau und dann hatten wir uns über so ein Pärchen lustig gemacht, welches auch in der Schlange stand. Man, was haben wir gelästert. Ho, wie haben wir gelacht. Okay, das war dann wohl die Strafe.

Die Beiden sahen aber auch Scheiße aus! Wir hatten natürlich sehr darauf geachtet, dass sie es nicht mitbekommen. Dann ist Lästern doch eigentlich nicht sooo schlimm, oder!? Wir hatten ne Menge Spaß dabei, aber anscheinend doch zu viel Energie in die falschen Überlegungen investiert. Eben nicht in unsere Angelegenheiten! Lustige Leutchen waren das. Ja. Na eigentlich waren sie fast normal und immerhin hatten die jetzt was Frisches anzuziehen und standen nicht wie zwei abgehalfterte, vor Kälte und Verzweiflung zitternde Lachnummern in einer fremden Stadt, in einem fremden Land, ... auf einem fremden Kontinent.

Heul!

Ich musste spontan an diesen armen Kerl damals in Dresden denken. Mitte der 90er reihte ich mich für zehn Tage in eine Drückerkolonne des deutschen Videorings ein. Abonnements an der Haustüre verkaufen. Klinken putzen! Ich hatte mal wieder meine 'ich lass mich treiben' Phase und hatte nichts Besseres zu tun. Na jedenfalls kam da nach 2 Tagen ein Neuzugang zu uns. Ca. 1,60 groß, Anfang 20, Hasenscharte und eine verkrüppelte Hand. Ein Liebling der Götter also. Erzählte immer irgendetwas von einem reichen Onkel und dass er ein Karatemeister wäre und ging damit wirklich jedem auf die Eier. Egal, jedenfalls wurden wir damals, wie jeden Tag, morgens in Dresden zum Klinkenputzen rausgeschmissen und abends wieder eingesammelt. Irgendwie fing es da gerade überraschend an heftig zu schneien und da wir nicht die richtigen Klamotten anhatten, waren wir froh, endlich abgeholt zu werden und wieder im warmen Kleinbus zu sitzen. Alle waren dort mittlerweile versammelt, bis auf den kleinen Spinner. Auf meine Frage, wo er sei, sagte unser Strucki, also der Oberindianer für unsere kleine Truppe, nur: "na der ist doch blöd"! „...„ Nix weiter.

Da waren wir uns ja nun alle einig, aber ich wollte halt doch wissen, WO er sei, nicht WAS er ist. "Man, der steht am anderen Ende der Stadt und wir haben tierisch Kohldampf. Außerdem schneit es!"

"Eben drum" erwiderte ich "deshalb können wir den doch nicht einfach da stehen und erfrieren lassen."

"Doch man, der ist doch völlig bescheuert dieser widerliche Gnom, total kaputt dieser Typ. Der nervt doch nur rum. Soll er doch zu seinem reichen Onkel fahren, sich ausheulen." Irgendwie gingen mir in dem Moment die Gegenargumente aus und schließlich hatte ich ja auch Hunger, also fuhren wir zur Unterkunft, irgendwo außerhalb, zurück. Ich weiß nicht, ob ich wirklich hätte Einfluss nehmen können, aber wenn man bedenkt, dass sich seine Sachen und seine Papiere bei uns im Lager befanden, war das schon eine echt fiese Nummer. Vor allem, wie der aussah, hat ihn doch sicherlich niemand auch nur zum telefonieren reingelassen. Armer Wicht.

Simone und ich standen jedenfalls gerade mindestens genauso bescheuert und immer noch recht mittellos in Nasca. Es schneite nicht und wir hatten unsere Papiere, aber ansonsten war unserer Lage nichts Positives abzugewinnen.

Die Traveler Checks waren in meinem Rucksack und ich schickte mich an, mit unserem restlichen Bargeld um ein Rückfahrtticket zu feilschen. Wohl der einzige Weg, da wir nicht vorhatten, einen neuen Weltrekord im ‚Unterhosen Volldampfen' aufzustellen. Wir einigten uns gerade auf eine Summe, da zuckte der Fahrer plötzlich zusammen und machte ein Gesicht, als hätte er soeben unerwartet seine Tage bekommen und schon den ersten Tropfen in der Hose. Aber statt auf die Toilette, ging er eilig zum Bus hinüber, öffnete eine weitere Klappe und zauberte, nein, keine OB's hervor, sondern unser Gepäck. Wir waren sooo dankbar und gaben ihm noch ein Handgeld. Dann schlichen ins Hotel und verabschiedeten uns, zufrieden und in heller Vorfreude auf unseren morgigen Flug über die Geoglyphen, von diesem recht ereignisreichen Tag. Dieser endete natürlich nur, um dem Nächsten Platz zu machen!

Zzzz .. Zzzz ... zzzzzz.

...Und er brach heran.

Abgeholt werden sollten wir zwischen 8:30 und 9:00 Uhr, das hieß für uns Frühstück im Eiltempo. Um 9:30 Uhr wurden wir darüber informiert, dass der Flug wegen der schlechten Sichtverhältnisse erst um Zwölf geht. Das ließ mir genügend Zeit, das soeben Heruntergeschlungene langsam in den Magen einzumassieren. Okay, die Sonne schien, es war warm und Nasca war eine niedliche gepflegte Kleinstadt mit netten Restaurants und Bars. Wir schlenderten herum. Irgendwann kehrten wir in eine Kubanische Bar ein. Dort aßen wir beide zu Mittag und zwar dieses mal sehr gut. Auf der Straße gab es gerade eine Parade von schätzungsweise 3-7 jährigen Kindern in wirklich süßen Kostümen. Mit Plakaten, Trommeln und Tröten. Sie erinnerten uns irgendwie an Duracell - Hasen. Wie benahmen uns wie es sich gehörte und machten viele Fotos.

Als die Sonne endlich im Zenit stand waren wir pünktlich bei der Agentur, und, wie konnte es anders sein, der Flug verschob sich um ca. 2 Stunden nach hinten. Gähn! Na immerhin besser als nach vorn, dass hätten wir wohl nicht geschafft!

Jedoch hatten wir es genau dieser weiteren Verzögerung immerhin zu verdanken, dass wir eine in höchstem Maße interessante Bekanntschaft gemacht haben. Die Tochter unseres ungeliebten und verblichenen, ehemaligen Staatsoberhauptes Erich Honecker. Der Spross des Mensch gewordene

Bruderkusses. Nun, wir waren nicht so pietätlos mit der Tür ins Haus zu fallen und zu sagen, "He hör mal, du bist doch die Tochter von unserem Honni, oder?!", denn eventuell hätte ihr ihre Abstammung uns Alt-Ossis gegenüber unangenehm sein können. Vielmehr waren wir aufgrund ihres Aussehens davon überzeugt und wegen ihrer Geschichte, wie sie nach Südamerika kam. Diese widersprach sich zwar einerseits, andererseits zeigten sich viele Parallelen zur Geschichte Erichs Tochter. Und wenn sie es doch nicht war, auch egal. Die Vorstellung war witzig. Auf jeden Fall eine sympathische Erscheinung, ein gutes Gespräch und ein willkommener Zeitvertreib. Leider sahen wir sie später nicht wieder.

Dafür aber Mariann & Marcel aus den flachen Niederlanden, die wir, ebenfalls auf den Flug wartend, hier kennenlernten. Auch sie sprühten vor Begeisterung an diesem völlig in der Planung zerfetzten Tag. Wir beschlossen, alle Vier zusammen einen Ausflug zum 'Ancient Inka Cemetery' zu machen, um die vor uns liegende Wartezeit nicht griesgrämig zu schmollen, sondern sie sinnvoll kulturell zu nutzen und so zu verkürzen.

Dort angekommen stellten wir fest, dass dieser Ausflug interessant, aber echt makaber werden wird. Gut, das ist ein Friedhof ja irgendwie immer, aber das hier war schon echt harter Tobak.

Man stelle sich eine riesige wüstenähnliche Ebene vor, in der menschliche Gebeine, effektvoll angeordnet, in freigelegten Gräbern in der Sonne dörrten. Gut, Knochen schwitzen nicht, trotzdem eine Frechheit den Verblichenen gegenüber. Diverse Zöpfe und andere Langhaarfrisuren zierten die Gebeine. Sicherlich wären diese Haare hierzulande längst der Bleiche zum Opfer gefallen und hätten als Extensions ihren Weg auf die Köpfe unserer Frauen gefunden. Also dann vielleicht doch besser da herumliegen und im Wind wehen. Trotzdem, ich weiß gar nicht, was wir dort verloren hatten. Selbst die Wege waren gesäumt mit Knochenteilen. " aua, ... ahh meine Hand - he, ... meine Speiche, wo ist meine Speiche? - ... Mensch, meine Arthrose ..." man durfte wirklich nicht daran denken, dass es echte Menschen waren, auf deren Knochen wir hier herumtrampelten. Und man hatte kaum eine Chance, es nicht zu tun. Knorpel und Knöchel überall!

Nun gut, zurück in der Agentur ging es dann kurz darauf, ca. 15:00 Uhr, zum Flughafen und natürlich hieß es weiter warten. Schlechte Sicht, schlechte Sicht. Bla bla bla! Schlechte Sicht.

Schlechte Aussichten für uns heute zu fliegen vielleicht. Aber einen wirklichen Grund konnte ich nicht erkennen. Langsam fing ich aber an, klar zu erkennen, was hier los war. Die hatten heute einfach keinen Bock! Nach 1 ½ weiteren Wartens platzte mir dann der Kragen. Ich stampfe rüber auf die Rollbahn zum Piloten und frage, was jetzt Sache ist. Schlechte Sicht erklärte er mir nochmals und nachdem ich noch etwas näher an ihn heran trat und ihn aus cirka 20 Zentimeter Entfernung, mit leicht nach unten geneigtem Kopf, mal genau angeschaut habe, wusste ich auch, woran das lag!

Ich tippte auf seine völlig verstaubte Sonnenbrille und gestikulierte entsprechend. „Putz sie, schmeiß sie weg, oder ich schieb sie dir in den A...". Er wurde auf einmal stinksauer. Pah, da hatte ich ihm was voraus, denn stinksauer war ich nun schon ne ganze Weile! 5 Minuten später saßen wir mit M&M in der klapprigen 6 Mann Maschine und hoben ab. Jetzt kam die Rache des kleinen Piloten!

Er holte alles aus der Kiste raus, was sie hergab. Mir war das ja bis auf ein leicht flaues Gefühl in der Magengegend fast egal, aber Mone wurde es sehr schnell sehr schlecht. Immerhin hatten wir durch die garstigen Luftrollen jedoch die Möglichkeit, dort unten alles ganz genau zu sehen. Sofern wir die Augen auch öffneten! Ich unterstelle mal, dass genau dies auch in seiner Absicht lag und nicht, uns beim Schreiben von arabischen Schriftzeichen am Himmel die Gedärme zu verknoten. Man, was ich dort unten letztlich sah, war einfach fantastisch. Uralte, von irgendeiner Vorkultur in den Wüstensand gekratzte, riesengroße Zeichnungen, deren Gesamtheit man nur aus der Luft erkennen konnte. Die Geoglyphen. Weltberühmt, und geheimnisvoll. Die deutsche Mathematikerin Maria Reiche hatte es sich zur Lebensaufgabe gemacht, diese Zeugnisse einer alten Kultur zu pflegen und für die Nachwelt zu bewahren. Mittler-

weile hat auch die UNESCO dies zum Weltkultur-
erbe erklärt. Welchen Zweck diese Figuren haben,
darüber streiten sich Ethnologen und andere Geister. So werden sie etwa als Geschenk an die Götter,
oder laut Erich von Däniken als Orientierung für
eine Außerirdische Rasse vermutet. Auch wie man
sie, ohne die zwingend nötige Übersicht von oben,
so makellos perfekt in die dunkle Erde zeichnen
konnte, ist nach wie vor ungeklärt. Die Datierung
dieser teilweise über mehrere hundert Meter langen Darstellungen von Menschen und Tieren und
akkuraten geometrischen Figuren, reicht von vor
750 bis 1250 Jahren.

Aber wen interessiert das eigentlich. Es sah irre
aus und jedenfalls war dies das einzige, was ich im
Vorfeld über Peru wusste. Wenn man schon vor
hat, eine Andenreise zu unternehmen und keinen
allzu nervösen Magen hat, sollte Nasca ein fester
Bestandteil einer solchen Reise sein. Genug.

Vor der Abfahrt, unserer für den gleichen
Abend geplanten Fahrt im Nachtbus nach Arequipa, kehrten wir mit M&M noch in eine Bar ein, um
unserer nächtlichen Schlafbereitschaft mittels ein
bis vier Schlummer-Drinks etwas auf die Sprünge
zu helfen. In diesem netten Lokal hatten es sich
Touristen anscheinend zur wichtigen Aufgabe
gemacht, die Wände mit unschönen Grüßen von
den meist unbekannten Zentren ihrer Existenz zu
veredeln. Die meisten dieser Kunstwerke brannten
in der Iris, doch eines davon schmerzte zudem
auch noch mächtig im Gehirn. Es war ein Gruß

vom Fichtelberg. Der Fichtelberg! Erstens wohnt meines Wissens niemand ‚auf' dem Fichtelberg. Dies war also kein Gruß von zu Hause. Man wollte einfach nur mal so vom ‚Bruder Berg' grüßen. So von Berg zu Berg ... von Mann zu Mann ... auf Augenhöhe sozusagen. Ha! Zweitens ist der Fichtelberg, die gewaltigste Erhebung der mächtig gewaltigen Deutschen Demokratischen [??] Republik, gerade mal 1200 und ein paar zerquetschte Meter hoch. Hey hallo, wir sind in den Anden! Hochebenen auf 2000 bis 3800 Metern über Null. Ab hier fangen die Berge erst an, sich als welche bezeichnen zu dürfen. Eine Unzahl Fünf- und Sechstausender wenn man durchs Land fährt und die grüßen vom Fichtelberg? Das ist doch das gleiche, als ob zwischen den mächtigen Redwoods im Yosemite- Nationalpark trotzig eine Birke stünde und herumwundern würde, dass sie nicht fotografiert wird. Frechheit!

Ich grüßte also noch vom Bohnsdorfer Bunzelberg, mit ca. 30m über NN, und betrachtete damit meine Mission in dieser Stadt als erfüllt.

Kapitel 5

Im Bus nach Arequipa

Es ging los. Der Bus war wieder einer von der Sorte - wir sind reich und schön - und war mit den allerfeinsten Schlafsesseln und TV ausgerüstet. Royal Luxus Extraklasse. Es lief "Das Fünfte Element", einer meiner Lieblingsfilme von Luc Besson und ich war selig. Des Nachts und vorm Fernseher habe ich es gern bequem! Die Fahrt führte uns Stück für Stück von knapp 600 Metern auf weit über 2000 Meter über den Meeresspiegel. Das kann für unsere Körper natürlich problematisch werden. Also bereitet man sich so gut es irgend geht darauf vor. Nach und nach musste ich in dieser Nacht jedoch feststellen, dass der von mir vor Antritt der Fahrt hoffnungsvoll in rauen Mengen konsumierte Coca-Tee, anscheinend nicht nur Blut verdünnend wirkt, um im Kopf der gefürchteten Höhenkrankheit vorzubeugen, sondern auch noch 2 Etagen tiefer eine ähnliche Wirkung zu fördern schien. Diese zu meinem Leidwesen jedoch nicht unbedingt krampflösend. Es braute sich also einiges zusammen!

Das ignorierend, nutzte ich die Gelegenheit, um meine Englischkenntnisse durch den Film etwas auf Vordermann zu bringen. Das bietet sich immer an, wenn man einen Film, den man selbst schon fast mitsprechen kann, in Originalfassung sieht. Leider verpasste ich so den passenden Moment einzuschlafen. Mone lag, als der Streifen vorbei war, bereits einige Zeit zuckend neben mir. Wir saßen, oder besser lagen in diesem High Tech Doppelstockbus oben in der ersten Reihe und hatten somit eine herrliche Beinfreiheit. Alle Voraussetzungen für einen erholsamen friedlichen Schlaf. Soweit, so gut.

Also, Bruce hatte natürlich wieder mal die Welt vom Bösen befreit, vergnügte sich noch mit der schönen Heldin und dann war die Flimmerkiste aus. Jetzt gab's hier für mich nichts mehr zu sehen oder zu quatschen, denn alle hinter uns schliefen auch bereits und die Scheiben vor uns waren völlig beschlagen. So konnte man in der Dunkelheit da draußen aber auch überhaupt nichts erkennen. Das ärgerte mich ein Wenig, weil mir irgendwie noch langweilig im Kopf war und noch gar nicht zum Schlafen zumute. Der fehlenden Abwechslung wegen schickte ich mich dann aber doch irgendwann an, eine individuelle Schlafposition zu finden. Just in diesem Moment schmiss der Fahrer die Klimaanlage an. Nicht, dass es jetzt bedeutend kälter wurde. Nein, viel, viel besser! Die Scheiben waren plötzlich nicht mehr beschlagen. Prima. Man konnte jetzt da draußen so gut wie alles sehen. Also aufgrund der Dunkelheit nicht wirklich viel, aber ab jetzt tat ich kein Auge mehr zu! Was da ab und zu zum Vorschein kam, wäre für mich besser im Verborgenen geblieben. Wir befanden uns inzwischen bereits auf dem Weg in die Hochebenen. Der Bus kletterte Meter um Meter in engen

Kurven ein Bergmassiv hinauf und genauso steil wie die Felsen links der Straße nach oben stiegen, so verriet es uns der Scheinwerferkegel unseres Busses, so steil ging es rechts auch wieder nach unten. Das war zumindest meine Vermutung, denn sehen konnte ich da nix. Zu meinem Entsetzen glänzte dort keine Leitplanke! Dort, wo unser Frontlicht von einer kalten stahlfarbenen Eisenplanke hätte reflektiert werden sollen, war nix, sondern es wurde einfach von der Dunkelheit verschluckt. Ich fing an mir über die vereinzelt vorbeihuschenden Verkehrsschilder Gedanken zu machen und ohne zu wissen was sie bedeuteten, kam ich zu dem Schluss, dass sie eindeutig zu schnell huschten!

Wahrscheinlich hätte ich auch nicht wissen wollen, wovor sie eigentlich warnten. Ab und zu blitzten in der Ferne ein Paar Scheinwerfer auf und verschwanden wieder. Kurz darauf tauchten sie abermals auf, um erneut zu erlöschen. Angestrengt versuchte ich jetzt, deren Verbleib zu klären und suchte äußerst konzentriert die sich vor uns ausbreitende Finsternis ab. Der wird doch wohl nicht abgerutscht sein. Nichts auszumachen da draußen. Nichts. Minuten vergingen und ich dachte bereits wieder an was anderes. Dann ward es plötzlich ganz helle in meinem Kopf. Vor Schreck riss ich meinen Mund weit auf, was es irgendwie noch heller werden ließ. Total geblendet erkenne ich gerade noch, wie irgendetwas gleißend Helles genau auf uns zurast und *ein Schlenker nach rechts* sich ein fetter LKW zwischen uns und dem Fels vorbeischiebt. Scheiße! Scheiße, Scheiße, Scheiße. Ich bin jetzt so was von hellwach. Man hätte mich klein hacken und schniefen können. Mein Herz springt mir fast aus dem Hals . . . und alles ist ruhig. Alles außerhalb meines vor Angst bebenden Körpers befindet sich in absoluter Harmonie und in Einklang mit dem monotonen Brummen des Motors. Schnarch - brumm, raschel - brumm - schmatz, wackel - raschel, brumm - surr - surr. Aber mein Herz raste im Takt mit den Kolben des Motors. Tack tack ticketie tacketack usw... Ich war außer mir vor Angst! Wie in Trance überlegte ich Mone zu wecken, oder zum Fahrer zu gehen und ihn zu langsamerer Fahrt zu überreden, oder ich weiß nicht was. Klar, ich hielt mich zurück. Ich geh doch nicht runter, versuche ihm klarzumachen, was ich will, lenke ihn ab und zack, das war's. Ich überlegte hin und her und kam irgendwann zu dem nüchternen Entschluss, dass der Typ das ja wohl hoffentlich schon seit einigen Jahren macht und ich mein Leben wohl oder übel am Besten in seine Hände legen sollte. Mich ihm ausliefere! Bäh! Was für ein unheilvoller Gedanke. Aber jeder Einfluss von außen könnte hier fatale Folgen haben. Was bleibt mir also anderes übrig, als mich in die Situation zu ergeben. Ich versuchte ab jetzt, einfach nicht mehr länger hinzusehen, wenn ich weit vorne Lichter sah. Gehirn abschalten. Abschalten bitte. Ein Auge schaut immer!!! Nicht! Doch. . . . Nicht, bitte bitte! Aber sicher doch! Sing ein Lied, guck

dir ins Hirn, Junge! Augen zu! ... Siehste, doch ge-
guckt. Außerdem machte der Bus ja jedes Mal einen kleinen Ruck nach rechts, um dem Gegenverkehr überhaupt erst einmal den nötigen Platz zu
verschaffen. Yeah, dem Abgrund entgegen! Selten
hatte ich in meinem Leben solch eine Angst wie in
dieser Nacht. Nach einiger Zeit hatte ich meinen
Kopf dann trotzdem endlich soweit. Ich machte
meine Augen einfach nicht mehr auf, rechnete irgendwelche Zahlen in binomische Formeln um
und tat sogar schon 1-2 Schritte in Richtung
Schlummer, fast Schlaf. Endlich Ruhe. Seusel, sabber. Da meldete sich prompt mein zweites Gehirn
und alles, was hinten dran hängt.

Man, ich hatte das Gefühl, der Coca-Tee und
vor allem die von mir leichtsinnig gekauten Coca-
Blätter haben mein gesamtes acht Meter Ablei-
tungs-Geflecht verflüssigt. Jedes Mal, wenn ich
meinen Kopf soweit hatte, nicht mehr zu denken
und fast am Wegknacken war, schreckte ich hoch
weil ich Angst hatte, mir in die Hosen zu kleckern.
„Bloß kein Lüftchen", dieser Gedanke beschäftigte
mich eine Zeit lang. Es ist im Übrigen eine ordent-
liche Leistung, nahezu alle Krämpfe wieder nach
oben in den Bauch einzumassieren, um das ge-
fürchtete Schlüpfer-Massaker zu verhindern. Aber
leider nur FAST alle! So blieb mir ab und zu nur
die Möglichkeit das ‚Boot' in Schräglage zu bringen und sozusagen mit ‚nem Mund voll Wasser'
nahe an der Wasseroberfläche vorbei rückwärts zu
atmen, ohne Wellen zu machen. Also den Hintern

schräg hoch und in konzentrierten kurzen Salven schießen. Ich blieb sauber! Glücklicherweise trieb ich es mit dem „Hochquetschen" auch nicht soweit, dass ich hätte aufstoßen müssen. Wobei, das wäre vielleicht noch mal ganz interessant geworden. Denke ich. Das Klo im Bus stand für mich aus irgendeiner Selbstverständlichkeit absolut nicht zur Diskussion. Heimscheißer eben. Dabei hätte sich die Gelegenheit ergeben, ja genau, denn ab und zu hielt der Bus für einige Minuten an. Wieso eigentlich? Ich sah niemanden ein oder aussteigen. Bis auf den Fahrer, nur er und der ging jetzt gerade wieder zu so einer kleinen Hütte rüber und verschwand darin. Etwa ein Klo? Haha... wahrscheinlich hatte er auch zu viel Coca-Tee. Beim Gedanken, dass ihn die gleichen Krämpfe wie mich plagten könnten, hörte ich gleich wieder auf zu lachen. In Anbetracht der Strecke, die wir noch vor uns hatten, fühlte ich mich nun gleich dreimal so wohl behütet und in guten Händen. Als ich dann jedoch sah, was es mit dieser Hütte wirklich auf sich hatte, wurde mir noch mal ganz anders. Das war eine kleine putzige Kapelle.

Eine von der Art:

>> *hey, hier gibt's wirklich nichts und Niemanden und nichts oder Niemand hat hier wirklich etwas verloren und eigentlich rechnet auch niemand damit, hier zu sein, warum auch, weil nach hier macht sich ja auch niemand extra auf den Weg. Man würde eh niemanden treffen. Wen auch Nicht hier. Nicht sonst wo! Für den Fall aber, dass sich Irgendwer genau an diesem Punkt*

hier befindet, womit niemand und vor allem bestimmt nicht jener Welcher wegen beschriebener Problematik hätte rechnen können, müssen schon mal einige da gewesen sein, also als man früher noch öfters hier war, erkannten die Notwendigkeit und waren sich einig, dass, wer auch immer später, wenn eigentlich keiner mehr wirklich hier sein wird oder sollte, doch dort ist, er es in jedem Falle, wenn er klug genug ist, nicht aus freien Stücken sein wird und somit dringend geistigen oder göttlichen Beistand bräuchte <<

... mit anderen Worten, der Sinn erschloss sich mir nicht wirklich!

Da diese zukunftsorientierte Vorratsbebauung anscheinend einmal flächendeckend praktiziert wurde, sind zwischen Nasca und Arequipa unzählige behelfsmäßig zusammen gezimmerte Kapellen an strategisch unwichtigen Punkten verteilt. Das entlang dieser heiligen Hütten einmal eine Straße gebaut wurde, ist höchst wahrscheinlich purer Zufall! Eventuell waren das aber auch nur Wartehäuschen, an denen die Leute jedoch so lange warten mussten, dass sie überlegten hier zu siedeln. Dann baut man halt erstmal eine Kirche. Oder besser eine Kapelle. Der Fahrer ließ keine einzige aus! Da ist ja nun eigentlich auch nichts gegen einzuwenden, dass er gläubig ist, Beistand braucht und ab und zu ne Kerze zündet, aber wenn das so cirka alle 37,5 Minuten geschieht, frag ich mich doch in meinen beiden, durch Abführmittel und Todesangst gebeutelten Gehirnen, haben wir wirklich sooo viel Beistand nötig? Kneift er bei Gegenverkehr etwa auch die Augen zusammen? Und kneift der Gegenverkehr vielleicht auch die Augen zusammen?

Hallo, . . . Äääh, . . . Gott??? Also . . . . . .

Mit zugekniffenen Augen und heftig zugekniffenem Hintern hielt ich aus bis 6:30 Uhr.

Danke für diese unglaubliche Nacht! Ich hätte nicht schlimmer träumen können.

Kapitel 6

Arequipa, die Weiße

Bei unserer Ankunft am Busbahnhof in Arequipa war ich mir dann aufgrund der erbärmlichen Dämpfe, welche nach dem Aufstehen aus meinem Sitz aufstiegen, sicher, dass ein böser Geist in meinem Hintern wohnt!

Auch war ich mir dessen bewusst, dass es wohl noch einige Zeit dauern würde, diesem ein neues Quartier zuzuweisen. Der Transfer zum Hotel wurde zwar zeitnah angekündigt, aber … es dauerte natürlich! Während des Wartens fühlte ich mich, wegen der starken Übermüdung, im Kopf und dem Druck untenherum, so unsicher, wie ein zu gut gebauter Mann in einem zu kurzen Schottenrock. Alle schauten mich an, so war mein Gefühl zumindest. Die Situation in meinem Bauch glich einem prall gefüllten Dudelsack mit 11 Flötenlöchern. Immer ein Finger zu wenig!!! Da ich bis zur Ankunft im Hotel kein Klo fand, musste ich noch eine ganze Weile mit meinen 10 imaginären Fingern hektisch umgreifen!

Wir bestiegen dann irgendwann ein Taxi und zum Glück bestiegen nur ‚Wir' das Taxi. Endlich im Hotel angekommen, bescherte uns das Zimmer, welches unwesentlich größer als ein Bad war, eine sehr intensive Wohn-Erfahrung der besonderen Art. Es hatte nämlich nicht nur kein Fenster zur Straße, sondern einfach gar keins! Das gab unserem Aufenthalt eine ganz persönliche Note. Jetzt sollte doch jedem klar sein, worauf ich hinaus will. Meine Finger entspannten sich und sämtliche Töne der schottischen Hochebene waren zu hören! Der Geist zog aus!

Trotzdem, oder vielleicht gerade deswegen, schliefen wir sehr schnell ein und uns erst einmal bis zum Nachmittag richtig aus.

Später fragten wir an der Rezeption höflich nach einem etwas größeren Zimmer. Unserem Wunsch wurde auch sogleich ohne Zögern entsprochen. Das Hotel und besonders seine Angestellten machten dadurch auf uns gleich einen sehr zuvorkommenden und freundlichen Eindruck. Sehr gepflegt obendrein. Das half uns dann in den nächsten Tagen über einiges hinweg. Das war auch bitter nötig.

So, nun befanden wir uns also in der ‚Weißen‘ Stadt. Rund 2300 Meter über dem Meeresspiegel und umgeben von einigen recht ansehnlichen Vulkanen, welche angeblich dafür verantwortlich sein sollen, dass es hier täglich um die 20 Erdbeben unterschiedlichster Stärke geben soll. Wie aufregend! Also machten wir uns nach dem Zimmerwechsel auf den Weg herauszufinden, wo's wackelt und warum ‚Weis‘.

Vorab jedoch kehrten wir aufgrund der hinter uns liegenden anstrengenden Fahrt und des darauf folgenden langen Schlafs, mordshungrig in ein Restaurante ein. Die Pizzeria sah von außen sehr gepflegt aus, also gingen wir hinein. Das war Fehler Nummer Eins. Darauf folgten Fehler Nummer Zwei, Drei und Vier in Form von Hinsetzen, Bestellen und Essen. Bei Nummer 4 machte ich dann schlapp und ließ die halbe Pizza "Sonderbar" wo sie war, denn ich hatte den Eindruck, dass mein Bauch soeben dem Einfluss etlicher Vulkane erlag. Der Geist war wieder da. In der Hoffnung, dass dieses weiße glibberige Zeug in der Mitte lediglich rohes Eiweiß war, versuchte ich das bereits Geschluckte in mir zu behalten. Meine Innereien bebten. Sonst bebte nichts. Egal. Den ersten Hunger gestillt streiften wir anfangs orientierungslos durch die Stadt. Rein zufällig wieder in den rettenden Hafen 'Hostel Real San Felipe', so hieß nämlich unser Hotel, eingelaufen, gab uns der Junge von der Rezeption einen Stadtplan mit Wegbeschreibung ins Zentrum und zurück ins Hotel. Danke dafür.

Den Hauptplatz im Zentrum erreichten wir sodann auch ohne große Umwege im lockeren Schlendergang nach ca. 20 Minuten. Da wir wie erwähnt jedoch erst am Nachmittag starteten, wurde es mittlerweile schon wieder recht kühl und die Dämmerung nahm uns allmählich die Farben der Stadt. Das trieb uns glücklicherweise leicht lustlos in einige sehr schöne Läden, in die ich als Shopping-Muffel sonst wahrscheinlich niemals eingekehrt wäre. Zum Abschluss gingen wir, meinen immer noch leicht grummelnden Magen ignorierend, unglücklicherweise in ein Cafe nahe der

Plaza de Armas. Dort aßen und tranken wir sicherheitshalber noch schnell eine Kleinigkeit, da wir vorher im Hotel leider kein Restaurant ausmachen konnten. Somit hatten wir auch keinen besseren Plan fürs Abendmahl. Außerdem konnte mir unser vorheriger Kurztrip ins Reich der italienischen Küche ja auch nicht die gewünschte Befriedigung verschaffen. Ich weiß nicht mehr genau, was sich Mone bestellte, ich in jedem Falle, bekam einen Croissant und eine französische Schaumspeise, dessen Name mir aus gutem Grund auch nicht mehr einfallen will.

Wenn ich darüber nachdenke, liegt mir der Name ja fast auf der Zunge, jedoch habe ich die Befürchtung, dass, wenn er mir einfällt und ich ihn ausspreche, sich die Schaumspeise höchst persönlich dazu gesellt und den Weg ans Licht sucht. Also belassen wir's lieber dabei.

Schon beim Bezahlen hatte ich nur noch einen Wunsch. „Nichts wie zurück ins Real San Felipe". Das namensgebende dieser Stadt, also das „Weiße" ‚Wasauchimmer' konnten wir auch noch am nächsten Tag in Erfahrung bringen und jetzt war es ja eh schon viel zu dunkel dafür. Mir ging es gar...nicht...gut! Kaum eingeschlafen fingen die Fieberträume an. Obwohl ich mir angewöhnt habe, alles Erkältungsartige nach Möglichkeit auszusitzen und sich notfalls mit Schmerzmitteln unterstützt selbst heilen zu lassen, sah ich im Urlaub eher die Notwendigkeit, schnellstmöglich wieder fit zu sein. Was nutzt es mir, an irgendeinem faszinierenden Ort zu sein, wenn ich tagelang im Bett liege?! Ohne Fenster!!!!! Also stopfte ich Tabletten in mich hinein. Buähh. Kein Erfolg, das Fieber stieg trotzdem. Nach ca. 1 ½ Stunden Herumfantasiererei und üblen Krämpfen im Bauch nahm ich etwas zur Magenberuhigung. Magentropfen. Mein Bauch sagt: "was, ... es klopft? Ah, Magentropfen. Ja kommt doch auch noch rein! Let's party!"

Die Party war definitiv zu heftig und meine Galle schmiss erst mal alle raus. Danach ging's mir zwar ein wenig besser, aber lange noch nicht gut. Ich verbrachte noch die ganze Nacht damit, irgendwie die Nacht zu verbringen und bin dann wohl so gegen sechs eingeschlafen.

So zumindest sagte es mir meine Krankenschwester.

Keine Ahnung, wann und wo die Franzosen mal gegen die Italiener ins Feld gezogen sind, aber was sich in dieser Nacht in meinem Magen abspielte war ein erbitterter Kampf mit lautem Getöse. Simone versorgte meine Stirn die ganze Zeit über mit feuchten, kalten Tüchern, um das Fieber herauszuziehen. Ich denke, das trug erheblich zu meiner morgendlichen Entspannung bei, sonst hätte ich wohl nicht einschlafen können. Sei es nur, dass die Kälte der aufgelegten Lappen letztendlich mein Gehirn betäubte und ich ohnmächtig wurde. Besser als nix!

Der darauf folgende Morgen, oder besser Vormittag war gar nicht so schön. Irgendwie grell und undeutlich, oder besser grobkörnig. Ja genau, alles, was ich um mich herum wahrzunehmen vermag, war irgendwie nur in einer schlechten Auflösung verfügbar. Wie ein mosaikartig gepixeltes Foto. Optisch und akustisch. Alles Gesagte, besonders, wenn es zu mir gesagt wurde, nervte. Alle Gespräche um mich herum nervten noch mehr! Alles, was auch nur etwas bunter war als grau, nervte ebenso. Das Hotel war ein mit sehr viel Liebe zum Detail eingerichtetes und außerordentlich farbenfrohes Haus!

In der 4. Etage befand sich das Restaurant, wo man uns unser Frühstück servierte. Ein wunderschöner Raum, mit Panoramafenstern in drei Himmelsrichtungen und einem herrlichen Blick über Arequipa. Über die kleinen Häuschen, auf das Treiben in den Gassen und auf die umliegenden, majestätisch anmutenden Vulkane. Die Sonne erhellte die ganze Szene aus voller Kraft. Man, ... wie das nervte.

Mone tat sich gütlich an ihrem Frühstück und ich suchte nach einem dunklen Platz hier oben. Umsonst. Also versteckte ich mich hinter meiner Sonnenbrille und starrte auf die schöne bunte Tischdecke.

Mit letztlich einem halben Brötchen, einem halben Tee und noch halb erhöhter Temperatur im Körper, trottete ich Mone eher halbherzig, dafür aber gänzlich lustlos, durch die wunderschönen Gassen der Stadt hinterher. Logisch, wenn ich schon mal hier bin, muss ich auch raus und was sehen. Auch wenn's weh tut. Es tat weh!

Weh tat dann auch irgendwann wieder mein Magen und Simone bemerkte treffend, dass ich wohl oder übel etwas essen müsse. Nur wo und vor allem was? Schon der Gedanke, jetzt etwas zu mir nehmen zu müssen, sättigte mich für die nächsten Wochen. Aber ich kam wohl nicht drum herum.

Also den Reiseführer heraus genommen und mal eben gecheckt, ob unser ‚Reise Know How', so der Name des Buches, auch eine Empfehlung zu gutem Essen bei schlechtem Laune auf Lager hat. Und Bingo, ‚La Casa de Klaus'!

Deutsches Spezialitätenrestaurant in deutscher Hand. Nicht, dass ich bei mir zuhause auch jemals Freudensprünge mache würde, wenn ich eine echt deutsche Gaststätte sehe, so nach dem Motto „Futtern wie bei Muttern", aber hier und jetzt war das etwas völlig anderes. Appetit hatte ich zwar immer noch nicht, aber auch keine Ekelgefühle mehr bei dem Gedanken an was Essbares. Im Gegenteil, ich versuchte mir daraufhin eine leckere Konnopke Currywurst vorzustellen, die es hier wohl ganz bestimmt nicht gäbe, aber der Gedanke daran brachte mich ganz weit nach vorn. Bleibt noch zu bemerken, dass einer meiner Spitznamen nicht zu Unrecht "Dirk die Wurst" lautet und sich weniger von meiner Körperform ableitet, als vielmehr von meinem immensen Wursthunger herrührt! Wir machten uns also Kraft des gedruckten ‚Know How's' auf den Weg zu Klausi.

Dort angekommen, verhieß uns ein Blick in die Karte unsere Ankunft im Paradies. Alles Sachen die man kannte. Schnitzel, Goulasch, Klöße, Kartoffeln, Leber, Käsespätzle und sogar, man glaubt es ja kaum, Currywurst. Mitten in Peru ne schöne Curry mampfen! Welch urdeutsche Manifestierung des guten Geschmacks. Man, ich war wieder voll da. Hab mich letztendlich zwar fürs Goulasch entschieden, aber auf jeden Fall kehrte mit deutscher Kost auch wieder Ruhe und Harmonie in meinem Magen ein. Mit Klaus selbst haben wir uns nur sehr kurz unterhalten. Nicht, dass er keine Zeit für uns gehabt hätte oder unfreundlich war. Nein nein, ganz im Gegenteil. Wir konnten ihn einfach nicht verstehen. Er war so was von einem ‚Urschwaben', dass da leider wirklich gar nix ging. Ich finde es ja äußerst unangenehm, wenn ich bei einer Unterhaltung immerzu "was" und "wie bitte" fragen muss, sich mir der Sinn aber trotz mehrfacher Wiederholung nicht erschließt.

Ich hatte mal einen Kellnerkollegen auf einer Bowlingbahn, da war das ähnlich. Peter, Anfang 50, normaler Typ. Peter war kein Schwabe, auch kein Sachse oder Bayer, sondern ganz einfach wie auch ich Berliner. Es gab da also keine Unstimmigkeiten mit dem Dialekt.

Wobei gesagt, ein echtes urberliner Milieu-"icken" aus der untersten Schublade kann ja auch durch simples Zuhören kognitiven Lochfraß verursachen. Vermuten könnte man diese Verstümmelung der deutschen Sprache eigentlich in Altberliner Stammkneipen, antreffen tut man sie aber leider überall. Daran lag es aber nicht, Peter berlinerte nicht so sehr. Das glaub ich zumindest. Er nuschelte vielmehr was das Zeug hielt. Ich meine, er war richtig nett! Wohl gemerkt, nicht zu den Gästen, aber zu uns. Ich verstand ihn nur nicht. Übertrieben behauptet war das einzige, was ich von ihm verstand, die Wörter Stück und Schluck. Das war es, was er so cirka alle halbe Stunde sagte und brauchte. Ein Weinbrand, namens ‚Stück Irgendwas' und ein Schluck Bier. Also ein 0,3 Schlückchen zum Nachspülen! „Mach mal n Stück und n Schluck!" In einer 8 bis 11 Stunden-Schicht kommt da schon was zusammen. Irgendwann kommt nur noch: "...mah ma Schük un Schuk" und zum Ende der Schicht hat er dann meistens nur noch auf seine Armbanduhr gedeutet. Also nicht weil der Feierabend näher rückte, sondern weil es wieder Zeit für „Schüuuschu" war. Gastronomie kann Leuten echt zusetzen!

Dabei war es aber eigentlich auch völlig egal, in welchem Zustand er mit mir redete. Es machte keinen Unterschied. Er nuschelte mit einer Mordsgeschwindigkeit. Ich gewöhnte mir schnell das sinnlose Nachfragen ab und griff zu einer gelasseneren Taktik. Ich hörte nicht mehr hin. Immer, wenn er eine Pause machte und ich eine Frage vermutete, fing ich an meinen Kopf hin und her zu wiegen und ging dann seiner Kopfbewegung folgend in ein Nicken oder ein Kopfschütteln über.

Falls ich bei ihm jedoch keine eindeutige Regung feststellen konnte, sagte ich meistens so etwas wie: "ja was meinst du", "na ja, eigentlich, ...hm" oder "tja ...du, man, ich muss mal kurz telefonieren, eh ich's vergesse". Wahrscheinlich hielt er mich für einen Idioten. Bestimmt hielt er mich für einen Idioten! Ich hoffe, es geht ihm gut und er bekommt noch, was er braucht.

Ich wusste echt nicht, was Klaus brauchte. Man verstand nix. Kein Wort. Gar nix. NADA! Ich überlegte kurz, ob ich es auf Spanisch versuchen sollte, ließ jedoch sofort wieder von diesem Gedanken ab, denn in der Art, wie er deutsch labert, würde ICH sein Spanisch wohl sicher nicht verstehen. Außerdem hätte er mich dann sicher auch für einen Idioten gehalten. Also brach ich das Gespräch, vermutlich in der Mitte, einfach ab und unterhielt mich mit Simone weiter. Jetzt hielt er mich wenigstens nur für einen unfreundlichen Fatzke. Damit kann ich leben! Er ging lächelnd zurück in seine Küche und man, mir ging's wieder richtig gut. Ich hatte zwar noch ein bisschen Temperatur, aber bei den kalten Nächten hier ist es schon in Ordnung, wenn's von innen ein wenig heizt. So konnte ich Mone nachts besser wärmen. Plötzlich hatte ich wieder einen Plan!

Vorwärts! Nach dem Essen suchten wir uns ein Plätzchen in der Sonne, was jedoch nicht leicht zu bewerkstelligen war, da ,draußen sitzen' hier anscheinend verpönt ist. Also setzten wir uns auf den Plaza de Armas, schrieben ein paar Postkarten und dösten ausgiebig bei dem einen oder anderen Käffchen, welches ich aus einem nahe gelegenen Cafe holte. Endlich konnte auch ich mich wieder auf unsere morgige Tour über die Hochebene zum Colca Canyon freuen. Wir interagierten ein wenig mit ein paar einheimischen Kindern, welche hier ebenfalls herum lungerten. So verplemperten wir auf wunderbarer Weise den restlichen Tag. Ein wunderschöner Tag. Bis zu dem Zeitpunkt, als wir zurück ins Hotel kamen und die Postkarten mit Adressen versehen und abschicken wollten. Unser Brustbeutel, in dem wir unser Adressbuch, und was noch viel schlimmer war, auch unsere Gesundheitspässe mit Gelbfieberimpfung hatten, war nicht da, wo es sein sollte. Er war auch sonst nirgends. Das war schlecht, denn für unseren geplanten Trip in den Urwald war eine solche Impfbestätigung absolute Voraussetzung. Das war so schlecht, wie mir in diesem Moment auch schon wieder. Mein Enterisches Nervensystem machte sich grade große Sorgen über die Fortführung unserer Reise und verkrampfte sich wieder, während sich mein oberes Gehirn bemühte herauszufinden, wo das Zeug sein könnte. Im Endeffekt kamen beide Denkapparate zu der Überzeugung, dass es genaugenommen nur zwei Möglichkeiten geben konnte, wo die Papiere waren. Und beide waren schlecht.

- 1. in der Gepäckaufbewahrung von Ica - aus Versehen oder beabsichtigt aus den Rucksäcken geflutscht.

- 2. im Zimmer in Nasca auf dem kleinen Fernsehapparat. Dort, glaubte ich, hatte ich den Brustbeutel zuletzt gesehen.

Da war ich mir mit Simone einig. Auch darüber, dass es ja eigentlich völlig egal war, WO die Sachen weg waren, aber die zweite Variante bereitet mir mehr Bauchschmerzen, als die erste, denn das würde bedeuten, dass wir das zweite mal wegen unserer eigenen Schlampigkeit Probleme haben. Erst unser vergessenes Gepäck in Ica und nun das hier.

Nun hieß es eventuell: „Urwald ade!", so unsere Befürchtung. Na Hoffentlich kriegen wir wenigstens das mit der Umbuchung unseres Rückflugs und Aruba geregelt, dann ist alles andere nicht so schlimm. So beruhigten wir uns zumindest gegenseitig. Mehr schlecht als recht!

Zurück im Hotel fragten wir an der Rezeption nach, ob wir wirklich zwingend die Impfpässe für Puerto Maldonado brauchen und schilderten ihnen unsere Lage. „Si" war die kurze und ernüchternde Antwort. Immerhin versprachen sie uns, zumindest in Ica und in Nasca nachzufragen, ob sich dort etwas angefunden hat. Wir sollten uns nicht verrückt machen und ruhig schlafen. Sie kümmern sich und morgen nach dem Frühstück geben sie uns dann bescheid, ob es eine Lösung für uns gäbe. Am Boden zerstört hauen wir uns ins Laken und hoffen .... und hoffen.

Auch wenn das hier schief geht, mit Aruba am Ende der Reise wären wir wieder mit unserem Schicksal versöhnt. Darum kümmern wir uns, wenn wir vom Canyon zurück kommen. Telefonisch hatte es ja nicht geklappt, aber vor Ort im Büro werden wir das Kind schon schaukeln.

So schliefen wir, von Sonne und Strand träumend, ein.

Kapitel 7

Altiplano und Chivay

Die Nachrichten, welche uns am nächsten Morgen aus Nasca beziehungsweise Ica erreichten, waren keine Guten.

Im Busbahnhof von Ica geht es zwar drunter und drüber und trotzdem, wer hätte das gedacht, konnte man sich an unsere Rucksäcke erinnern. Es war halt nicht alltäglich, was uns da passiert ist. Aber von einem Brustbeutel wusste niemand etwas. Ich denke, wenn der in Ica verloren ging, wird er sich eh nicht anfinden. Dann ist er wohl geklaut. Er lag oben als erstes in meinem Sack. Hat vielleicht jemand gedacht, da ist Kohle drin und ärgert sich jetzt tierisch. So wie wir. Armer Kerl. Also einmal Fehlanzeige.

In Nasca hat die Zimmerfrau, die am Tag unserer Abreise in unserer Etage war, heute frei. Der Chef hier verspricht aber, sich morgen noch mal darum zu kümmern. Na ja, nett von ihm. Hoffentlich bringt es auch was. Wir schieben das ganze Problem erst einmal weit von uns weg, um uns die bevorstehende Tour nicht zu versauen. Immerhin bin ich wieder völlig fit, Mone geht's gut und heut geht's richtig weit nach oben. Über die Hochebene und durch das Nationalreservat Pampa Canahuas auf über 4000 Metern nach Chivay. Nach dem Frühstück, bei dem ich mich etwas zurück hielt, ging es dann auch los.

Freddy, unser Guide, stellte sich im Bus 'kurz' vor und begrüßte alle Reisenden namentlich. Das einzige, was er von sich nicht erzählte, war das, was man von Anfang an sofort wusste. Freddy war megaschwul. Und falls er es nicht war, dann wusste er es nur noch nicht!

Dieser Umstand wertete aber auf jeden Fall die sonst eher nüchternen "on the left side you can see ..." und "over there behind the mountains" blabla - Erklärungen tonal und auch fürs Auge enorm auf. Ein bisschen wie ne Stewardess im Stimmbruch. Bunte und saftige Gesten! Da wir recht weit hinten saßen, begrüßte uns Freddy fast als letztes. Und zwar mit den Worten: "and here we have Mr. + Mrs. Dirk!".

"...,..." ?

Da er Simone nicht mehr separat ansprach, war ich mir dann auch ziemlich sicher, dass er Mone und mich, und nicht meine multiplen Persönlichkeiten meinte.

Die ca. fünfstündige Fahrt war natürlich fantastisch, wenn man hohe, schneebedeckte Gipfel und endlose Ebenen mag. Ich mochte es. Es lässt sich nicht wirklich beschreiben, dieses Gefühl, wenn man an Vulkanen und anderen Sechstausendern vorbei, durch die immer dünner werdende Luft, langsam aber stetig bergauf, zum höchsten Punkt der Reise gelangt.

Während eines der vielen kurzen Zwischenstops konnte man sich langsam an die dünnere Luft gewöhnen und die Gegend bei einer Zigarette und einem Tee auf sich wirken lassen. Ja sicher, genügend Luft zum rauchen ist immer da! An den Coca-Tee hatte sich mein Körper anscheinend auch gewöhnt. Sicherheitshalber hatte ich mich aber beim heutigen Frühstück durch sehr wenig Input vor drohendem, unkontrollierbarem Output geschützt. Mein Magen war ruhig und der Darm zuckte nicht.

Einmal konnte man unten in der Schlucht zwei kleine Seen sehen. Freddy war entzückt und beharrte trotz der ungläubigen Blicke und kicherndem Abwinken aller Mitreisenden auf der Behauptung, dass diese Seen im Wechsel der Jahreszeiten ihre Farbe wechseln. Ja klar. Gut, die Seen sahen von hier oben recht rot aus, aber seiner Beteuerung, dass diese manchmal auch tief grün und anderen Tags blau aussehen, wollte niemand Glauben schenken. Vielmehr fragte ich mich während einer darauffolgenden Unterhaltung mit ihm, also face to face, ob seine Nase vorhin auch schon so spitz und lang gewesen war. Ich konnte mir das Grinsen nicht verkneifen. Ich lauschte ab nun auch aufmerksam, ob er beim laufen klapperte! Meine Frage, ob sein Vater eventuell Gepetto heißt und Tischler ist, verneinte er. Okay.

Weiter ging die Fahrt, vorbei an Lamas, Alpakas und einigen kleinen Märkten zum ‚Pata Pampa Pass'. Dort machten wir wiederum eine Pause und als wir hier ausstiegen blieb uns fast die Luft weg. Eigentlich nicht nur uns, sondern generell war die Luft hier fast weg.

Ist ja auch kein Kunststück, wir befinden uns auf sage und schreibe 4800 Metern über dem Meeresspiegel!!! Ein Schild neben dem Eingang einer Cafeteria wies sogar eine um noch einmal mehr als 100 Meter größere Höhe aus. Das kann man doch mal kurz auf sich wirken lassen, oder? Boah . . . ist daaaas hooooooooooch!!!!! . . . Und mächtig hell, zu hoch für Wolken! Und herrlich ruhig. Sonnenbrille! Die Luft scheint so dünn zu sein, dass der Schall sich nur langsam ausbreiten kann.

„Hallo, . . .haaaa....loooooo. Was schlägt die Uhr in Mag.....de.....burch, ..." Was gucken die mich denn bloß alle so blöde an? Da kam kein „Achte durch".

Die ganze Zeit verkniff ich mir während den Pausen mehr als nur einen Coca-Tee zu schlürfen, obwohl man dies ja wegen der Höhenluft in großen Mengen tun soll. Das lindert angeblich die Symptome der Höhenkrankheit und soll die Blut- und Sauerstoffzirkulation erleichtern. Das sollen wohl echt heftige Schmerzen sein.

Also entschied ich mich, hier oben auf meine Ängste vor Magenkrämpfen pfeifen. Wer richtige Kopfschmerzen oder Migräne kennt, wird diesem Schmerz immer einen ,Darm zerfetzenden' Krampf vorziehen! Wir tranken also viel Wasser, einige Mate de Coca und ich kaute sogar wieder ein paar rohe Blätter. Wie die alten Inkas. Was für ein Gefühl. Was für eine Aussicht. Was für ein beschissener Geschmack! Als ob man ein Schaf so richtig mit der Zunge küsst. Pfui. Wenn da jetzt etwa irgendwer wissen mag, wie so ein Kuss wohl schmeckt, nur zu, Schafe gibt's auch bei uns genügend. Oder man fragt einfach jemand aus dem North-West-Territorium, Australien.Verdammt einsame Gegend dort.

Hier war gerade alles gut. Keine Schmerzen, weder oben noch unten, und meine Begleitung war ebenfalls guter Dinge. Die Sonne schien und weiter ging die Fahrt nach Chivay. Jetzt bergab. Gute 1000 m Höhenunterschied über ‚interessante' Serpentinen nach unten. Das war mal was! Hätte mir mit Motorrad gewiss auch Spaß gemacht. Plötzlich musste wirklich eine Frau im Bus wegen Soroche, so heißt die Höhenkrankheit, behandelt werden. Gut, dass wir uns entschieden hatten, uns dem Genuss der Cocapflanze nicht zu entziehen.

Die Ärmste sah gar nicht gut aus. Sie schien richtig üble Schmerzen zu haben, aber glücklicherweise war ein Arzt an Bord und der gab ihr eine Beruhigungsspritze. Nach und nach ließen ihre Schmerzen anscheinend nach und sie weinte und klagte nicht mehr so lautstark. War schon gruselig, hörte sich ein bisschen wie Besessenheit an. Anscheinend hatte sie auch aufgrund der Schmerzen auch unter sich gemacht. Es dauerte gut eine halbe Stunde, bis man kein Wehklagen mehr hörte. Na dann doch lieber viel von diesem Coca saufen und lediglich unter Krämpfen einkacken! So spart man sich wenigstens die immensen Kopfschmerzen ... und das warme Ergebnis zwischen den Backen war ja das gleiche.

Da wir glücklicherweise schon wieder auf dem Weg nach unten waren, gab's auch keine weiteren Probleme, andernfalls hätten wir alle umkehren müssen. Erste Regel ist ruhig stellen, die Zweite mit Flüssigkeit und wenn möglich mit Sauerstoff versorgen und die Dritte ab nach unten! Also, bei den ersten Anzeichen von Höhenkrankheit sofort wieder in niedrigere Höhenlagen bewegen, bevor es richtig los geht. Runter gehen, abseilen oder fahren. Je schneller, desto besser. Nur nicht springen! Obwohl die Schmerzen dann ja auch nachlassen.

In Chivay angekommen fühlte ich eine innere Befriedigung, eine himmlische Ruhe, ausgelöst von der Schönheit dieser kleinen Stadt. Würde Gott irgendwo physisch wohnen müssen, hätte er hier mit Sicherheit auch ein Häuschen! Beschreiben lässt sich die Schönheit dieser Ortschaft mit geschriebenen Worten nicht, aber, um eine Vorstellung meiner Faszination zu bekommen, folgender Gedanke:

Man stelle sich 3 Engländerinnen jenseits der 50 vor, welche, in einer Tonlage die selbst Hunden Schmerzen zufügt, allerlei putzige und allerliebste Prädikate benutzen, um ihre Verzückung zu offenbaren. Dabei kehren Diese fast ihr Innerstes

nach außen (Gott bewahre!), so putzig, sooo all-
ller-liebst. Drei herzige Damen also, welche sich in
feinstem Oxford-Englisch gegenseitig immer wieder in ihren Beschreibungen und Lobpreisungen
übertreffen wollen. Glücklicherweise saßen die
Drei aber nicht im Bus, sonst hätte ich mich aus
Reflex wahrscheinlich in die Schlucht gestürzt.

Es war wunderschön! Nun hatten wir eine gute
Stunde Zeit, um uns ein wenig die Füße zu vertre-
ten, bevor wir uns wieder mit der Gruppe verei-
nigten, um zu Mittag zu essen. Es war jetzt bereits
früher Nachmittag, doch wegen dem ganzen Tee
hatten wir bislang noch keinen großen Hunger
verspürt. Somit war jetzt der richtige Zeitpunkt für
‚la comida'. Ein großer Augenblick war gekommen! Endlich bestellte ich mein erstes Alpakasteak.
Simone lies sich dazu nicht hinreißen, aber ich war
schon wieder recht mutig geworden. Nach meinem Verweigern der dampfenden Meerschweinchen vor knapp einer Woche, war das Alpakasteak
für mich unbedingt ein Muss! Auf jeden Fall war
das Fleisch frisch aus der Region. Die Tiere standen ja den ganzen Tag über an der Straße herum,
da schafft man's leicht auf die Speisekarte. Das
Restaurant war auch gut gefüllt, so dass die Opfer
bestimmt zügig durch die Pfanne huschten und
nicht lange im Kühlraum lagen. Tiere aus der
freien Wildbahn schmecken ja generell viel besser,
so sagt man zumindest. Sie führen bis zu ihrem
Ableben, welches hoffentlich immer sehr abrupt
eintritt, ein weitgehend normales und unbe-

schwertes Leben. Sie werden nicht mit Hunderten ihrer Artgenossen zusammen aufgezogen und markiert, nicht in stinkenden Verschlägen gehalten, nicht gemästet und von Schläuchen ernährt, gleichzeitig gemolken und wenn sie alt genug sind, auch nicht von Gummihandschuhen geschwängert. Bei den Alpakas läuft das alles ganz relaxt ab. Ich stelle mir ein vierhufiges Andenleben in etwa so vor.

Irgendwann des Nachts fallen sie blutverschmiert einen halben Meter aus ihrer Mutters Schoß in den kalten Andenstaub und müssen sofort aufstehen, um nicht zu viel Wärme an den eisigen Boden abzugeben. Die sind sofort fit. Ab dann heißt es nur noch 'rumhoppeln' und 'Futter suchen'. So ein glückliches Leben. Auf den Ebenen an jungen Zweigen knabbern, an den Hängen grasen und leckere Orchideen in sich hineinstopfen. Je steiler die Hänge, desto leckerer! Hmm!!! Da kann man schon mal die Zeit vergessen. Mümmel, Schnurpsel, mampf und träum! Ja ja, tagein tagaus. Hin und wieder wird es dann überraschend dunkel, und schon ist es passiert! Ein falscher Tritt und zack, geht's den Hang runter. Oh ja, der Felsenexpress! Dabei leidet das Fell natürlich erheblich, grade an den Gelenken, wenn man versucht, sich irgendwo gegen zu stemmen um wieder auf die Hufe zu kommen. Rums, das war der Schädel. Was für ein Radau. Jetzt bloß nicht quieken und einen Puma auf sich aufmerksam machen, dann wäre es vorbei mit lustig. Also schön leise cirka 30

Meter den Abhang runter schlittern und unsanft aufgeschlagen. Benommenheit! Kurzes Sammeln und ab auf die Hufe. Na immerhin steh ich wieder. Na prima, ein Bein ist verdreht und lauter spitze Steine im Kinn und das Fell sieht aus wie ...! Da könnte man doch spucken, aber das bleibt eben mal den großen Verwandten vorbehalten. Was für ein Höllenritt, was für ein Tag. Richtig finster ist es mittlerweile auch schon. Mist! Keine Ahnung wie ich da wieder hoch kommen soll. Hey, ist da nicht einer? Da ist doch Einer! Da steht doch ein Artgenosse rum. „Hey Kumpel ... du auch hier?!" Dieses Viech glotzt nur blöde in der Gegend herum. „Glotz du nur und komm bloß nicht auf die glorreiche Idee, mir zu helfen." Na wenigstens nach dem Weg fragen kann man ja mal. „hallo" .... Rührt sich nicht! „hey hallooo" Ist der fest gefroren oder was? Steht da zweidimensional in der Pampa rum und schert sich einen Dreck um Seinesgleichen. Na warte, wenn ich zu dir gehumpelt komme. Komisch, kein Mucks. Keine Regung. Steht der in einem Stall, oder was ist das da um ihn herum? Hää...? Das ... ist ... ja ... gar kein Kollege! Das ist ja ne Platte mit ner Zeichnung von mir! Wie jetzt, hat man mich hier etwa schon erwartet? Verstehe ich nicht. Na toll, jetzt auch noch ein Tinitus. Der Schlag gegen meinen Schädel war wohl doch stärker als befürchtet. Es dröhnt und tutet. Das Geräusch wird immer höher, immer lauter und das Tuten hört und hört nicht auf. Und das, ... was ist das? Ist das Gott? „Bist du Gott? Der Alpakagott??

Bist du das Licht?" Beweg ich mich jetzt etwa schon aufs Licht zu? „Gott, bist du das?" War der Sturz so heftig? Und das Tuten, …und das Licht, …und das Tuten, … und das … ! Und schon guckt es in den Kühler vom LKW und wenig später aus der Pfanne. Frischer geht's nicht!

Regenwurm!

Oder, besser Kalbsregenwurm. Mit einem Touch von Lamm. Ja, das trifft es vom Geschmack her am besten. Kalbswurmregenlamm.

Oder noch besser Kalbswurmregenlammleder. Genau, das beschreibt es im Ganzen. Ich brauchte mehr als nur ein Bier, um mir die Braut auf meinem Teller schön zu trinken! Die Beilagen waren aber spitze.

Nach dem Essen brachte uns der Bus dann endlich zum Einchecken ins Hotel. Ein Concierge mit einem ins Gesicht genähten Lächeln –grusel/grins– übergab uns den Schlüssel.

Sehr karg eingerichtet das Zimmer. Genau genommen hat man das mit dem Einrichten als völlig unnötig erachtet und hatte diesen Punkt schlicht ausgelassen. Lediglich zwei Betten in die Raummitte garniert und fertig basta. Na zum Schlafen sollte uns das wohl genügen. Unglücklicherweise fing Mone in diesem Moment mit Halsschmerzen, Schnupfen und Fieber an. Der Gedanke an eine heiße Dusche tat da wahre Wunder. Ihre Miene hellte sich wieder auf. Das war ja auch ein unglaublich entspannender und wohltuender Gedanke. Einer meiner Lieblingsgedanken, wenn ich geschafft, verfroren oder völlig verkeimt bin. Leider ein ebenso kurzer! Im "Low Budget"- Flügel des Hotels, in welchem wir allem Anschein nach gelandet sind, gab es warmes Wasser nur bis zehn.

Nicht zehn Uhr, ... 10 Grad!

Flink wie das Steak vom Hang zischte ich ohne nennenswerte Blessuren runter zur Rezeption und fragte höflich nach Aqua Caliente. Aha, - *lächel/grins-*, wird jetzt gerade erst erhitzt und ab 18:00 Uhr *-zwinker/lächel-* kann geduscht werden. So die ausdruckstarke Erklärung vom ‚Grinsekater/Empfangschef'. Prima, da freuen wir uns schon mächtig. So kurz nach halb sieben ziehe ich mich dann doch noch mal warm an und mache den Herrn am Schlüsseltresen höflichst darauf aufmerksam, dass das Wasser immer noch 'mucho frio' sei und sich in den letzten Stunden noch überhaupt nix in Sachen Erwärmung getan hat. Im Gegenteil, seit die Sonne weg war, wurde es tierisch kalt und Mone ging's zunehmend schlechter.

Heizung = Fehlanzeige! Mir unbegreiflich, aber anscheinend völlig normal. Nun stellte er uns doch noch eine warme Dusche in Aussicht, denn jetzt sollte laut Versprechen, *-lächel/zwinker/lächel-*, der Moment der wohlig warmen Wasserwonne um 20:00 Uhr für uns gekommen sein. Nun gut, wir hatten da mal Vertrauen, aber eigentlich hatten wir auch gar keine andere Wahl.

Auf dem Rückweg ins Zimmer traf ich Jack und Sandy, die beiden Jungs aus England, welche wir im Bus kennengelernt haben. Sie fragten, ob wir mit zu den Thermalquellen kommen wollen. Freddy macht heute Abend wohl noch eine Tour und wer Handtuch und Badehose dabei hat, ist herzlich eingeladen. Ich wette, wer nur ein Handtuch mitbringt, noch viel herzlicher. Bei dem Gedanken machte mein Herz einen Hüpfer. Also nicht wegen Freddy, aber ein heißes Bad, ...oh ja. Nun, die Idee war ja im Grunde nicht schlecht, aber Simones Zustand ließ das leider absolut nicht zu. Nach einem warmen Bad hätte sie sofort ins Bett gemusst, sonst hätte sie sich sonst was weg geholt. Somit verpuffte diese wunderbare Idee, bevor sie richtig in meinem Gehirn angekommen war und zu viel Schönes anrichten konnte. Aber nicht so schlimm, wir werden ja dann um acht Uhr hoffentlich auch heißes Wasser haben. Die Hoffnung stirbt ja bekanntlich zum Schluss. Um halb neun war es dann auch wirklich soweit. Die Hoffnung war tot!

Und ich war stinke, stinke, stinke sauer - einfacher Plan: "Ich mach dem Typen großes Aua!!!" ...schon, weil es sich so schön reimt! Also rannte ich voller Tatendrang runter zu seinem Schlüsselpuff. Leider umsonst! Das Rezeptionspüppchen mit dem Kellnergrinsen hatte leider schon Feierabend. Besser für ihn, sonst hätte ich ihm die Fäden im Gesicht neu geknüpft!

lächel / aua / grins / aua // aua /zwinker // ha // ha // ha !

Das Zimmer bot außer den Betten nicht einmal etwas zum Verfeuern und der Gedanke daran, die Nacht auf dem kalten Betonboden zu verbringen, ließ uns von der Möglichkeit schnell wieder abkommen, diese einfach mitten im Zimmer zu verbrennen. Also blieb uns nur eines. Etwas Warmes essen oder trinken, wobei Simone in ihrem Zustand überhaupt nicht zum essen zumute war. Trotzdem hatten wir die Hoffnung, dass es im Restaurant um einiges wärmer war als hier in unserer Höhle. So war es dann glücklicherweise auch. Und schön voll! Und schön laut! Freddy und die Aquanauten waren auch grade wieder eingetrudelt und nun hieß es Dinner mit Programm. Mone tat mir echt leid, aber bei der Wahl zwischen nerviger Musik hier oder einem Erfrierungstod im Zimmer, nahm sie hier lieber das Kopfbrummen in Kauf. So blieb sie. Ich auch.

Es spielte eine Band. Zu hören gab es die üblichen Andenhymnen, die man auch schon vom Alexanderplatz und aus diversen Einkaufspassagen kennt, doch natürlich entfesselt dieser Sound hier im Land der Inka eine ganz andere Magie. Draußen, in den engen Gassen und auf den sonnigen Plätzen, fühlt man sich angesichts der alten Bauten durch die kurzen hohlen Klänge der Panflöte in der Zeit zurück versetzt. Optisch und akustisch ein Genus, welcher immer wieder zum Verweilen einlädt. Dort draußen stehen die Zuhörer um die Band herum und wenn man genug hatte, ging man einfach weiter. Schritt für Schritt wurde dann das rhythmische Klopfen und der Mix aus Panflöte und diversen anderen Instrumenten immer leiser, immer weiter entfernt, bis es letztendlich völlig verstummte.

Jetzt und hier im Restaurant konnte ich mich jedoch des Eindrucks nicht entziehen, dass die Band irgendwie immer um uns herum stand. Oder besser um mich herum. Da wurde nix leiser, da verstummte nix! Untermalt wurde die Musik von einigen in Trachten gekleideten Tänzerinnen. Dick in Alpakasachen, Tüchern und Jacken, Pullovern und Bändern gehüllt, hüpften diese zur Melodie der Panflöte hin und her, von einem Bein aufs andere. Quer durch den Raum. Das ganze eine gute Stunde lang. Wahnsinn, die froren garantiert nicht.

Jack und Sandy erzählten uns von den Thermalquellen und dass man unbedingt hätte da gewesen sein müssen und dass das echt toll war. Tja man, schade Leute. Schlechte Laune hatte ich nun auch wieder.

Jetzt, mit dem Gedanken nicht dabei gewesen zu sein, nervte mich die Musik noch mehr als vorher. Ich meine, es ist eine wirklich schöne Musik, gerade im Nachhinein, - besonders im Nachhinein-, aber wenn man sie, so wie wir den ganzen Urlaub über tagaus und tagein immer wieder hört und vor allem gerade dann, wenn man mal irgendwo ein lauschiges Plätzchen gefunden hat und einfach nur chillen möchte, kommt diese Zerstreuung dann doch oft ungelegen und nervt nur noch.

Und wie sie nervte! Das lag in diesem Falle aber vielleicht auch nur daran, dass mir der Blockflötenmatador mit seinem Instrument fast den Schmalz aus meinem rechten Ohr wühlte. "Hallo, geht's noch?" "Hola Ombre, Muchacho, hola, losiento mein Schädel!!!" Ich bin doch keine Kobra! "Hey Amigo, hallo man, verpiss dich mal por favore, aber avanti!" Ich meine, der stand mit seiner Flöte ungelogen plötzlich einen knappen Meter neben meinem Stuhl und hatte anscheinend eine kräftige Lunge. Und er hatte sichtlich Spaß daran, mich zu ärgern. So wie der da reinprustete erwartete ich jeden Moment einen kleinen Giftpfeil, der das Rohr verlässt, oder dass sich ein fetzig bunten Luftballon am Ende seiner Puströhre zu voller Größe entfaltet. Ich meine, da hätte er mir die Flöte auch gleich direkt ins Ohr stecken können, dann hätte es wahrscheinlich gar nicht mehr so geschmerzt. Bis auf den Umstand vielleicht, dass sich dann meine Augen immer weiter voneinander entfernen hätten und mein Kopf irgendwann geplatzt wäre. Auch ne Lösung! So jedoch, einen knappen Meter vor meinem Trommelfell, verbrannte er mir ganz schön die Löffel. Er machte auch absolut keine Anstalten, dies zu unterlassen. Es fehlte nur noch der runde Spiegel mit Loch auf seinem Kopf. Dieser verkappter HNO - Futzi. Ich überlegte kurz, ob ich ihm einfach Geld gebe, dass er aufhört. Das hatte zumindest schon ab und zu funktioniert, dachte dann aber, es wäre doch einfacher und vor allem billiger, ihm die Flöte wegzunehmen. Also griff ich nach dem Ding und hielt sie für einen kurzen Augenblick fest. Jetzt wurden seine Augen groß und siehe da, er verstand mich plötzlich und verschwand. Jetzt trötete jemand Anderen voll.

Wir waren für heut bedient, verabschiedeten uns und freuten uns ganz dolle auf die kommende, kalte Nacht. Irgendwie waren wir zu kaputt, um noch eine Zimmerwechselaktion zu starten, aber ich informierte Freddy schon mal über unser Duschproblem und bat ihn um Hilfe. Davon, so berichtete er uns, habe er bereits gehört und in Erfahrung gebracht, dass es in diesem Flügel heute ein Problem mit der Wasserversorgung gab. Der Grinsekuchen von der Rezeption versicherte ihm aber, dass dies behoben sei und es morgen früh auch für uns heißes Wasser gäbe. Na bitte. Warm würde ja auch schon reichen.

Um 6:00 Uhr sollen wir für die Tour in den Canyon geweckt werden. Ich stellte unseren Wecker also auf 5:30 Uhr, um vorher noch genügend Zeit zu haben, ausgiebig warm zu duschen. Das im Kopf behaltend, kauerten wir uns beide in einem Schlafsack fest zusammen. So konnte ich Simone warm halten und ihr Fieber wärmte mich auch recht gut. Beziehungen leben vom Geben und Nehmen.

Wir hätten doch eines der Betten verbrenne können. Hätte schön nach Qualm gestunken, aber gewärmt! Na ja, was soll's. Irgendwann schliefen wir erschöpft vom frieren ein.

Ich träume von Aruba, Schnorcheln, am Strand liegen, Cocktails und Sonnenbrand. Mangels Rauchgeruch gab es in dem Traum leider keinen frischen Fisch vom Grill.

Trotzdem schön!

Kapitel 8

Cruz del Condor

Unser Wecker klingelt.

Ich überspringe mal die ausführliche Beschreibung unser zügellos ausgedehnten morgendlichen Warmwasserspiele, inklusive Schaummassagen, thermal-bedingter Genesungsfortschritten und einem ungeheuren ‚Gute Laune Start in den Tag Gefühl', weil wir all das wegen fehlender Voraussetzungen schlichtweg überspringen mussten.

Dafür nahm ich mir sehr viel Zeit, diesem ‚strick-gegrinsten' Rezeptionspüppchen sämtliche Maschen durch Schüttel-Kur neu auszurichten. Ich stampfte runter und nahm ihn Maß. Oh Wunder, plötzlich verschwand bei ihm dieses unbeschwert naive Homolächeln, und bei mir die seit gestern Nachmittag angestaute Aggression. Da hatte ich anscheinend alles richtig gemacht!

Als er mir dann entwischte, berichtete ich ihm noch schnell von einigen, sehr ausdruckstarken deutschen Worten. Den anklagenden Blicken eines älteren Pärchens aus Innsbruck konnte ich mir sicher sein. Der einzige, der nun noch grinste, war Freddy. Erstens hatte er damit schon gestern Abend gerechnet und zweitens konnte er wieder ein paar eindrucksvolle Vokabeln dazu lernen.

Kalt geduscht und mürrisch wurden wir abgeholt. Im Bus zum Cruz del Condor, einem beliebten Aussichtspunkt an der angeblich tiefsten Schlucht des amerikanischen Kontinents, verschwanden die Erinnerungen an die vergangenen Stunden wie der graue Pelz beim Staubwischen. Wisch für Wisch klärte sich mein Blick und meine Laune. Die Sonne wärmte, die Aussicht beeindruckte und die Andenqueen Freddy sorgte für die akustische Stimulierung meiner Lachmuskeln. Mit Sandy und Jack, den beiden Jungs aus England, hatte ich auch dankbare Lachpartner. Es war eine super schöne Fahrt. Gerade, wenn man zu zweit unterwegs ist und sonst größtenteils nur miteinander redet, ist es sehr erfrischend, sich auch mal wieder ausgiebig mit anderen zu unterhalten. Wenn sie nett sind und das waren sie. Uns fiel auf, dass die beiden aber auch wirklich sehr nett zueinander waren. Auffallend nett, wenn ich's mir recht überlege. Na ja, warum denn nicht! Lag aber vielleicht auch nur an ihrer offensichtlich indischen Abstammung. Ich finde ja, Inder sind generell sehr nette Menschen. Die goldene Ausnahme sind da nur zwei Kellner in einem sehr guten indischen Restaurant in Berlin.

Der eine ist im Gesicht derart zugewachsen, als ob er in Mekka zur Pilgerreise war -natürlich ist er Hindu- und macht einen ständig gequälten und abwesenden Eindruck. Als ob ihm unterm Turban ein Schraubstock versteckter Weise die Fontanelle quetscht oder dort 95°C herrschten Die letzten 10 Sekunden in der Sauna quält man sich doch auch nur noch und möchte nicht mehr angequatscht werden. In einem ähnlichen Zustand scheint der Typ permanent zu sein. Blickte immer bewusst in die Richtung, wo sich niemand befand. Ein bisschen erinnerte er mich auch an einen Wehrwolf. Das könnte eventuell dann auch erklären, warum es, dort an einem Tisch sitzend, immer sehr schwierig war, seinen Blick zu erhaschen um eine Bestellung aufzugeben. Vielleicht befürchtete er unter seinen Gästen einen glatzköpfigen Vollmond zu erkennen und hatte Angst, sich unter Schmerzen zu verwandeln. Keine Ahnung. Bestellen musste man auf jeden Fall bei seinem Kollegen. Dieser, kurze Haare und ohne Hut, ist wohl schon Anfang 50 und scheint aber irgendwie in seiner Tätigkeit auch nicht so wirklich glücklich zu sein. Sein Lächeln gleicht immer einer Mischung aus Billy Idols Oberlippe und einem geschrotteten Ferrari. Irgendwie schräg! Sieht immer aus, als würde er knurren.

Jack und Sandy knurrten nicht. Sie konnten herzhaft lachen. Ich auch. Nur Simone verstand nicht allzu viel. Ob es an ihrem immer noch leicht fiebrigen Befinden oder an eventuell fehlenden Englisch-Kenntnissen lag, klärte sich, als sich zwar ihr Zustand besserte, sich aber an ihrem Lachverhalten nichts änderte. Aber auch sie hatte genügend Zerstreuung. Zum Beispiel während den Pausen, die wir einlegten. Dort waren immer einige Händler mit ihren Familien. Zwischen Nahrungsaufnahme, pinkeln in der Wildnis und dem Erkundung der Herkunft von Alpaka-Steaks am lebenden Objekt, stellten wir fest, dass die Indios wirklich äußerst vertrauensvoll oder auch unbedarft mit ihren Kindern umgingen. Wir fanden es natürlich gedankenlos und inakzeptabel, wie sie ihre Kinder unbehelligt an den wirklich tiefen Abgründen spielen ließen. Wir waren uns darüber einig, dass, falls wir einmal Kinder haben sollten, diese von uns besser behütet aufwachsen sollten. Auf jeden Fall.

Jahre später musste ich dann feststellen, dass diesem Vorsatz nur allzu sehr Genüge getan wurde. Genug dazu!

Auf jeden Fall kamen wir dann auch irgendwann am Cruz del Kondor an, was anscheinend alle in helle Aufregung versetzte. Ich ließ mich mitreißen! Ich freute mich. Ich war gut drauf! Jawoll. Am Abgrund stehend suchten dann also alle den leeren Raum zwischen Bergmassiv und Wolken ab. Stimmt auch nicht ganz, es gab keine Wolken. Nur ganz wenige, dünne weiße Gebilde, die, wie mit einem zu feuchten Pinsel oder mit zu wenig weißer Farbe, in den tiefblauen Himmel gezeichnet wurden. Oder besser reingekratzt. Als wäre Bob Ross mit Spachtel hier gewesen.

Wir suchten also den weiten Raum ab. Aber wie gesagt: ‚leerer Raum!' Gähn …!

Es ist auch dieses Mal wieder so, wie in den meisten Fällen. Der Weg selbst birgt die schönsten Eindrücke und Erlebnisse und ist deshalb auch das eigentliche Ziel. Zumindest für mich. Ich hatte ja auch nicht wirklich erwartet, dass so ein Kondor auf meinem Kopf landet und sich ein pompöses Nest baut. Ist auch besser so, wenn ich überlege, wie riesig die Viecher sind. Auf jeden Fall zogen diese majestätischen Wesen dann doch irgendwann in großer Entfernung am Horizont ihre Kreise und erweckten so auf den sofort von allen massig geknipsten Fotos den Eindruck einer minimal zerkratzten Kameralinse. Ein vernünftiges Teleobjektiv hatte niemand dabei.

Ohne Höhenkrankheit, mit gut trainierten Lachmuskeln und halbwegs passabler Frisur traten wir den Rückweg nach Arequipa an, wo wir dann am nächsten Tag immer noch vergeblich einen Platz, sprich ein Cafe, an der Sonne suchten.

Die fehlende Möglichkeit, sich in der Sonne bei einem gepflegten Käffchen zu entspannen, ist für mich fast wie fehlender Sex. Es schlägt aufs Gemüt. Schon einer dieser Umstände hätte gereicht, dass wir an diesem Tag unseren ersten handfesten Streit in Südamerika hatten. Nun kann man sich ja aber leider schlecht aus dem Weg gehen, wenn man eben zusammen unterwegs ist. Besonders, wenn sich einer von beiden nicht allein auf Tour begeben will, das Hotelzimmer jedoch wie beschrieben auch nicht allzu viel Abwechslung bietet und so gar nicht zum Verweilen einlädt. Also schritten wir weiter zusammen durch die Stadt. Irgendwann saßen wir dann irgendwo und tranken irgendwas. Zwar schon wieder nur im Schatten, aber zumindest auf einem Balkon, zweisam…

...einsam. Kein Gespräch. Auch schön! Immerhin war die Umgebung schön. Es hat auch seine Vorteile, wenn man nicht pausenlos labert.

Zurück im Hotel hatten wir scheinbar aufgrund Simones Erkältung, der verlorenen Unterlagen und unserer offensichtlich miesen Laune wegen, dermaßen das Mitgefühl des Hotelbesitzers erweckt, dass er uns nun ohne Aufpreis das beste Zimmer im Hause gab. Das zelebrierte er aber auch! Als wir also nacheinander wortlos im Hotel eintrudelten, informierte er uns erst einmal, dass unsere Impfpässe nicht aufgetaucht seien. Dabei grinste er übers ganze Gesicht! Ich dachte noch: "was für'n Ar...!". als ich dann unseren Schlüssel haben wollte, winkte er ab, kam hinter seinem Tresen hervor, nahm meinen Rucksack und wackelte voran. Wir waren viel zu deprimiert, um uns wirklich Gedanken darüber zu machen, was da gerade geschah. Somit folgten wir ihm kommentarlos. Ins oberste Geschoß, also ins dritte. Dann begann es bei mir zu klingeln. Das war nicht unser Abteil, in das er uns nun führte. Nee, das war die Suite!!! Alles in bordeauxrot und, man glaube es kaum, zwei Fenster zur Straße! Ich hatte ja schon beschrieben, wie diese kleinen Hotels in Peru fenstertechnisch gebaut waren. Wir waren sehr dankbar und fast zufrieden.

Mit diesem kleinen Hochgefühl starteten am Abend unseren zweiten Versuch, bei KLM unseren Rückflug umzubuchen. Also ging es mit dem Taxi ab zum Büro der Fluggesellschaft. Und schon schlug Hiob wieder zu! Sieht wohl ganz so aus, als ob Aruba für uns ins Wasser fällt!

Angeblich haben wir unsere Flüge mit einem speziellen Tarif, einem Studententarif, gebucht, mit dem ein Umbuchen nicht möglich ist! Wie kommen die denn nur darauf? Nur, weil wir heute früh nur ne kalte Katzenwäsche hatten und jetzt eventuell etwas streng riechen, oder was? Dann, so versuchte ich der Dame am Tresen glaubhaft darzulegen, hätte der Preis aber wohl auch niedriger sein müssen!

Seniora Conzuela Weißnichwie erwies sich jedoch als felsenfeste Endstation in diesem Büro und wir gaben uns deprimiert geschlagen. Wir waren der Erklärungen, der Bitten und des Streits müde geworden. Ich hatte eine dicke Träne im Gesicht.

In unserem netten Zimmer, das uns nun für die nächsten 2 Nächte beherbergte, schickte ich mich also an, unsere Pläne zur Urlaubs-End-Entspannung abzuändern. Es gab da ja noch einige Optionen hier in Peru. Alle jedoch wirklich nicht befriedigend.

Wir schliefen bei offenem Fenster!

Den nächsten Tag jedenfalls verbrachten wir wie den letzten Nachmittag, also weder englisch, noch spanisch und nicht miteinander, somit auch nicht deutsch sprechend. Das ganze hat natürlich auch einen Vorteil: Wer weniger labert, kann besser hören, beobachten und verarbeiten. Insofern konzentrierte ich mich nun auf die Stadt und sog viele Eindrücke in mich auf. Sie kam auch mit! Wir zogen durch diverse Kirchen, Kathedralen und andere fantastische Bauwerke und waren sogar Zeugen einer einheimischen Hochzeit. Wie unpassend! Gegen Nachmittag trafen wir zufällig die beiden Holländer wieder, mit denen wir schon in Nasca saufen waren. Also verabredeten wir uns zum späteren Gelage. Oh, mir war beim Gedanken schon schlecht.

Bei uns beiden bewirkte dieser Tag ohne reden, dass wir mal nix zerredeten und uns bei Sonnenuntergang wieder lieb waren. Zurück im Hotel schufen wir dann natürlich keinen Platz an der Sonne, sondern das andere! Immerhin weiß man ja auf einer solchen Tour nie, wann man die nächste warme Dusche danach genießen kann!

Das anschließende Essen war in keiner Beziehung erwähnenswert. Wir versuchten weiterhin Brücken zwischen den Dutch und den Deutschen zu bauen und je später es wurde, desto fester wurden sie. Selbst die Sprachen wurden sich immer ähnlicher. Ich versuchte den ganzen Abend immer wieder erfolglos einen Wodka - Lemmon zu bestellen, bekam jedes Mal etwas anderes!

Vielen lieben Dank noch mal an dieser Stelle für den

„Cocktail-Cocktaill"!

Dann schoss ich mich einfach auf Bloody Mary, oder besser Bloody Maria ein. Das reichte dann auch für den Rest des Abends und als ich damit durch war, war ich wirklich durch! Ich machte mir zu diesem Zeitpunkt noch keine Sorgen über unsere morgige Zugfahrt nach Puno. Warum auch? War doch alles perfekt geplant und Simone ging es wieder gut. Außer beim Gedanken an die verlausten Decken, mit denen man sich während der Nachtfahrt zudecken sollte. Aber das, so posaunte sie lautstark, würde sie eh nicht machen. Auf keinen Fall. Hehe ... diese alte Frostbeule wird sich noch wundern!!

Wir schliefen glücklich, betrunken und bei offenem Fenster.

Am nächsten Tag machten wir die gesamte Kirchentour rückwärts und besuchten eines der ältesten noch bewohnten Klöster in Südamerika. War schon alles recht imposant!

Gut gelaunt und guter Dinge unternahmen wir am Nachmittag dann doch noch den ultimativ letzten Versuch, unsere Hornhaut - gebeutelten Füße in die Karibische See zu tauchen. Also ab in ein Reisebüro. Erst sah alles ganz gut aus!

...Flüge nach Aruba, bzw. Curacao für 340 - 400 € p.P. ...

Na bitte, ging doch! Wer sagt denn hier ‚Unmöglich'? Uns schien vor Freude die Sonne aus dem Arsch.

... aber no Return!!!

Wann hat uns das Glück bloß verlassen? Schon kroch die Sonne wieder zurück und ich verspürte ein frostiges Zucken an meiner Rosette. So ein Krampfen, welches man spürt, wenn man beobachtet, wie sich zum Beispiel ein Kind den Arm bricht oder sich sonst wie heftig verletzt. Es krampfte und meine Kugeln zogen sich hoch. Ich hätte kotzen können! Warum nur haben wir solch ein Pech???

Eine letzte Option wurde uns eröffnet:

...für 1400 € extra nach Aruba!

Bei dem Gedanken fing mein Arsch fast an zu bluten. Meine Testikel fielen wieder ins Beutelchen zurück und mein ganzer Körper wurde schlapp.

Ich will Sonne, ich will Meer, ich will Strand, ich will tauchen und Mone auch und auch und auch! Nur tauchen will sie nicht. Noch nicht. Also machten wir die Augen und alles Andere zu und ... JA gesagt. Reserviert!

Bis zum 5. August gab man uns Zeit zu bezahlen, also wenn wir wieder in Lima waren. Sehr gemischte Gefühle begleiteten uns aus der Agentur. Ein Sieg, ... JA! ...aber zu welchem Preis!

Wie wir zum Glück erst in Lima erfuhren, hatten wir in diesem Moment lediglich eine Schlacht gewonnen. Der ‚Krieg' hielt noch einige Finten für

uns bereit. Das würde uns noch einiges mehr ab-
verlangen.

Wir schuchtelten glücklich ob unseres gewähn-
ten großen Sieges noch bis um acht Uhr abends
durch die Stadt, bedankten uns danach beim Auschecken aufs Herzlichste beim Hotelmanager und
wurden zum Bahnhof abgeholt.

GROSSES ABENTEUER !!!

Kapitel 9

Der Geschmack von Taschenlampe

Nach einer Eincheck-Arie, welche man sonst nur von gnadenlos überbuchten All-Inclusiv-Reisen in Touristenhochburgen wie Mallorca oder Türkei kennt, ‚vom Ballermann nach Dallermann …', geht mit einer knappen Stunde Verspätung, hier also right in time, um neun Uhr abends die Reise im Pullman-Coach nach Puno los. Pullman Coach, so hieß der Zug. Wir sind entgegen allen Beteuerungen der Agentur die einzigen Touristen im Abteil und das machte mich sehr glücklich. So hatte ich wenigstens nicht schon wieder das Gefühl, in den Schwarzwald zu fahren, denn dass braucht ja nun wirklich keiner. Keiner unter 50 zumindest! Jedenfalls keiner den ich kenne. …na gut, einen kenne ich schon, aber der ist eh a bisserl anders…, na egal.

Also verstauten wir unser Gepäck aus Platzgründen wie bei einer Schnitzeljagd (ostdeutsch für Schatzsuche) an x verschiedenen Stellen im Abteil, machten uns eine Zeichnung, also Kreuze im Gedächtnis, davon und nahmen Platz in dieser Indio Karawane durch das peruanische Hochland.

Ziemlich schnell versuchte der Zug uns mit seinen ‚sanften' Bewegungen in den Schlaf zu wiegen. Gleich einem Epileptiker, welcher sein Neugeborenes zur Ruhe schaukeln möchte, schoben unsere Sitze hin und her. Hoch motiviert und gänzlich ohne Erfolg!

Schließlich kam irgendwann ein Schaffner oder Steward vorbei und verteilte die bereits erwähnten Decken an alle Reisenden. Von Simone wurden diese selbstverständlich sofort und ohne darüber nachzudenken stiefmütterlich in den Fußraum verbannt. Natürlich nur bis auf Weiteres, denn logischerweise wird es im Hochland des Nachts äußerst frostig. Als sie also irgendwann damit fertig war, dauerte es nicht allzu lange und sie bemerkte die eisigen Küsse der kalten Fensterscheiben. Also begann sie wieder damit, diese hervor zu kramen. Entgegen all ihres ästhetischen Verständnisses bediente sie sich nun bereitwillig der Körperwärme der eventuell, ja ganz bestimmt, darin lebenden Flöhen und Wanzen. Nur nicht daran denken. Es juckte nicht! Nicht daran denken! Nun, die Vorstellung juckte ganz gewaltig im Kopf.

Die Lichter im Zug erloschen und aufgrund der Strapazen der letzten Tage schaffte es die Nacht trotz der uns umgebenen Gemütlichkeit, unseren Geist mit Schlaf zu umhüllen. Das war zwar nicht mehr als eine Aneinanderreihung von multiplem Sekundenschlaf, aber immerhin. Es katapultierte mich jedes Mal sofort in die REM - Phase und ich träumte ständig, in einem gefährlich klapprigen Zugabteil durch unwegsames Gelände zu fahren. Man war ich jedes Mal froh, wieder wach zu sein und zu sehen, dass das ja nur ein Traum war! Ha!!

Vielleicht hab ich ja doch nicht geschlafen, sondern wurde nur ständig ohnmächtig! Aber was war schon real? Auf jeden Fall sprang ich plötzlich hoch, weil ich sah oder ich träumte, oder ich glaubte zu wissen oder zu ahnen, dass sich mein Rucksack langsam verselbstständigte. Ich hechtete zwei Reihen nach vorn und schaffte es gerade noch, das schwere Ding aufzufangen, bevor es von der Ablage über den Sitzen rutschte und auf ein kleines Mädchen knallte. Die Kleine sah mich mit ihren großen, kugelrunden und wunderschönen braunen Augen an. Ich stammelte schlaftrunken ein "disculpeme niña". Die Augen der Mutter, welche mich nun ebenfalls anschaute, waren weniger kugelrund als zusammengekniffenen und irgendwie gar nicht schön. Ein Lächeln suchte ich vergebens. Alle anderen Gepäckstücke im Abteil waren ja auch bestens festgebunden, nur unsere nicht! Man kannte sich eben aus. So tat ich ein Gleiches mit unserem Zeug, setzte mich wieder und schaute in Simones entsetztes Gesicht. Die Augen der Mutter folgten mir wie Nadelstiche! Ich dankte meinem 6. Sinn und machte ab dem Zeitpunkt nur noch jeweils ein Auge zu. Ich war mir bis zum Ende der Fahrt sicher, auch 2 Reihen vor uns immer ein leichtes Funkeln mindestens einer mütterlichen Iris unter schwarzen Augenbrauen wahrzunehmen. Watching you!

Nur die Kraft des Wassers, welches wir den gesamten Urlaub über in diesen Höhenlagen aufgrund wärmsten Empfehlungen in unvorstellbaren

Mengen konsumierten, unterbrach von jetzt an hin und wieder die eingekehrte Eintracht der Fahrt. Also stand ich ab und zu ein Abteil weiter hinten mit der Taschenlampe im Mund, den linken Fuß gegen die Klotür stemmend, mich mit der rechten Hand festhaltend und Simone an der Linken stützend. Das Wort ‚Klotür' setzt hier im Übrigen nicht gleich voraus, dass sich hinter Selbiger auch ein Klo befand. Da war natürlich nur ein Loch im Boden. Zu klein, um hindurch zu rutschen und auf die Gleise zu geraten und viel zu bekleckert, um, falls dies trotzdem geschehen wäre, hierdurch wieder nach oben kommen zu wollen.

Zum Glück gab es kein Licht und ich versuchte mit der Taschenlampe nicht direkt dort hinzuleuchten. Dieser Trichter erinnerte mich irgendwie an die Büchse der Pandora. Alle Übel der Menschheit. Man hat Angst, sich durch das bloße Anschauen über die Augäpfel zu infizieren.

„Leuchte doch bitte mal hier hin" sagte sie immer wieder.

„Noon" erwiderte ich „sont kotzo och do Lombo oos!"

So musste sie alles mehr oder weniger im Blindflug erledigen. Währenddessen sie also versuchte, mit ihrer freien Hand ihre Hose, welche sie vorher sicherheitshalber schon bis fast zum Knie hoch gekrempelt hatte, weit genug herunter zu ziehen, aber ohne dass diese mit dem Boden in Berührung kommt, sie also versuchte, darauf zu achten selber nirgends anzuecken und sich nicht selbst in die Schuhe zu pinkeln, ...fand ich es nur schade, dass niemand ein Foto gemacht hat.

Ich hatte ja leider keine Hand frei!

Kapitel 10

Schönes kaltes Puno

Da wir ja die gesamte Reise glücklicherweise über die Agentur gebucht hatten, dauerte es am Bahnhof angekommen nur lächerliche 45 Minuten, bis wir abgeholt und zu unserem Hotel gebracht wurden. Das schien, meinem neuen Verständnis von Pünktlichkeit zufolge, durchaus akzeptabel zu sein, denn jeder Versuch sich hier Abfahrtszeiten, Reisegeschwindigkeit, Anzahl der Zwischenstopps und somit auch die Ankunftszeit verlässlich nutzbar zu machen, gleicht dem Versuch, einen kleinen Haufen Glühwürmchen durch eine viel zu starke Brille in nebliger Morgendämmerung zu zählen. Scheinbar zum Greifen nah, aber absolut unmöglich. Es tränen einem die Augen und der Kopf tut einem weh! Somit scheinen die Transfer-Fahrer ökonomisch korrekt nur auf telefonischen Abruf zur Verfügung zu stehen. Jemand ließ sich anscheinend mit dem Anruf bei unserem Fahrer Zeit! Uns schmerzte der Kopf, uns tränten die Augen. Der Bahnhofstoilette verweigerte ich nach kurzer Inaugenscheinnahme auch die nähere Bekanntschaft.

Nun, wir waren trotzdem zufrieden, dauerte die Fahrt zu unserem Hotel dann doch nur weitere 20 Minuten. Ein kleines Familienhotel, malerisch gelegen, dessen Chefin uns sehr freundlich begrüßte. Ich startete sogleich durch ins Zimmer. Sei es mal wieder wegen dem Coca - Tee oder weil wir uns hier in Puno auf über 3800 Metern über dem Meeresspiegel befanden und der Außendruck offensichtlich gravierend nachließ. ... Ich gab dem Innendruck nach! Irgendetwas schien unaufhaltsam an mir zu saugen!

Im Anschluss an diese grandiose Erfahrung machte ich mich erst einmal daran, alle Heizungen im Zimmer auf Maximum zu drehen. Buhuhaaar...heiß soll es werden! Das gestaltete sich jedoch schwieriger, als erwartet, denn es gab keine Skala, auf der man hätte feststellen können, wann die Heizung an oder aus sei. Eigentlich gab es nicht mal einen Regler, an dem man diesbezüglich hätte tätig werden können. Ich suchte verzweifelt die gesamte Heizung ab und musste feststellen, dass es mal wieder nix zum Absuchen gab. Die doch zumindest in dieser Höhenlage vermutete oder besser erhoffte Heizung war nicht nur gut getarnt, sie existierte schlicht nur in meinen Wünschen. Manche Sachen sind hier wohl verpönt und Wärme gehört anscheinend dazu! Die schön verputzten Wände gaben ihrerseits, in monotoner Gleichgültigkeit der klirrenden Kälte draußen, diese, Stück für Stück nach innen ab! Es drängte sich mir die beängstigende Vorstellung auf, abends einzuschlafen und morgens einen kleinen Zettel am großen Zeh zu haben. Ich schaute kurz in die Betten, noch lag niemand da.

Mittlerweile war es fast Mittag geworden, die Sonne befand sich sozusagen im Zenit, und unsere

Erfahrung in Chivay hat uns gelehrt, dass es nachts noch entschieden kälter werden würde. Höchst inakzeptabel!!! Also baten wir die Chefin, jemanden von der Agentur zu kontaktieren, um nach einer Möglichkeit zu suchen, nicht als Eis-Quader im Titikakasee beigesetzt zu werden. Das tat sie auch umgehend. Wohl gemerkt traten uns die Menschen hier, bis auf wenige Ausnahmen, immer freundlich und hilfsbereit gegenüber. Die Chefin war sehr nett, aber nett macht nicht warm!

Kurz darauf erschien eine ebenfalls sehr nette Dame mittleren Alters und stellte sich als die Ehefrau des regionalen INKA-WASI Chefs vor. Sie zeigte viel Verständnis für unser Bedauern über das Fehlen der Heizung, versuchte uns jedoch von der Aussichtslosigkeit zu überzeugen, ein Hotel mit einer Califaction zu finden, da es anscheinend in der gesamten Stadt so etwas einfach nicht gäbe. Mit einem leicht eingefrorenen Logikzentrum und Eiszapfen in den Ohren behauptete ich jedoch, dass wir eine Heizung ausdrücklich gebucht hatten. Ihre immerwährenden Erklärungen, dies sei überhaupt nicht möglich, änderten nichts an meiner eisigen Haltung. Hahaha, den Scherz verstanden?

Ich benahm mich wie ein Kind! ... "geht doch nicht" - "hab ich aber" ... "ist nicht möglich" - "hab ich aber" „niemals" - "hab ich aber" .... "hab ich aber" .... "doch doch doch!!!"

Na und wie das mit Kindern so ist, irgendwann bekommen sie ihren Willen! Ich bekam meinen! Wir zogen um. Ein neues Hotel mit Heizung. Diese bestand zwar nur aus 2 Heizlüftern und ich fragte mich, warum das in dem anderen Haus nicht möglich gewesen war, ignorierte diesen Gedanken jedoch sogleich wieder und stellte die 2 Glücklichmacher auf volle Pulle! Von nun an liefen Diese rund um die Uhr und umhüllten uns mit dem wohligen Gefühl, eine wahrhaft große Schlacht für uns entschieden zu haben.

Die Hilfsbereitschaft der Dame der Agentur stimmte uns so zuversichtlich, dass wir es wagten daran zu glauben, uns, trotz Verlust unseres Brustbeutels, wieder gedanklich in Richtung Urwald bewegen zu können. Das heißt im Klartext: Wir versuchten einen Weg zu finden, ohne unseren verlorenen Gelbfieber-Impfpässe wie geplant weiterreisen zu können. An einer Doppelimpfung hatten wir ehrlich gesagt kein großes Interesse, da wir auch nicht genau wussten, wie unsere Körper darauf wohl reagieren würden. Eventuell mit Gelbfieber? Grünfieber?? Werde ich dann plötzlich liberal oder öko?

Als wir also am Nachmittag unser Problem im hiesigen INKA-WASI Büro darlegten, wurde uns zu unserer Überraschung auch im Handumdrehen eine Lösung präsentiert. Die Frau des Agentur - Chefs verabredete sich mit uns zwei Stunden später im Städtischen Krankenhaus. Das heißt, natürlich in der Agentur, da wir da ja nie im Leben alleine hingefunden hätten. Also schlenderten wir noch ein wenig durch die Stadt, kauften dies und das, unter anderem zwei von diesen viel zu kleinen Hüten, welche den Frauen trotzdem nicht von den Köpfen fielen, und gingen voller Erwartung zurück. Sie war da wie verabredet. Sie zahlte das Taxi!

In Krankenhaus angekommen berichteten wir einem Arzt von unserem Dilemma und wie es höchst wahrscheinlich passiert ist. (Busstation Ica) Er lachte sich kaputt!

Ich kam mir vor, wie in einer dieser billigen Nachmittags-Talkshows, in denen hirnreduzierte Halbwesen immer und immer wieder ihre lustigen und meist peinlichen Geschichten zum Besten geben. Wir taten genau das. Nur bekamen wir dafür kein Geld! Dafür hatten wir regelmäßig ein dankbares Publikum. Nun, genau genommen kamen wir her, um behördlichen Beistand zu erbitten und nicht, um den Klinikalltag aufzuhellen. In mir regte sich leicht der Zorn, welcher sich aber sogleich wieder legte, als der Doc unter Tränen zwei Impfpässe abstempelte und zu uns hinüber schob. Als Antwort auf meine 'was es wohl kosten würde' - Gestik winkte er ab und brach abermals in ein schallendes Gelächter aus. Nun schien wieder sie Sonne in mich hinein. Ich ging einen Schritt weiter und erklärte ihm, dass ich genau genommen selbst Arzt sei, Allgemeinmediziner, dass aber dummerweise mein Diplom und meine Zulassung ebenfalls auf der Reise abhanden gekommen sind. Ich deutete abermals auf seinen Schreibtisch und seinen Stempel, um ihm auch hierfür` ein entsprechendes Schriftstück zu entlocken. Er klopfte sich vor Begeisterung auf seine Schenkel. Anscheinend brachte ich dieses Anliegen nicht mit derselben Ernsthaftigkeit vor. Nun gut, es blieb also bei den Impfpässen.

Der netten Dame von der Agentur machte ich daraufhin klar, dass wir schon noch etwas Gutes tun wollen für diese Hilfsbereitschaft. Also kauften wir auf ihren Rat hin zwei große Tüten Süßigkeiten und brachten sie auf die Kinderstation. So viel Freude mit so bescheidenen Mitteln! Ich fühlte mich in diesem Moment mit meinem ganzen Geld, wobei es so viel gar nicht war, und der Ideenlosigkeit immer gleich alles direkt bezahlen zu wollen, irgendwie erbärmlich! In solchen Momenten kommt man unweigerlich auf den Boden der menschlichen Psyche zurück und bekommt als kommerzverseuchter Industriemensch eine vage Vorstellung von Güte, Fröhlichkeit und der Einfachheit des Seins!

Sie nahm uns mit einem Taxi zurück zur Agentur. Dieses Mal zahlte ich, auch wenn sie das nicht wollte. Bei der Leichtigkeit, mit der sich dieses Problem lösen ließ, quälten mich meine eigenen Geister nun etwas weniger und ich glaubte wieder fest an unseren anschließenden Aufenthalt im Paradies.

Aruba. War ja alles gebucht. Konnte ja nichts schief gehen.

Wir schlenderten noch ein wenig durch die Stadt und beschlossen kurzerhand, ins Hotel zurück zu kehren um noch eine Kleinigkeit zu essen. Auf dem Weg dahin fiel uns beim Versuch, eben diesen Weg zu finden, etwas Schreckliches auf. Der Stadtplan von Puno, welchen wir an der Rezeption bekommen hatten, um das Hotel wieder finden zu können, war weg. Nicht nur das, der ganze Reiseführer war nicht mehr aufzufinden. Wir hatten den Plan mittags in das Buch gelegt, damit er nicht verschwinden kann und seit dem brauchten wir ihn nicht mehr, da die Frau uns ja begleitete. Hat ja mal wieder super geklappt mit dem ‚Nicht Verschwinden'! Wir wollten gerade anfangen, uns gegenseitig die Schuld in die Schuhe zu schieben, da fiel es Mone ein. „Sag mal, du hattest doch versucht, mit der Hut-Verkäuferin auf Quechua zu reden." Ja stimmte und dazu brauchte ich den Reiseführer, weil dort ein kleiner Sprachführer drinnen war. „Dann liegt das Ding noch bei der Tante" hoffte und sagte ich. Also nichts wie hin da. Eventuell war sie ja noch da. Es war zwar schon ein bissel später, aber wenn nicht jetzt, dann werden wir keine Chance mehr haben das Ding wieder zu sehen. Zum Glück waren wir ohne Stadtplan noch nicht allzu weit gekommen und in dieser Gegend hier gab es ja vorhin auch die Hüte. Also sputeten wir uns, denn die Dämmerung brach langsam über unseren Köpfen heran. Und wirklich, dort war sie gerade beim Zusammenpacken. Was hatten wir doch für ein Glück. Hatte ich mich vorhin noch gefragt, wie sie die ganzen Melonen, ich glaube so nennt man solch runde Hüte, zum Feierabend nach hause bekommt und mir vorgestellt, wie sie all diese Dinger übereinander gestapelt auf ihrem Kopf wegträgt, so hatte ich jetzt gerade überhaupt keine Zeit für diese witzige Vorstellung. Meine einzige Frage war jetzt nur, ob unser Buch noch bei ihr lag. Da lag nix! Alle Fragen, die wir ihr stellten, gingen ins Leere, denn sie verstand ja kein Spanisch und mein Quechua war bekanntermaßen gerade abhanden gekommen. Mit Händen und Füßen versuchten wir zu erklären. Nix. Ich quälte mir dann letztendlich die einzigen beiden Brocken der Indiosprache heraus, an die ich mich zu erinnern glaubte. Da hellte sich ihre Miene plötzlich auf. Sicherlich war es mehr meine schlechte Aussprache, die sie sich wieder an uns erinnern ließ, als irgendein Wort aus meinem Munde, das sie hätte verstehen können. Aber sei es drum, sie kramte in ihren Taschen und zog den ,Reise Know How' hervor. Ein Seufzer entwich uns beiden. Da wir dieses Mal nicht wie für uns Touristen sonst üblich großkotzig mit Geld danken wollten, taten wir es aber irgendwie trotzdem, indem wir ihr noch 2 Decken abkauften. Ich denke, so haben wir es richtig gemacht! Mit vielen weiteren dankvollen Gesten und Kusshand verabschiedeten wir uns, holten den Plan heraus und gingen mittlerweile hungrig ins Hotel zurück.

Dort angekommen war das Restaurant fast leer, jedoch gab es anscheinend keine freie Platzwahl. Nun, das war uns heute auch egal. Man geleitete uns durch den ganzen Laden und platzierte uns hinten an der Wand. Ich überlegte noch, ob ich eher einen Fensterplatz gewählt hätte, wollte aber so kleinlich nun wirklich nicht sein! Als wir uns schließlich setzten, konnten wir uns vor Lachen kaum halten. Die Kellner hatten uns einen Heizlüfter unter den Tisch gestellt und durch die langen Tischdecken staute sich dort die Wärme. Ein Wunder, dass der Tisch nicht bereits wie ein Zeppelin durchs Restaurant schwebte. Es war uns überhaupt nicht peinlich. Da zeigt sich mal wieder, dass nur sprechenden Menschen geholfen werden kann. Hätte ich bei unserer Ankunft nichts von einer Heizung gesagt, hätten wir hier tagelang gefroren, und so . . .? Wunderbar! Am liebsten hätte ich unterm Tisch gegessen. Ich vergewisserte mich schnell noch, ob unter den anderen Tischen ebenfalls Heizer standen. Wie erwartet war unserer der einzige!

Viel mehr hatte der Tag uns nicht zu bieten. Das war auch gar nicht nötig, denn immerhin waren wir ziemlich müde von der nächtlichen Fahrt hierher, waren eingehüllt in eine Wolke warmer Luft und aßen uns gerade richtig satt, hatten ein schwerwiegendes Problem gelöst und waren uns dem Umstand bewusst, dass in unserem Zimmer 2 kleine Freunde mit aller Kraft darum kämpften, ein für uns Weicheier perfektes Klima zu gestalten.

Also ließen wir nach dem opulenten und sehr leckeren Mahl hier am Tisch noch kurz die vergangenen 2 Wochen Revue passieren, bekamen danach auf dem Weg ins Zimmer noch mal ganz kurz kalte Beine und schliefen dann dort warm gefönt und glücklich ein. Nur begleitet von dem leisen Stereobrummen der kleinen Ventilatoren. Ich träumte von einer ruhigen Fahrt in einem leise vor sich hin brummenden Motorboot unter der warmen Sonne der karibischen See. Man war ich reif für die Insel!

Kapitel 11

Titicaca

Das Gute an diesen Erlebnis-Urlauben, in denen man viel auf dem Zettel hat, ist, dass man früh aufsteht und dass man sehr viel sieht. Das Schlechte daran ist, dass man nicht lange schlafen kann und oftmals nur das sieht, was die zahllosen anderen Weltenbummler auch sehen. So auch jetzt. Wir sollen um sieben in der Frühe zur Inseltour abgeholt werden, also klingelt unser Wecker bereits um sechs. Beim Frühstück fassen wir den Entschluss, uns Puno später auf jeden Fall noch genauer anzuschauen, denn es scheint eine sehr interessante Stadt zu sein. Nun, dafür wird es hoffentlich noch die Gelegenheit geben, nur eben heute nicht, denn jetzt geht es gleich los auf den Lago Titicaca. Jener See, den ich des Namens wegen als Kind immer für eine Verarsche hielt. So kam dann auch kurz nach sieben ein Kleinbus und brachte uns zum Hafen. Selbstverständlich warm eingepackt! Die Heizlüfter konnten wir ja leider nicht mitnehmen. Titicaca.

Was das übersetzt wohl bedeuten mag. Titi Caca.

Man, da fällt mir ein ehemaliger Arbeitskollege ein. Dunkle Haare, dunkle Augen, dunkler Teint … ein Sohn der Wüste. Wir nannten ihn Kamel. Nett war er, aber immer leicht hektisch. Als wäre er ständig auf Koks. Wahrscheinlich war er ständig auf Koks! Und vor allem hinter jedem Rock her, der zwar bis drei zählen konnte aber bei drei nicht auf dem Baum war. Echt anstrengend dieser Typ und so ganz nebenbei war er auch noch einer von der ganz pingeligen Sorte. Einer, der zum Beispiel ein Teeglas, bevor er daraus trank, minutenlang mit kochendem Wasser abspülte, um es zu desinfizieren. Einer, der sich die Hände nicht nur mit Wasser und Seife warm wusch, sondern anschließend jedes Mal zusätzlich mit Sterillium einrieb.

- Wohl gemerkt ... wir waren Kellner, keine Chirurgen! -

Eines Tagen erfuhr ich dann von einem gemeinsamen Freund, dass man ihn verhaftet hatte. Morgens aus seiner Wohnung geholt. Aus dem Bett. Die Polizei trat die Türe ein und da lag er dann wohl. Neben ihm irgendeine Fickmieze ... zweifarbig ... Kopf und Füße normal ... aber vom Kinn abwärts, um die Titten herum, überall ein wenig, sozusagen schön gleichmäßig verschmiert... Kaka! Titten und Kaka ...... na Tittikaka eben! Eine Menge hätte ich von ihm erwartet, aber das wohl mit Sicherheit nicht! Wir, seine Kumpels, hatten daraufhin seine Wohnung räumen müssen und über die Abgründe, welche sich dort auftaten, möchte ich an dieser Stelle nicht berichten. Man soll dieses Buch ja ohne Gummihandschuhe lesen können. Letztendlich bewog mich diese ‚Nahkot'- Erfahrung, ihm die Freundschaft oder besser Bekanntschaft aufzukündigen. Das Gute daran ... ab dem Zeitpunkt gab es einen anstrengenden Menschen weniger in meinem Leben! Weswegen die Polizei ihn nun letztendlich tatsächlich hoch genommen hat, weiß ich nicht genau. Ich denke mal, wegen der ‚gewursteten' Madame bestimmt nicht, aber ich glaube, dass er dafür sowieso woanders wird büßen müssen. Ich hoffe das!

Titicaca.

Mächtig großes Wasser. Titicaca heißt übersetzt wohl angeblich große graue Katze, oder besser grauer Puma. Wobei caca ja meiner Meinung nach eindeutig nach Kacke klingt. Und wenn man jetzt noch bedenkt, dass sich der Titicacasee über einen Abfluss in den Poopo-See ergießt, klingt das zwar irgendwie nach verkehrter Welt, aber das Bedürfnis, seinen Kopf hierin zu baden, wird doch merklich schwächer. Dann doch lieber ‚Grauer Puma'.

Na hoffen wir mal, dass die Mieze heute keinen Buckel macht und uns das Wetter gewogen bleibt. Die Sonne jedenfalls schien mittlerweile, als ob es kein Morgen gäbe. Schade nur, dass es auf dem Boot nur Plätze unter Deck gab. Da die Fahrt aber mehrere Stunden dauern sollte, war das sicherlich auch ganz gut so, denn die Luft draußen war nach wie vor eisig. Beim Auslaufen aus dem Hafen hatte man einen herrlichen Blick auf Puno. Ich liebe Hafenstädte, wenn sie noch nicht so industriell überladen und zugebaut sind, wie in unseren Breiten. Diese hier hatte noch was von ihrer Ursprünglichkeit und ihrem gemütlichen Scharm behalten.

Nach cirka einer dreiviertel Stunde machten wir unseren ersten Stopp an einer der Uros-Inseln. Uros-Inseln, das sind schwimmende Inseln aus Schilf, welche jedes Jahr erneuert werden müssen. Also nicht die gesamte Insel wird entsorgt und ersetzt, sondern vielmehr wird Jahr um Jahr eine neue dicke Schicht aus frisch geerntetem Schilf drüber geschichtet. Die Uros, also die Ureinwohner, sind auch die einzigen, die hier und auf diese Art und Weise leben dürfen. Dementsprechend sind sie auch die einzigen, die Jahr für Jahr das Schilf ernten. Nicht nur für die Inseln selbst, sondern auch für die Häuser, ihre Boote und keine Ahnung für was noch. Sicherlich ist das Zeug auch in irgendeiner Weise essbar! Der Großteil wird aber für die Inseln selbst verwendet. Die Schichten wandern dann über die Jahre weiter und weiter nach unten, bis sie irgendwann vermodert zu Boden sinken. So geschieht es schon seit Jahrhunderten. Ob diese kleinen Eilande irgendwie verankert sind oder frei herum schwimmen, weiß ich nicht genau, denke aber, dass die erste Variante wahrscheinlicher ist, da ein Besuch der Inseln zum festen Bestandteil einer jeder Tour gehört und es schon nerven würde, die frei herum treibenden Dinger immer wieder suchen zu müssen.

Wir legten an und ein kleiner Steg wurde ausgefahren. Ich war voll der Erwartungen und natürlich hoffte ich beim Betreten der Insel, eine Zeitreise zu unternehmen. Zwar wusste ich, dass der letzte waschechte Nachfahre der Uros Mitte des 20.

Jahrhunderts diese Welt für immer verlassen hatte und die Bevölkerung hier nur noch aus einer Mischung verschiedener indigenen Gruppen besteht, die Lebensweise der Uros haben sie sich jedoch bewart. Bei der Frage, was man an mir persönlich überhaupt als ‚waschecht' bezeichnen könnte, muss ich leider komplett passen.

Ich setze meinen Fuß vorsichtig auf die Insel. Wahrlich, ein kleiner Schritt für die Menschheit, aber ein irres Gefühl für mich. Hier zu sein und auf dem Gewerk aus Stroh zu laufen rief sofort Erinnerungen aus meiner Kindheit wach. Damals hatte ich mit meinen Kumpels in unserem Dorftümpel versuchte, einen Teppich aus Gestrüpp und Gras als Brücke quer durchs Wasser zu legen. Dieser federnde Gang. Wie auf Matratzen. Das machte damals schon Spaß.

Hier und heute wurde ich aber nicht nass! Trotzdem, jeder Schritt gab nach und man merkte, wie die Waden jedes Mal zu arbeiten hatten, um einen Fuß vor den anderen zu setzen. Das wäre doch mal ein Lauftraining! Am Strand zu joggen ist ja schon heftig und verlangt einem ordentlich Kondition ab, aber hier?! Das brennt einem echt die Beinmuskeln weg! Matratzentraining für Olympia. Es war genau wie damals und ich grinste wie ein Kind übers ganze Gesicht. Mone schaute mich an und schüttelte nur fragend den Kopf. „Alles klar mit dir?" Ich grinste. Echt, solch kleine Dinge konnten mich glücklich machen. Nur leider wurde gerade nix aus der erhofften Zeitreise. Anstatt hier ein harmonisches Dorfleben zu erblicken, erwartete uns ein 'Insel gewordener' Souvenirshop. Wackelig stakten wir also um massige Ansammlungen farbenprächtiger Decken, Figürchen, Panflöten, Postkarten und allerlei sonstigen Kram herum, in dessen Mitte jeweils eine Uros-Frau wie die Sonne im Zentrum einer kleinen bunten Galaxie saß. Es sah sogar irgendwie so aus, als säßen sie dort nicht einfach nur. Sie schienen regelrecht mit der Insel verwachsen zu sein. Womit düngt man wohl Schilf, damit so was wächst? Oder eher noch, als ob ihre Beine unten hindurch bis ins Wasser reichten, und sie wie Enten die Richtung bestimmen könnten, in welche die Insel trieb. Wenn sie überhaupt trieb. Sofort hatte ich Bilder aus der Unterwasserperspektive im Kopf. Ich konnte ja schon immer so wunderbar bildlich und in Farbe denken. Da ich aber leider weiß, wie meine Füße nach einer dreiviertel Stunde in der Badewanne aussehen, musste ich die Bilder ganz schnell wieder aus meinen Kopf bekommen. Die Vorstellung schüttelte mich leicht. „Wie schaffen es die Männer nur, das Schilf so genau um ihre Frauen herum zu legen?" fragte ich Simone. „Hä??" „… und wenn man sie herauszieht, ob es dann ‚plopp' macht? „Ja bestimmt" sagte sie und musste lachen. Es ist nicht immer leicht, meinen Gedanken zu folgen, aber hier war zu offensichtlich, was ich meinte. Ich fragte mich noch kurz, welche Praktiken zur Erhaltung ihrer Familien …, verbannte aber auch diese Bilder sofort wieder aus meinem Gehirn. Wahrscheinlich waren diese Verkäuferinnen nur so was wie Arbeiterdrohnen. Für die Fortpflanzung mussten dann wohl andere verantwortlich gewesen sein. Oder in einem der Häuser lag eine riesige, in rotbunte Decken gehüllte Königin, welche massig Kinder ausbrütete. Kinder gab es hier auf jeden Fall zahlreich. Selbstverständlich war das ja alles nur Quatsch. Alles nur in meinem Kopf. Vermutlich!

Wir gingen ein wenig herum. Natürlich boten sie all die Sachen zum Kauf an, mit denen man sich entweder schon längst eingedeckt hat, wenn man am Lago Titicaca angekommen ist, oder die man einfach nicht kaufen mochte. Schade. Verständlich, aber schade. Hier glänzte kein Schein vergangener Zeiten. Der Dichte der ausgelegten Waren nach zu urteilen, war der Plan der Inselleute ganz offensichtlich, dass man alles kaufen muss, worauf man aus Versehen trat und das konnte eine ganze Menge sein, wenn man sich nicht vorsah. Wir sahen uns vor!

Der Aufenthalt zog sich mittlerweile etwas in die Länge, denn wir waren nun schon geschlagene 20 Minuten hier und wussten absolut nicht mehr, womit wir uns beschäftigen sollten. 20 Minuten klingt im Nachhinein zwar gar nicht so lange, aber wenn man angestrengt darauf wartet, dass es endlich weiter geht, weil man ja noch was richtig Schönes sehen will, können zwanzig Minuten die Hölle sein. Natürlich sind die Schilfinseln auch ,Nichtraucherinseln'! ...das machte mich nervös!

Hupfend und guckend warteten wir auf das, was sonst noch kommen könnte. Nix! Echt gelangweilt sah ich dann schließlich der Verantwortung ins Auge, welche eigentlich jeder Bürger hat, welcher wie wir in einem ‚hoch entwickelten' Industriestaates lebt. Um das Weiterbestehen einer solch alten, uneigennützigen und mit der Natur im Einklang stehenden Völkergruppe zu unterstützen und ihre von Generation zu Generation überlieferte fremde Lebensweise zu ermöglichen, sollte man einfach finanzielle Unterstützung bieten. Kurz gesagt, wir traten ab da absichtlich auf Dinge und kauften sie! Um einige Postkarten, eine kleine Panflöte, ein kleines Alpaka aus Ton, etwas ‚Schalartiges' und zwei klitzekleine tanzende Indio-Püppchen reicher gingen wir wieder an Bord. Briefmarken gab es natürlich keine.

Nach ein paar Minuten stoppte unsere Reise abermals an einer dieser kleinen Schilfinseln. Ich entschied, dass wir dieses mal an Bord zu bleiben hatten. Glücklicherweise, denn von dort aus beobachtete ich etwas für mich damals noch sehr verblüffendes. Etwa zwanzig Meter von uns entfernt waren zwei kleine Boote an der Insel festgemacht und wiegten sich im sanften Spiel der Wellen. Sie waren gänzlich aus Schilf, ebenso wie die Insel selbst. Dieses für sich genommen war ja noch keine große Sensation. Was mich in diesem Moment so aufgekratzt an Bord hin und herlaufen ließ, war der Umstand, dass sie ‚eins zu eins' jenen Booten glichen, welche man aus Büchern und Fernsehberichten über Ägypten kennt. Endlich gab es den Beweis! Ich war ganz aufgeregt. Es musste schon zu Zeiten der Uros und der Pharaonen einen bekannten Seeweg zwischen der Alten und der Neuen Welt gegeben haben. Und sie hatten ihn benutzt. In diesen kleinen Schiffchen auf Schilf, oder besser gesagt, Kanus. Jedes nicht länger als sieben acht Meter. Die waren doch völlig irre! Ich musste unbedingt näher ran. Mone war ebenfalls völlig begeistert. Mir war nicht klar, ob die Ägypter die Boote damals nach ihrer Ankunft hier quer über den halben Kontinent und durch den menschenfeindlichen Urwald, den Amazonas stromaufwärts geschleppt hatten, um sie dann über die Anden auf 4000 Meter zum Titicaca See zu bringen, oder ob lediglich das Wissen zum Bootsbau hierher überliefert wurde. Das wiederum interessierte Simone herzlich wenig, dafür bemerkte sie sofort, wie putzig diese Dinger aussahen und wie toll sie zu den kleinen, wie sie sie immer nannte, ‚Tupf-Tupf-Wolken' am Himmel passten. Nein, wie wissenschaftlich!

Irgendwie zerstörte das in diesem Moment meinen Forscherdrang, also machte ich, grade an den Schiffchen angekommen, kehrt und ging zu unserem Schiffchen zurück. Wenn ich ehrlich bin, hatte ich nur Angst wie geplant in eines von denen hinein zu steigen, denn sicher sahen die mir wirklich nicht aus. Vermutlich hätte ich sowieso Ärger bekommen, denn man beobachtete uns. „Die ..., die da drüben ... die kaufen nichts...!" Bevor wir wieder am Bord gingen, setzten wir uns noch etwas auf die Erde, pardon aufs Schilf und genossen die Sonne. Im Grunde war diese Insel genauso aufgebaut, wie die vorherige. Ca. 50 Meter im Durchmesser, Hütten am Rand und vor diesen Hütten, also dort, wo in normalen Dörfern kleine Feuer flackerten, saßen wieder diese Frauen und boten ihr Handelsgut feil. Da sie überwiegend in rot gekleidet und auch die Decken usw. überwiegend rot waren, hätte man, eine starke Sehschwäche vorausgesetzt, annehmen können, dass dort tatsächlich Feuer brannten. Wir konnten gut sehen und wollten unsere Füße nicht noch einmal auf Shopping-Tour schicken. Der Unterschied zur ersten Insel war, dass man hier hätte eine Hütte betreten dürfen. Nun, ich vermutete mal, dass die Schilfhütten dem Auge innen ebenfalls Schilf boten und musste mir diese clevere Annahme nicht unbedingt bestätigen.

Nach gut 3 Stunden Fahrt erreichten wir endlich eine echte Insel. Taquile Island. In mir regte sich große Freude, nur fragte ich mich warum, wusste ich doch rein gar nichts über diesen kleinen Felsen inmitten der kalten See. Ich wusste nur, dass ich mir endlich mal wieder eine Fluppe zwischen die Lippen stecken und tief durchatmen konnte. Das wird es wohl gewesen sein! Kleiner Felsen war, nebenbei bemerkt, stark untertrieben.

Wir machten uns schließlich daran, unsere sieben Sachen zu nehmen und an Land zu gehen. Als wir dann so auf dem Steg standen und dem Ufer langsam entgegen gingen, wuchs der Felsen noch ein wenig in die Höhe. Parallel dazu unsere Sorge, wie wir da wohl rauf kommen sollten. Just in diesem Moment hörte ich unseren Guide etwas von einer Treppe erzählen und unsere Bedenken verflogen wie von Geisterhand. .....böse Geister, denn beim weiteren Herangehen zeigte sich, dass die, na nennen wir sie mal ruhig ‚Treppe', aus in den Felsen gehauene, na nennen wir sie mal ruhig ‚Stufen', bestand. Unbefestigt, steil, ausgewaschen und teilweise gute 40 / 45 cm hoch.

Die Sauerstoff-Flaschen hatte ich in Berlin im Laden für alpines Zubehör vergessen.

Als der Guide uns dann noch mitteilte, dass diese uralte Inkatreppe aus ca. 530 Stufen besteht, war dies noch eine dieser Infos, auf die man in einem solchen Moment nicht scharf gewesen wäre.

Simone, welche bronchial immer etwas angeschlagen war, spielte natürlich mit dem Gedanken, es sich für die nächsten 3 Stunden auf dem Steg gemütlich zu machen. Kein schlechter Gedanke an und für sich. Die Sonne schien lichterloh und der Landungssteg befand sich in einem natürlichen kleinen Hafen im Windschatten der Insel. Da sie sich auf sich allein gestellt jedoch nicht so sicher in diesem uns fremden Land fühlte, entschloss sie sich dann kurzerhand doch dazu, mit hoch zu kommen. Außerdem hatten wir auch keine Sonnencreme mit!

Die ersten rund 30 Höhenmeter gingen noch recht gut und wir kamen zügig voran, doch schien der Aufstieg optisch nicht wirklich kürzer zu werden. Dies war umso unangenehmer, da man den restlichen vor uns liegenden Teil des Wegs nicht wirklich einsehen konnte, weil die Treppe natürlich nicht schnurstracks nach oben ging, sondern sich den Berg hinauf schlängelte. So wusste man eben nicht, wie lange noch. Leider kam uns erst viel spät der Gedanke, dass man die Stufen ja hätte zählen können. 530 rückwärts. Die Lust noch einmal von vorne anzufangen war logischer Weise bei keinem von uns beiden vorhanden! Wir kämpften weiter! Als wir schließlich der Höhenlage nach zu urteilen so fast 2 Drittel des Weges hinter uns gebracht hatten, fingen auch langsam meine Beine an ordentlich zu brennen. Wir mussten eine ausgedehnte Pause einlegen. Man darf nicht vergessen, dass sich dies alles auf fast 5000 Meter über dem Meeresspiegel abspielte. Dort, wo nicht mal mehr Wolken Lust hatten herum zuhängen. Mone hatte arge Probleme mit der Luft und war den Tränen nahe. Da kostete es einiges an Überzeugungskraft, sie zum Weitergehen zu bewegen.

Jedem, der sich irgendwann einmal auf diese wunderbare Reise durch Peru machen möchte und mit sich am hadern ist, ob er die Tour zum Taquile Island mitmachen sollte und ob sich diese Anstrengungen lohnen, dem kann ich nur sagen:

WOW ...... wow, wow und WOW!

Das soll jetzt nicht bedeuten, dass hier oben alles voller Hunde ist. Nein, aber wenn man die Strapazen des Aufstiegs erfolgreich hinter sich gebracht und eine gute Weile durchgeatmet hat, dann kann man von hier oben eine Aussicht genießen, die auf diesem Planeten ihresgleichen suchen dürfte! So cirka auf dem letzten Viertel des Weges durchschreitet man immer wieder diverse alte Steintore, welche, dezent geschmückt mit farbigen Blumenketten, als Fotomotiv in alle Himmelsrichtungen mit einem unbeschreiblichen Azur hinterlegt sind. Das Meer. Der Himmel. Die bereits erwähnten und vereinzelnd auftretenden Aquarell-Wölkchen. Dazu die nicht allzu üppige, aber vorhandene Vegetation. Dieses Farbenspiel, Wahnsinn! Die Luft ist dünn … ja … aber dies scheint der Aussagekraft von Farben äußerst dienlich zu sein! So wie unter Wasser beim Tauchen die Farben mehr und mehr an Leuchtkraft verlieren, so scheinen Diese hier oben schreien zu wollen: „Guck mich an, guck mal richtig hin mein Freund …. DAS IST BLAU! Und rot, und grün ….und und und!"

Wow!

Endlich oben angekommen hatte sich der Rest der Truppe dann auch nach kurzer Zeit versammelt und es wurde der Plan kundgetan, sich zusammen zum Mittagessen in ein kleines Restaurant zu begeben.

Das war für uns eine denkbar schlechte Idee. Wieder Gequatsche und Leute um uns herum. Bestimmt spielte dort auch eine Band und es wurden Tonträger an den Tischen herum gereicht, welche man dann kaufen durfte.

Nee, wir zogen es vor, uns allein etwas zu suchen, wo man wenigstens draußen sitzen konnte. Wir sind doch nicht hier hoch gekraxelt, um drinnen in einer Wirtschaft zu sitzen, egal, wie schön diese auch sein mochte. Nach kurzem Suchen hatten wir dann auch ein klitzekleines, familiär geführtes Restaurant gefunden. Dieses, so konnte man bereits von außen erkennen, hatte einen kleinen unbefestigten Hinterhof. Dort war es, wo wir uns nach kurzer Überzeugungsarbeit, einen Tisch und zwei Stühle nach draußen zu stellen, die nächsten Stunden in Ruhe verbringen wollten. Ein Tisch ... zwei Stühle und ein Außenklo. Wunderbar! Wir brutzelten in der Höhensonne, aßen und tranken eine Kleinigkeit und schrieben ein paar Urlaubskarten. Die Zeit verging und die Sonne brannte. Irgendwo schrie ein Baby. Nicht nervig, nur so als Untermalung, um ein schön entspanntes Feeling für das wahre Leben auf Taquile Island zu bekommen. Das Gackern der Hühner gleich nebenan vervollständigte dieses. Hin und wieder schaute eine Frau nach dem Baby und verschwand wieder. Ruhe. Bis aufs Baby, aber wie gesagt, das störte uns nicht. Vielmehr vervollständigte es die Situation. Um an Wasser für das Klo, also für die Spülung zu kommen, musste man mit einem kleinen Holzeimer zum Hühnerstall. So einfach war das Leben und weil man uns auch die ganze Zeit völlig in Ruhe ließ, hatten wir absolut nicht das Gefühl, als Touristen hier zu sein. Ein wirklich tolles Willkommensgeschenk! Ich knackte auch kurz im Sitzen weg und machte einen kleinen Mittagsschlaf. Gute Idee in der Höhensonne! So bekam ich langsam eine heftig rote Nase. Diese würde sich nachher beim Abstieg mit Sicherheit toll auf den Fotos machen.

Leider ging auch dieser schöne Moment irgendwann zu Ende und wir wussten ja nun, was uns auf unserem Weg zurück zum Boot erwartete. 530 Stufen! Jetzt werden einige natürlich denken, „he was, … kein Insel Sightseeing?"

Nein! …denn bitte was außer diesem wunderschönen kurzen Moment echten Lebens auf einem peruanischen Hinterhof hätten wir hier wohl noch erleben können und wollen?!

Na gut, eventuell hätte man die hier ortsansässigen strickenden Männer besuchen können. Dafür, so erfuhren wir dann später, war Taquile Island wohl weltberühmt. Sicherlich auch interessant, aber … ich trage keine Mützen. Ich stricke auch nicht. Alle Anderen aus unserer Gruppe hatten nach dem Essen eine dieser ‚Strickstätten' besucht und unser Guide war später sehr enttäuscht, dass wir uns Dem einfach so entzogen hatten. Was waren wir doch ignorante Schnösel und was waren wir glücklich darüber. Einfach so, alles richtig gemacht! Jedem das Seine. Mir davon bitte nichts.

Einen dieser Kerle haben wir auf dem Rückweg dann trotzdem am Wegesrand gesehen, wie er so völlig in Gedanken vertieft da saß und eine dieser supercalifragilistischen Mütze strickte. Ui ui uiuiui …!

Auf dem Weg nach unten beantwortete sich mir eine weitere nicht gestellte, jedoch auch nicht uninteressante Frage: „Wie kommen eigentlich alle Waren auf den Berg?" Die Antwort war so einfach wie einleuchtend. Alte Männer tragen sie hoch!

Bei Anblick dieses hageren, bis zum Bersten mit Zeug bepackten faltigen Mannes trauen wir uns beim Abstieg in seiner Gegenwart nicht einmal laut zu atmen. Weil ich zu der Zeit noch recht gut im Saft stand spielte ich mit dem Gedanken, diesem einen ‚Träger', welcher gerade eine Pause einzulegen schien, von seiner Last zu befreien und sein Werk zu vollbringen. Der war alt …richtig alt. Oder er sah zumindest so aus. Eventuell sind auch Sonne und Wind für seine zerklüftete Haut verantwortlich, aber man …das waren echte Canyons in seinem Gesicht.

So wie er da saß, sah er aus wie ein Häufchen Unglück. Na wenigstens trägt er Schuhe. Wenn auch nur aus alten Autoreifen zusammengeschustert, aber das kannte ich ja schon aus Afrika. Auf jeden Fall rutschfest denke ich mal. Das war auch sehr wichtig, denn schätzungsweise trug er mindestens sein eigenes Körpergewicht in Waren auf dem Rücken. Die verschiedensten Sachen. Büchsen, Flaschen, große und kleinere Pakete, irgendwie an ein Holzgestell geschnürt, welches er geschickt auf seinem Rücken balancierte. Er nahm das Gestell nicht mal beim sitzen ab. In Anbetracht dessen, dass er sehr dünn war, sah ich mich selbst eher in der Lage, diese Last für ihn zu tragen. Die Idee, sein Gestell mit den ganzen Waren zu übernehmen, schien für ihn jedoch nicht wirklich von großer Relevanz zu sein, denn entweder traute er es mir nicht zu, oder er befürchtete, ich würde mich damit aus dem Staub machen. Jedenfalls konnte ich ihn nicht dazu überreden. Er schüttelte jedes Mal mit dem Kopf. So streckte er mir also seine Hand entgegen, damit ich ihm aufhelfen konnte. Pause vorbei sozusagen. Bei jedem Griff nach seiner Hand zog er diese jedoch wieder zurück. Hin und her und her und hin. Bis ich dann aber endlich begriff, was er anstatt meiner Hilfe beim Tragen wirklich für eine gute Idee zu halten schien, verging eine kleine Weile. „Ein paar Soles", gab er mir irgendwie wortlos zu verstehen. Aha. Nur bin ich absolut kein Freund vom Betteln. Bei Kindern mache ich da ja mal eine Ausnahme, aber bei Erwachsenen…nee! Ich finde auch Leute großkotzig, die rumlaufen und Kohle verteilen. Die verteilen für ihre Verhältnisse Pfennige, aber machen dabei große Gesten! So wollte ich nicht sein. So bin ich nicht! Und Kohle für nichts, … nicht mit mir! Er deutete immer wieder auf seine Hand. „para què", also „wofür" versuchte ich ihm zu verstehen zu geben, „du sollst ja nicht mein Gepäck tragen". Dafür hätte er dann selbstverständlich eine Entlohnung erwarten dürfen. Ich war so ein bisschen in einer Zwickmühle. Man will ja helfen, aber einfach so Geld rüberreichen...? Andererseits dachte ich dann, wäre es doch wohl hilfreich für ihn, wenn er sich vom geschenkten Geld ein paar neue Schuhe kaufen könnte. Ich kramte also doch in meinen Taschen, holte ein par Soles raus und deutete auf seine Schuhe. Wirklich bequem, so dachte ich, konnten diese Autoreifen ja nun beim besten Willen nicht sein. Wobei ich beim näheren Betrachten echt sagen musste, diese Dinger waren perfekt, nahtlos und hauteng gefertigt! Irre diese Handwerkskunst. Da sollte sich hierzulande so mancher Schuhmacher ein Beispiel dran nehmen. Am Liebsten hätte ich ein Foto gemacht und mal zur Schusterinnung geschickt. Ich schaute ganz begeistert noch einmal hin und dann stockte mir fast der Atem. Der Kerl hatte ja überhaupt keine Schuhe an.

Diese tollen hautengen Schuhe an seinen Füßen waren seine Füße!

Er grinste die ganze Zeit. Mir war das ein wenig peinlich und somit gab ich ihm ein paar Soles mehr, half ihm auf und blickte ihm verblüfft hinterher, wie er die Stufen wie ein junger Springbock HINAB eilte. Tja, er wusste schon warum er mir das Zeug nicht überlassen hatte. Ich hätte es schön nach OBEN getragen.

Dumme Touris!

Nach der dreieinhalbstündigen Rückfahrt, auf der ich meinen mittlerweile enormen Sonnenbrand erfolglos zu bekämpfen versuchte, klapperten wir in Puno noch ein/zwei Märkte ab, ließen dort die Sachen liegen, welche wir schon auf den Uros-Inseln nicht kaufen wollten, und fielen herrlich erschöpft in Bett. Mangelns Kraft und wegen einer feurigen Karotte im Gesicht verlief der Abend ereignis- und die Nacht traumlos.

Morgen früh geht's auf nach Bolivien. La Paz, wir kommen.

Kapitel 12

La Paz / Bolivien

Die Busfahrt nach La Paz verlief weitestgehend ohne nennenswerte Zwischenfälle. Erwartungsgemäß wurden wir mehrfach ordentlich durchgeschüttelt. Irgendwann passierten wir auf bolivianischer Seite ein kleines süßes Fischerdorf mit weltbekanntem Namensvetter. Copacabana. Vorher jedoch mussten die Zoll - Angelegenheiten in Yunguyo auf Peruanischer Seite erledigt werden. Das wiederum hieß aber erst einmal das Zoll-Häuschen suchen, sich anstellen und warten. Gut, das ist ja auch ein normales Prozedere, wenn eine Grenze überschritten und ein neues Land bereist wird. Der Zollbeamte musterte mich etwas länger als alle anderen, was wohl an meiner immens rot leuchtenden Nase lag. „Nein", so gab ich ihm zu verstehen, „ich ziehe keinen Schlitten hinter mir her" und „nein, da kommt gleich kein dicker Typ im roten Mantel" und „nein, … keine Geschenke!".

Kurze Zeit, nachdem wir in Copacabana den Bus wechselten und den Ort hinter uns gelassen hatten, ging es weiter zu einer Fähre, die uns noch mal ein Stück über den Lago Titicaca bringen sollte. Ich glaube der Ort hieß Tiquina. Dort sollten wir nur aussteigen und in ein kleines Boot umsteigen. Nun, unser Gepäck hätte ich schon gerne mit uns geführt, aber um unsere Sachen würde sich gekümmert werden, so versicherte uns der Fahrer.

Wir hatten natürlich Vertrauen und gingen davon aus, dass fleißige Helfer dieses in die Fähre umladen würden. Leider erwies sich das als Irrglauben, denn unsere Rucksäcke schienen ein anders Ziel zu haben. Kaum, dass der letzte Fahrgast ausgestiegen war, schloss der Fahrer die Türen und brauste mit einem Grinsen im Gesicht davon!

Bitte nicht schon wieder. Dieses Mal hatten wir zwar in Puno sicherheitshalber die Hälfte unser Sachen im Hotel zurück gelassen, aber es wäre schon recht armselig gewesen, sich hier so spontan von der anderen Hälfte trennen zu müssen. Sensibilisiert durch unser Gepäck-Verlust-Trauma in Ica, fiel es mir in diesem Moment echt schwer, nicht durchzudrehen. Nun, hinterher rennen brachte nichts. Der war weg! Herumbrüllen auch nicht, war keiner da, der mir so aussah, als hätte er etwas daran ändern können. Alle anderen waren auffallend entspannt, also gingen wir runter zur Anlegestelle und warteten erstmal ab. Mal wieder. Nach einer Weile sah man in einiger Entfernung, fast am Horizont, einen kleinen Kahn vorbei ziehen. Er war gerade noch nahe genug, so dass man erkennen konnte, was sich auf ihm befand. Es war ein Bus. Es war unser Bus. Oben drauf war unser Gepäck. Sah ganz gut aus. Das einzige Problem war nur, … wir saßen nicht drinnen! Ich schaute traurig hinterher!

Ein viel besser als ich spanisch sprechender Mitreisende schaffte es trotz des eben genannten Umstandes, mich zu beruhigen. Seinen Gestiken und einigen Worten entnahm ich, dass der Bus inklusive Fahrgästen viel zu schwer für die Busfähre sei. Deshalb mussten wir raus. Er kannte das schon und wir würden gleich abgeholt werden! Na gut, das beruhigte uns. Unsere Klamotten schienen sich nur allzu gerne von uns zu trennen. Behandelten wir sie etwa nicht gut genug? Sollte man am persönlichen Verhältnis zu seinem Rucksack arbeiten? Öfters mal ein kleines Blümchen reinstecken vielleicht? Wir warteten.

Die Trennung sollte nicht so lange wie in Nasca dauern, denn als auch wir endlich unseren Weg auf eine kleines Boot gefunden und ein gutes Stück über den See zurück gelegt hatten, durften wir nach dem Anlegen in den selben Bus wie vorher steigen.

Na bitte, …. Alles hatte seine Richtigkeit.

Da die kleine Fähre logischerweise keine sanitären Anlagen vorzuweisen hatte, gab es da vor der Weiterfahrt noch einen anderen, äußerst wichtigen Punkt auf meinem Zettel. Eilig stürzte ich auf der Suche nach einem Klo von Bord. Meine bereits ordentlich unter Druck stehenden Augen suchten fieberhaft nach einem Zeichen für ein WC oder Ähnlichem. Fehlanzeige! Hier gab es nicht einmal ein Restaurant, in welches man hätte stürzen können. Mehrere flache Gebäude, aber keine Toilette. Zu viele Gebäude und Leute, um sich einfach irgendwo ran zu stellen und es laufen lassen zu können. Ich ging mittlerweile leicht gebeugt zum

Anleger zurück und fragte einige dort anwesenden Arbeiter „donde esta Bañera por favore". Ungläubige Blicke.

„Bañera Bañera, por favore!"

Nichts, ich ging zum Nächsten und fragte weiter. Mit demselben Ergebnis. Nach und nach schaute mich die versammelte Mannschaft der ‚Dockarbeiter' entgeistert an. Als wolle ich zum Mond oder als hätte mir bereits in die Hose geschifft.

„Ah verstehe, …nix Bañera" begann ich in mich hinein zu meckern. „Ihr zieht sicherlich alle hoch und spuckt aus! Man Leute ich muss pissen wie ein Bär…". Mein gequälter Versuch, mir hier nicht in die Hose zu schiffen, war sicherlich eine willkommene Abwechslung für die Jungs und wohl oder übel musste ich jetzt zum pantomimischen Teil übergehen. Die entsprechenden Gestiken setzten jetzt aber bereits ganz automatisch ein. Ich deutete auf meine Blase und tat so, als schoss der halbe Titicaca durch meine Lendengegend. Ein ausgestreckter Zeigefinger deutete an, wie ich diesen Druck abzubauen gedachte. Dabei versuchte ich verkrampft ein Gesicht der Erleichterung darzustellen.

Ein Raunen ging durch die Anwesenden. Unter Kopfnicken kam einer der älteren Herren lächelnd auf mich zu, nahm mich behutsam an der Schulter und wies mir den Weg zum Klo. Gerade noch rechtzeitig. Gerade noch mal gut gegangen. Erst viel später stellte ich unter lautem Gelächter fest, welcher Slapstick hier gerade stattgefunden hatte:

Ich hatte die Männer allen Ernstes und auf meine volle Blase deutend gefragt, wo die nächste Badewanne sei.

Baño = Klo … Bañera = Badewanne

Mein Spanisch ist ne Wucht!

Was uns bei der Weiterfahrt sofort auffiel, war, dass die Straßen hier in Bolivien zwar nicht unbedingt besser waren, die Umgebung jedoch viel aufgeräumter. Die Häuser besser in Schuss, die Auslagen der Läden hübsch sortiert und die Gehwege sauber. Wieder viele schöne Bilder! Die Einfahrt nach La Paz war ebenfalls ein einzigartiges Erlebnis. Wie in einem Vulkankessel lag die Stadt rundum eingerahmt von einem Bergmassiv, welches blau schimmernd in der Ferne mit abnehmender Höhe herrlich dicht bewaldet war. Über Serpentinen schlängelte sich die Straße hinab in eine andere Welt. Am offenen Fenster bemerkte man sogleich einen Anstieg der Außentemperaturen um mehrere Grad. Ein fast tropisches Gefühl überkam mich. Nun, das war natürlich eine leichte Übertreibung und doch war das Klima so gemäßigt, dass es Palmen hier schafften, mitten in der Stadt in voller Pracht zu gedeihen. Sehr, sehr aufgeräumt und schön angelegt!

Da es bei unserer Ankunft mittlerweile auch schon fünf Uhr am Nachmittag war, verspürten wir ein entsprechend mittelstarkes Hungergefühl. Trotzdem mussten wir zuerst im Hotel einchecken. Dieses war endlich mal auf Anhieb sauber, gut beheizt und hatte sogar warmes Wasser. Somit fiel die sonst schon fast obligatorisch gewordene Wechselaktion aus und wir konnten gleich auf Endeckungstour durch die City gehen.

Erstes Ziel war die Citybank. Ein paar Bolivia-nos eintauschen. Das klingt jetzt zwar nach Menschenhandel, so heißt aber einfach nur die einheimische Währung. Da war jedoch lediglich der Wunsch mal wieder Vater des Gedankens, denn selbstverständlich war die Citybank die einzige Bank mit deutschen Öffnungszeiten. Das bedeutet, sie hatte mal eben für den Rest des Tages geschlossen. Gut, um fünf am Abend kann man sich darüber nicht wirklich beschweren. Immerhin gab es einen Automaten. Selbstverständlich akzeptierte Dieser meine Citybank-Card nicht.

World wide service … mal wieder voll für'n Arsch! Um hier nicht verhungern zu müssen, wechselte ich in der nächstbesten Bank und zahlte eben die anfallenden Gebühren.

Auf unserem Weg hierher stach uns eine Mc Donalds Filiale ins Auge und obwohl ich den Verzehr dieser Köstlichkeiten normalerweise aus kulinarischen und einigen anderen Gründen komplett ablehne, erschien uns hier und jetzt der Gedanke als überaus angenehm. Etwas essen, von dem man wohl hoffen durfte zu wissen, wie es schmeckt.

So taten wir es einfach. Und ja, wir hätten mit Sicherheit jeder 10 dieser Teile verdrücken können. Sei es wegen der offensichtlichen Gehaltlosigkeit der Nahrung oder wegen der Suchtstoffe in den Dingern, durch die wahrscheinlich alle lebensnotwendigen Vitamine und Spurenelemente ersetzt wurden. Das war uns aber in diesem Moment völlig Wurst. Mit anderen Worten: Es war echt lecker! Nach diesem Anschlag auf unsere Gesundheit ging es nur noch mit dem Geschmack von Zwiebeln, Remolade und Zahnpaste ins Bett und durch die Nacht. Man hatten wir einen Brand!

Der anbrechende Morgen in La Paz versprach einen aufgeräumten und wohlriechenden Rucksack. So war bereits in Puno der Plan gereift, hier in La Paz unsere dreckige Wäsche zu reinigen. Deswegen nahmen wir auch nur die stinkenden Klamotten hierher mit. Wären die Rucksäcke also gestern wirklich geklaut worden, hätte ich beim Auspacken gerne ins Gesicht des Diebs geschaut.

Da das Hotel leider keine interne Wäscherei hatte, suchten wir im Reiseführer nach einer landesüblichen Lavanderia und wurden auch schnell fündig. Also schnappten wir uns nach dem Frühstück unser Zeug, verstauten dieses in mehreren Beuteln und nahmen uns ein Taxi. Dem Fahrer schnell die Adresse nennend und ihm unsere Tüten mit Müffel-Klamotten zeigend ging es los. Es dauerte nicht lange und wir waren dort angekommen. Dort angekommen bedeutete in diesem Fall leider, dass wir eigentlich nirgends wirklich angekommen waren. Die Wäscherei hatte wahrscheinlich irgendwann mangels Kundschaft ihr Geschäft einstellen müssen. Dasselbe Schicksal erwartete uns auch noch bei den nächsten beiden Adressen. Nicht, dass uns diese Erkenntnis genau so schnell ereilt hätte, wie diese Zeilen geschrieben sind. Nein, wir durften jedes Mal von Nicht-Wäscherei zu Nicht-Wäscherei ein neues Taxi suchen, da es in den hiesigen Kutschen anscheinend keine „Warte-Taste" im Taxameter gab. Nun, vielleicht sahen wir in unseren abgesessenen und ungebügelten Sachen und mit unseren Tüten voller ungewaschener Wäschen auch nicht gerade sehr vertrauenswürdig aus, so dass die Fahrer jeweils froh waren, uns wieder los zu sein. Gerochen haben wir meines Wissens völlig normal, also mit Ausnahme der Tüten.

Unschlüssig, ob wir die Schuld wieder einmal bei uns selbst zu suchen hatten, gaben wir den Plan ,saubere Wäsche' erst einmal auf und gingen wieder zu Mc Donalds.

Hier bedient man ja bekanntlich jeden!

Mit vollem Magen sah die Welt schon wieder ganz anders aus. Schließlich schleppten wir unsere immer noch aus der Tüte dampfenden Klamotten weiter durch die Stadt und nutzten das schöne Sonnenwetter. Wir kamen uns ein bisschen vor wie ein paar Obdachlose, wie man sie, ihren gesamten Hausrat in Tüten schleppend, aus diversen Großstädten kennt. Nur, dass wir keinen Einkaufswagen vor uns her schoben und nicht aus Papiertüten tranken. Auf einer Parkbank entspannten wir uns ein wenig und blinzelten in den blauen Himmel. Ein viel zu süßer Mc Cafe machte zumindest diesen Augenblick fast perfekt.

Da kam uns plötzlich der fantastische Gedanke, dass es jetzt wohl an der Zeit war, den einzigen Ort in La Paz zu besuchen, an dem es laut Reisebeschreibung noch übler riechen sollte als in unseren Tüten. Der Hexenmarkt!

Nicht, dass wir unbedingt wegen dem zu erwartenden Geruchserlebnisses dort hin mussten, jeder Gedanke an unsere nächtliche Aromaodyssee in der kleinen Wüstenstadt ließ automatisch meine Zähne stumpf werden, nein, vielmehr wurde hier außerdem ein farbenprächtiger Basar der unglaublichsten Kuriositäten beschrieben und das wollten wir uns nicht entgehen lassen.

Da der Markt laut Stadtplan nicht allzu weit entfernt sein sollte, wollten wir uns gerade auf den Weg machen. So griffen wir, halb glücklich nun einen Plan zu haben und halb unglücklich, die Klamotten nun weiter durch die Gegend schleppen zu müssen, nach unseren Tüten und wollten los.

Mitten in diese Aufbruchstimmung trat eine kleine Frau mittleren Alters und sah uns mit besorgter Miene an. Meinem unzureichenden Spanisch und ihrem fürsorglichen Geschichtsausdruck entnahm ich, dass wir wohl sehr hilflos auf die vorbei gehenden Leute wirken mussten. Dem war ja auch so. Wir zeigten Ihr also die Lavanderia - Einträge im Reiseführer und boten Ihr unter Achselzucken unsere Dreckwäsche dar. Ihr Blick hellte sich auf. Einen Stift und einen kleinen Zettel aus ihrer Tasche holend, schrieb sie uns eine Adresse auf, unter welcher sich, so unsere unerschütterliche Hoffnung, eine jetzt noch bestehende und tatsächlich betriebene Reinigung befinden sollte. Also wieder alles auf Anfang, ein Taxi genommen und nix wie dort hin. Reinigung ja! Betrieben ja. Geöffnet? ...bis vor 15 Minuten!!! Das konnte doch wohl nicht wahr sein. Wenn irgendwas immer wieder klappte, dann, dass wirklich nichts klappte. In einem Anflug von Wut und Verzweiflung schmiss ich die Tüten auf den Boden. Eine Tüte platzte und die Sachen fielen raus! Na klar, wieso denn auch nicht. Es passte mal wieder alles zusammen. Ich bin mir heute nicht mehr sicher, ob mir damals die Tränen liefen oder ob ich Schaum vor dem Mund hatte, aber genau in diesem Moment öffnete sich die Ladentür. Eine ältere Dame kam auf uns zu und nahm uns wortlos unsere Wäsche ab. Der Abschnitt, den sie uns aushändigte, versprach frühlingsfrische und gebügelte Wäsche um 18:00 Uhr. Wir genossen die nächsten Stunden in guter Hoffnung.

Nun folgte der Abstecher auf den hiesigen Hexenmarkt...

Nach ca. 20 Minuten Fußmarsch wähnten wir uns dann auch schon ganz in der Nähe und folgten den Rest des Weges einfach unseren Nasen. Erfolgreich!

Halleluja ..., das war ja nun mal ein saftiger Geruch. Als wir um die Ecke bogen stand die Luft wie eine dicke Wand vor uns. Ich wollte klopfen, aber wir traten einfach ein. Da saßen sie also, die Hexen von La Paz. Sie sahen in meinen Augen weniger wie Hexen, als wie ganz gewöhnliche Indiofrauen aus. Jede trug einen zu kleinen Hut, mindestens zehn Röcke übereinander, dicke Zöpfe und alles war bunt! So auch ihre Verkaufsauslagen. Zwischen Getränken, Gemüse und Seifen konnte man die unterschiedlichsten Pülverchen und Wurzeln, Flaschen mit Sand, Asche und klebrig aussehenden Flüssigkeiten finden. Diese Flüssigkeiten waren, so entschied ich, nicht zu den Getränken zu zählen. Getrocknete Schlangen, Käferchen und allerlei Salben waren auch im Angebot. Die Krönung aber war, was sich links und rechts dieses Ensembles in beachtlicher Anzahl aufstapelte. Getrocknete Alpaka Embryos! Was zum Henker wollen die mit so vielen getrockneten Embryos? Ist das etwa so was wie Trockenfleisch? Na lecker! Und vor allem, wie werden die hergestellt. Ja nee, bis zum gewissen Punkt ist mir das schon klar, aber das machen die Alpakas ja alleine. Nein, die Frage ist, wie werden die rausgeholt. Werden die Weibchen extra dafür geschlachtet, oder handelt es sich hier um Abtreibungen? Das müssen doch hunderte gewesen sein!

Ich suchte das Gespräch mit einer Hexe und endlich fand ich hier mal jemanden, dessen Spanisch noch schlechter war als meines. Das war aber auch zu erwarten, denn laut Reiseführer sprachen die ,Hexen' prinzipiell nur ihre eigene indigene Sprache. Finde ich auch gut so. Irgendwie macht mir so was aber auch am meisten Spaß. Mit Händen und Füßen, mit Bauch und Gesicht! So brachte ich dann irgendwann in Erfahrung, dass die Embryos beim Neubau eines Hauses in alle vier Ecken eingemauert werden. Und ins Fundament. Nun hatten wir auf unserem Weg in die Hauptstadt nicht einmal annähernd so viele Baustellen gesehen, um die nur an einem einzigen Stand liegenden ,Trockenbabys' zu verbauen. Mit Sicherheit gab es noch eine Vielzahl weiterer interessanter Verwendungsmöglichkeiten, mit denen wir so unsere ästhetischen Probleme gehabt hätten. Ich fragte auch nicht weiter nach. Vielmehr wollte ich gerne ein paar Fotos von ihr und ihrem Stand schießen und dachte, da wir uns ja nun schon eine Weile so gut unterhalten hatten, hätte ich gute Chancen. Also fragte ich höflich. Man kennt das ja, in vielen Ländern gibt es strikte Verbote zu fotografieren. Zum Beispiel Bahnhöfe und andere öffentliche Gebäude. Zumindest sollte man sich immer erkundigen, ob es generell erlaubt sei. Auch haben einige Völker Angst, fotografiert zu werden, da sie befürchten, ihre Seele werde ihnen dadurch geraubt. Das würde im Übrigen auch erklären, warum ich Zuhause immer öfters das Gefühl habe, dass um mich herum größtenteils nur noch Zombies rumkrebsen. Dies Alles schien aber hier laut unserer Reiselektüre nicht der Fall zu sein. Nur, und das weiß man auch, geht es manchmal darum, einen vernünftigen Preis für ein Foto auszuhandeln. Kaufen wollten wir hier so irgendwie gar nichts! Warum nur, ...schnüffel schnüffel. Also fragte ich sie, indem ich ihr zögerlich die Kamera zeigte, wie viel sie dafür verlange. Zu meiner Überraschung freute sie sich und anstatt mir eine Summe zu sagen, schrieb sie ihre Adresse auf und machte mir klar, dass ich ihr die gemachten Fotos von Zuhause schicken soll. Das versprachen wir ihr natürlich gerne und machten ein paar schöne Schnappschüsse.

Selbstverständlich schickten wir die Bilder später auch tatsächlich zu ihr in die Hexengasse. Wenn man einer Hexe etwas verspricht, sollte man das auch besser halten!

Immer noch nicht an den Geruch hier gewöhnt, aber trotzdem zufrieden in der momentanen Situation, mussten wir uns dann aber auch schon wieder von ihr verabschieden. Wir wollten heute unbedingt noch unsere gewaschene Wäsche in den Armen halten und, trotz der Beklemmung unserer Nasen, machte sich mittlerweile ein ordentliches Hungergefühl breit, welchem wir vorher noch gerne nachgeben wollten. Also gingen wir zurück, aßen noch ein drittes Mal ‚McD-gesund‘, holten die Sachen aus der Wäscherei und gingen zurück ins Hotel. Warum uns die gute Dame aus der Reinigung so böse anschaute, hatten wir beide nicht verstanden. Immerhin waren wir eine gute Viertelstunde vor Ladenschluss bei ihr. Vielleicht war ihr unsere Wäsche aber auch nur zu dreckig gewesen! Na egal, wir hinterfragten es nicht! Es duftete wunderbar als wir die Sachen auspackten und wieder ordentlich in dem Rucksack verstauten. Morgen früh blieb uns dafür ja keine Zeit mehr. Es ging ja mal wieder richtig früh raus und zurück nach Peru.

Vor unserem Zimmerfenster war inzwischen so eine Art Volksfest im Gange. Was uns bis dahin noch nicht aufgefallen war: direkt neben unserem Hotel steht das höchst gelegene Fußballstadion der Welt und heute Abend findet ein Qualifikationsspiel für die WM statt. Bolivien gegen Paraguay. Dicke Knöchel in dünner Luft. Mone blieb im Zimmer, aber ich mischte mich noch ein bisschen unters Volk, beendete den Abend jedoch auch nicht zu spät. Wieder zurück im Zimmer nahm ich ja bei geöffnetem Fenster trotzdem am Spiel teil. Rein akustisch versteht sich.

Schön!

Kapitel 13

Zurück nach Puno

Pünktlich um 6.00 Uhr weckt uns unser Wecker mit einer Stunde Verspätung. Shit! Immer diese unterschiedlichen Zeitzonen. Wir hatten vorgestern total vergessen, unsere Uhr eine Stunde vor zu stellen. So gesehen war es ja ein Wunder, dass das mit der Wäsche überhaupt geklappt hat. Oh wir Glückskinder!

Nun gut, von 6:00 auf 7:00 Uhr innerhalb eines Wimpernschlags bleibt mal wieder nicht viel Zeit für Morgenhygiene. Mone verschwindet als erste im Bad. Plötzlich schallt ein höllisches Gelächter aus ihrer Richtung. Was denn nun? Hat sie es jetzt etwa endgültig geschafft? Ich gehe hinein und wollte gerade loswettern, dass wir keine Zeit für ihren Klamauk haben, da sehe ich, dass sie heult und nicht lacht. Und sie blutete. Der Fußboden war schon ordentlich durchgefärbt. Aber was war bloß passiert? In der Hektik, alles schnell schnell zu machen, hatte sie sich ihren Fuß an einer scharfen Kante unten an der Duschtasse zerfetzt. Genau genommen war es ein ca. 3 cm langer Riss, der an einer offensichtlich gut durchbluteten Stelle an der Außenseite ihres rechten Fußes aufklaffte. Uns es floss und floss und wollte nicht aufhören. Mal wieder der fehlende Außendruck vermutlich. Ich drückte die Wunde zu und presste ein Stück Mullbinde auf den Riss. Das wirkte und die Wunde schloss sich erst einmal und hörte auf zu bluten. Da die Zeit jetzt immer knapper wurde, verzichtete ich nun gänzlich auf warmes Wasser, zog mich schnell an und fragte an der Rezeption nach Jod. Das erschien mir momentan wichtiger als meine bepelzten Zähne. Das Hotelzimmer schien mir zwar sauber zu sein, aber mit Sicherheit nicht klinisch rein und immerhin hatten wir noch gut zwei Wochen Urlaub vor uns. Eine Blutvergiftung hätte da nicht so sehr in den geplanten Ablauf gepasst.

Das Hotel war glücklicherweise sehr gut ausgerüstet. Also Jod bekommen und schnell nach oben zu Simone. Wieder im Bad angekommen informierte ich sie, was ich vorhatte. Mein Plan, die Wunde noch einmal zu öffnen, um das Jod durchlaufen zu lassen, weckte bei ihr nicht gerade große Begeisterung. Stieß aber auf Verständnis. Auch dafür, dass ich verständlicherweise nicht vorhatte, beide Rucksäcke für den Rest des Urlaubs wegen Fuß - Lahmheit ihrerseits tragen zu dürfen. Aufgrund unseres Zeitdrucks gab es dazu auch gar keine lange Diskussion. Also noch mal Schmerzen für Mone und die Sache war schnell erledigt.

Zügig die letzten Klamotten gepackt und noch einen kleinen Imbiss im Restaurant genommen, verließen wir das Hotel in Richtung Bus. An der Rezeption ließen wir uns beim Auschecken noch eine Bestätigung aufsetzen, dass sie diesen kleinen Unfall hatte. Nur für den Fall der Fälle. Wer weiß schon, was eine Versicherung für einen solchen Fall verlangt. Die Frau am Hoteltresen wollte den

Fuß noch mal sehen, verband Ihn dann auch fachgerecht, wünschte gute Besserung und einen schönen Urlaub.

Der Bus holte uns an diesem Morgen natürlich einmal überpünktlich ab und ließ die Fahrt vor 2 Tagen einfach nur rückwärts ablaufen. Allerdings ohne die Geschichte mit der Badewanne. Bañera ... klingt für mich immer noch nach Klo!

Als ich später dann mal nach nachgeschlagen habe, wie ‚Bañera' noch übersetzt werden kann, hab ich echt Tränen gelacht.

Wieder in Puno angekommen, trafen wir uns mit unseren Partyfreunden, oder man kann sie schon eher Saufkumpanen aus Holland nennen zum Essen. Cocina Mexicana. Endlich mal wieder was Richtiges zwischen die Zähne!

Irgendeiner hatte dann die glorreiche Idee, in eine Disco zu gehen und noch ein bisschen Party zu machen. Glorreich war die Idee, weil am nächsten Morgen ja unsere elfstündige Zugfahrt nach Cuzco losgehen sollte. Na sei es drum, wir gingen. Es wurde dann doch eher eine Bar, als eine Diskothek, was aber am Endergebnis absolut nichts änderte!

Nach diversen Cuba Libre und Pina Colada waren unsere Sorgen wegen des morgigen Ritts dann auch gar nicht mehr so groß. Dass der von mir zuletzt bestellte Wodka Lemon ein randvoll gegossener Trainingsbecher Wodka mit ein paar Scheibchen Limette auf einem extra Teller war, rundete die Sache nur noch schön ab! In der Karte stand ja auch nicht Wodka Lemon, sondern Wodka Limone!

Aua, aua!

Irgendwann war es 2:00 Uhr durch. Wir waren es auch!

Aua aua aua!!

Kapitel 14

Zugfahrt nach Cuzco

Nach dreieinhalb Stunden Schlaf, in denen ein kleiner Teil von Wodka Limone und Konsorten zwar nach einem zweiten Kontakt mit meiner Kehle das fade Licht einer peruanischen Örtlichkeit wiedererblickte, der Überwiegende sich jedoch noch in meinen Eingeweiden als dumpfe Erinnerung des gestrigen Abends verdingte, hieß es dann um sechs Uhr raus aus den Federn. Der Morgentoilette folgte der lächerliche Versuch, feste Nahrung in Form von brötchenähnlichen Dingen in mich aufzunehmen, welcher natürlich fehlschlug. Sei es wegen der Uhrzeit, wegen der beschissenen Verfassung, in der ich mich befand oder wegen der Dinge, welche zwar an leckere Frühstücksbrötchen erinnerten, sich jedoch auf meinem Teller außen zu hart und innen völlig hohl manifestierten. Egal, also einen Tee schlürfend und völlig übermüdet warten wir auf unseren Transfer zum Zug. In Mones müden Augen spiegelte sich meine Vorfreude auf diesen anstrengenden Tag.

Dies alles sollte im eigentlichen Sinne überhaupt kein Problem für uns darstellen, da wir ja die Reise im INKA-COATCH gebucht hatten, und, he hallo, also INKA-COATCH, das kann man sich ja wohl denken, oder zumindest wurde es uns so versichert, ist doch nun wirklich das beste Schienenfahrzeug-Wagon-Abteil-Reisende-

Glücklichmachding das es gibt, und nach unseren Erfahrungen mit den peruanischen Reisebussen (Kaffee, Kuchen und 1.Klasse Liegesitze) hatten wir da auch nicht mal den Anflug eines zarten Hauches einer eventuellen Spur des Zweifels an der Vollkommenheit von Ambiente und Sitzvergnügen auf unserer bevorstehenden elfstündigen Zugfahrt. Der Nachtzug nach Puno war nun mal das eine Extrem, aber dieser jetzt, da waren wir uns sicher, wird purer Luxus. Ein stummes Zunicken und Mone und ich waren uns wortlos über diesen Umstand einig. All diese Überlegungen versüßte mir die lange Zeit des Wartens jedoch nur für wenige Sekunden. Die Zeit verstrich. Der Zug ging um acht, jetzt war es viertel nach sieben und unser Fahrer war bereits fünfzehn Minuten überfällig. Das stumme Zunicken verwandelte sich langsam in ein ratloses Schulterzucken, kurz darauf in ein nervöses ,Finger auf dem Tisch Rumgetrommel', ein unruhiges auf dem Stuhl ,Hin und Her Gerutsche' und schließlich zum wütenden ,Auf und Ab Gelaufe'. Dies gepaart mit dem schrecklichen Gedanken, dass unsere wunderbar bequemen INKA-COATCH Sitze die Reise in die alte Inka-Hauptstadt ohne uns antreten könnten.

Simone durchbrach die vor nervöser Anspannung knisternde Stille. "Wenn der Fah ..." - Ich schüttelte mit dem Kopf. "... rer nicht kommt ...". "Wird er schon" sagte ich. „Muss er ja!", schüttelte ich erneut den Kopf. „Bis jetzt hat doch auch alles geklappt. Nicht auf normalem Wege, aber Alles irgendwie", versuchte ich mehr mir Selbst als ihr Mut zu machen. "Ja, bis auf unseren Rückflug, . . . ARUBA!" hatte sie treffend bemerkt. Ich versicherte ihr, dass sich auch dieses Problem noch lösen würde. Vielleicht nicht auf preußisch korrekte Art und Weise, aber irgendwie schummeln wir uns da schon hin. Notfalls hatten wir ja die Buchung für die beiden teuren Extraflüge. Trotzdem gab es ja auch immer noch die Hoffnung, unsere normalen Flüge einfach und kostengünstig umzubuchen. Ich hatte ja keine Ahnung!

Auf jeden Fall löste sich gerade unser 'WIR WÜRDEN SCHON GERN NACH CUZCO FAHREN, DOCH KEINER NIMMT UNS MIT'- Problem, denn kurz nach Halb schlürfte ein Hombre in die Hotellobby. Er sah uns mit unserem Gepäck, gestikulierte heftig und deutete mit einem nervösen Nicken auf sein Handgelenk. Dort befand sich natürlich keine Uhr! Mit wiegenden Händen und einem rat- und rastlosen, irgendeinen imaginären Punkt oberhalb unserer Köpfe fixierenden Blick deutete er an, dass WIR wohl recht spät dran seien und wenn WIR uns nicht beeilten, wohl oder übel den Zug verpassen würden. Das wäre dann ja wohl auch letztlich UNSERE Schuld, denn WIR sind ja immerhin die Letzten. Das alles erstaunte uns irgendwie überhaupt nicht. Wir waren lediglich zufrieden, dass er endlich da war. Auch der Gedanke, dass dieser leicht abwesende Blick des Fahrers eventuell etwas mit fehlendem Sehvermögen zu tun haben könnte, kam mir zum Glück erst, als wir längst im Zug saßen.

- Nicht dass dies schnell geschehen wäre! -

Also trugen wir unsere Rucksäcke raus zum Kleinbus, welcher schon in der morgendlich versmogten Dämmerung von Puno auf uns wartete. Ja Smog, das war hier besonders morgens ein echtes Problem. Das Atmen fiel gerade nicht leicht. Im Auto saßen schon einige Gestalten zwischen ihren Gepäckstücken. Kauernd, lauernd. Natürlich traf uns ihr Groll. Uns, die es sich gewagt hatten, auf eigene Faust das Hotel zu wechseln, nur weil das Erste auf fast 4000 Metern über dem Meeresspiegel keine Califaction hatte und wir uns des Nachts nicht den Sitzmuskel abfrieren wollten. Deshalb nämlich, und jetzt umklammerte uns das schlechte Gewissen wie ein atemloser dumpfer Mundgeruch, welcher einen in solchen Situationen völlig lähmen kann, nur deshalb irrte der Bus schon den halben Morgen mit müder menschlicher Fracht über holpriges Kopfsteinpflaster von Hotel zu Hotel. Nur um UNS zu suchen. Und das in dieser, von Autohupen und Abgaswolken zerrissenen, feuchtkalten Morgenidylle dieser an und für sich wirklich schönen Stadt. Diese Schönheit vermochte jetzt beim Blick durch die beschlagenen Autofenster jedoch niemand zu erkennen. Alle sahen sauer aus! So hockten wir uns also schuldbewusst auf unsere Sitze, nahmen die Rucksäcke auf den Schoß und wackelten zum Bahnhof. Unterwegs erfuhren wir von den Anderen, dass diese Odyssee niemals stattgefunden hatte, sondern der Fahrer einfach nur viel zu spät dran war.

Kurz vor acht trudeln wir also völlig unschuldig und schwanger der Vorfreude auf unsere bequeme Reisegelegenheit am Bahnhof ein. Wir steigen in den Zug und sind zu unserer Überraschung sehr überrascht. Und zwar leider nicht so wie ein Kind, dem man monatelang erzählt: „dieses Jahr sieht es wegen der Finanzen aber schlecht aus mit Weihnachten" und zur Bescherung steht dann aber ein 1a erster Klasse Mountainbike, mit Helm und Allem Drum und Dran, unterm Christbaum. Nee, unsere Überraschung war irgendwie anderer Natur. Eine dieser Überraschungen, bei der das Leuchten in den Augen höchstens von einer kleinen Reflektion am oberen Ende des Tränenkanals herrühren konnte. Ich sage nur: „S-Bahn fahren!".

Das soll bedeuten, die Sitzbänke im Abteil erinnern in ihrer Beschaffenheit eher an alte DDR S-Bahn-Sitze, als an die uns hier versprochenen 'very comfortable chairs'. Gemütlich machen? ... für'n Arsch! Schlaf ade.

Ich hätte gestern einfach nicht so viel saufen dürfen. Aber was soll's. Glücklicherweise sah ich auf dem Bahnsteig eine Mitarbeiterin von INKA-WASI gerade noch damit beschäftigt, andere Reisende in den Zug zu verteilen, so dass ich die Gelegenheit beim Schopfe packte, um sie mit unserer Überraschung ihrerseits zu überraschen. Sie wirkte jedoch nicht sonderlich überrascht. Es handelte sich bei ihr um die nette Frau des Chefs, welcher wir es dank ihres Einsatzes im Krankenhaus zu verdanken hatten, wieder im Besitz der Geldfieberimpfung zu sein. Deshalb versuchte ich auch, mich nicht zu beschweren, sondern lediglich höflich nachzufragen, ob wir wirklich im gebuchten INKA-COACH saßen, oder ob da etwas schief gelaufen sei. Sie erklärte mir, dass der Zug völlig überbucht sei und wir deshalb woanders sitzen müssten. Sie machte mir auch glaubhaft klar, dass es ihr sehr leid tue und zahlte mir sofort die Differenz von 11 $ pro Person aus. Mann, das wäre in Deutschland so schnell und unbürokratisch sicherlich nicht möglich gewesen. Sie entschuldigte sich noch einmal - ich bekam schon ein schlechtes Gewissen - wünschte uns trotzdem eine gute Reise und verabschiedete sich. Wieder im Zug verstaute ich unser Gepäck und sicherte es dieses mal mit einer Schnur. Dann richteten wir uns auf eine elfstündige S-BAHN Fahrt von Bernau nach Königswusterhausen und zurück ein.

In etwa Das war es dann auch, was uns erwartete. Nun, immerhin war das Abteil fast leer. Nach ca. 3 Std. hatten wir uns auch endlich an die Sitze gewöhnt und ließen uns von dem unglaublichen Panorama, welches an uns vorbeizog, verzaubern und ich kann nur immer wieder sagen, dass es wohl mit das schönste auf der Welt ist, ein fremdes Land, welches noch in seiner Ursprünglichkeit erhalten ist, mit dem Zug zu bereisen. Weit ab von jeglichen Zeichen zivilisierten Einflusses, abgese-

hen von einigen uralten Terrassenfeldern der Inkas, spürt man die zeitlose Schönheit und Magie
dieser atemberaubenden Landschaften unmittelbar. Man erkennt, wenn man sich darauf einlässt,
wie klein und unwichtig die meisten Belange sind,
mit denen man sich die meiste Zeit seines Lebens
herumschlägt.

In der Zwischenzeit lernten wir Barbara und
Martin aus Österreich kennen. Die beiden wurden
ebenfalls wegen Überbuchung der 1. Klasse zu uns
ins Abteil verfrachtet, erklärten uns aber, dass wir
damit eher gut bedient seien, da die Sitze dort
nicht viel anders seien, die Wagons aber dafür
rappelvoll. Wir betrieben etwas Konversation und
ergaben uns dann wieder gelangweilt und begeistert zugleich dem Sound der Schienen. Die Fahrt
selbst erinnerte weniger an eine Zugfahrt, als an
eine . . . also ich weiß nicht genau, wie man es am
besten beschreibt. Es war eine stark dreidimensio-
nale Erfahrung.

Beginnend mit einem nach Vorn und Zurück
taumeln wie beim Bremsen und Anfahren während der ersten Autofahrstunden, gab es noch dieses nach Links und Rechts wiegen, öfters auch rüt-
teln oder stoßen. Begleitet wurden diese Bewegungen von einem permanenten ,Auf und Ab Ge-
hopse', so dass man das Gefühl einer Reise in einem kleinen Boot bei unruhiger See hätte haben
können, wären diese Bewegungen nicht so abrupt
gewesen. Der Körper hatte sozusagen nie einen
Moment der Ruhe oder Entspannung. Unbewusst

immer damit beschäftigt eine Bewegung auszugleichen, obwohl man sich längst schon der Nächsten und Übernächsten widmen musste. So ungefähr wie ein Eidotter, welches fast schwerelos im Eiweiß schwimmend versucht, den Bewegungen des Eies zu folgen. Das Ei selbst, welches sich seinerseits locker gelagert im Hühnerbauch befindet, ist gezwungen, dessen hektischen Schritten zu folgen. Nun ist ja so ein Huhn auf einer Wiese, wie man sich gut vorstellen kann, alles andere als geradlinig und konzentriert, wenn es darum geht, Futter zu finden oder wenn es was weiß ich auch immer dort tut. Man möge sich das in etwa so vorstellen: Diese Henne steht also auf irgendeiner Wiese oder einem Hof, es ist viertel nach acht und sie denkt:

"ICH HAB HUNGER... HUNN---GERR........OH SIEH MAL DORT, EIN WURM...

>> 4 SCHRITTE . . .1. . .2 . . .3 . . . HEY EIN KORN AUF 3 UHR . . . LOS . . . 1. . .2. . . ICH BIN EIN HUHN ... WAS DRÜCKT DENN DA HINTEN SO? . . . ICH HAB HUNG... HÄÄ ? ? ? . . . OH , EIN HAHN , .. OB ER . . . HEY , DIE SONNE . . . ICH BIN EIN WURM . . . HÄÄ ? ? ? NEIN ICH WILL 'NEN WURM . . . MAN, MEIN EI ... ICH BIN EIN H... . . . ACH JA, ICH HAB HUNGER . . .OH EIN KORN SCHRÄG LINKS . . WAS ? . . . EIN KÄFER HINTEN LINKS 1 . . 2 . . . . . VERGESSEN . . . HEY, DIE SONNE . . . MAN ICH HAB . . . . WARM HEUTE . . KÖNNT MAL WAS FUTTERN . . HEY . . ." << u.s.w.

Dieses dumme Huhn rennt also wie von der Tarantel gestochen von links nach rechts, hält an, rennt los, bleibt stehen, dreht sich um, tut nix und rennt los und tut nix , setzt sich hin und rennt los.

Es ist ein Wunder, dass Hühner es überhaupt schaffen, nicht zu verhungern. Gerade bei diesem immensen Kalorienbedarf. Arme Kreaturen. Aber denkt man erst an das Dotter in Ei. Dieses arme kleine weiche gelbe dotterige Ding hat doch keine Chance.

So wie wir. Aber irgendwann hatten wir uns ja wie gesagt daran gewöhnt. Na ja, nicht wirklich. Eher arrangiert. So in der Art ja, man merkt es, aber nein, es nervt nicht mehr so sehr. Ungefähr wie als wenn man seinen Finger für einige Zeit unter einen nicht zu starken Strahl heißes Wasser hält. Das Wasser wird definitiv nicht kälter, aber es tut irgendwann nicht mehr weh. So ist es mit uns im Zug. Wir wissen, dass wir uns im Takt der Schienen wiegen, aber es erscheint uns mittlerweile als so normal, als hätten wir unser ganzes Leben lang nichts anderes getan. Ich bin ein Dotter. Nur manchmal, wenn man beispielsweise beim Panorama- Gucken dem Fenster zu nahe kommt und sich bei einer Aufwärtsbewegung den Kopf am Rahmen und gleich darauf die Nase an der Scheibe fast demoliert, oder wenn man beim Teetrinken, aus dem Wunsch heraus irgendwann einmal Kinder zeugen zu können, einfach nur dankbar ist, dass der Tee in seinem Schoße nicht mehr ganz so heiß war. Ja, dann merkt man die Bewegung, die

Unruhe dessen man selbst Teil geworden ist. Aber da es laut einem ehemaligen Beamten des Eidgenössischen Patentamtes Bern sowieso keinen absoluten Ruhepunkt gibt, bedarf es dessen auch nicht vieler Worte!

So ziehen wir also weiter, Meter für Meter entlang an fantastischen und gewaltigen Gebirgsmassiven. Entlang an kleinen Bächen, an denen Einheimische ihr Tagewerk verrichten, indem sie fischen oder Schilf schneiden und einen Karren damit beladen, vor dem ein wahrlich betagter Esel gespannt ist. Die Kinder tollen mit dem Hund umher, helfen bei den Arbeiten oder sitzen einfach nur zusammen und spielen mit kleinen Steinen. Die Situation scheint eingefroren so zu bestehen seit hunderten von Jahren. Dieselben Mittel, dieselben Ziele, dieselben Freuden und Ängste wie seit jeher. Wahrscheinlich auch derselbe Esel. Aber auch dieselbe Zufriedenheit in den von Wind und Wetter zerfurchten Gesichtern. Ebenso zerfurcht wie dieses Land. Wir schrammen auf der linken Seite haarscharf an Felsen vorbei, währenddessen sich der Raum auf der rechten Seite unmittelbar neben unserem Gleis weit nach unten ausbreitet. Man traut sich aufgrund dieser Optik nicht nahe rechts am Fenster zu stehen. Obwohl man weiß, dass, wenn es bergab geht, betrifft es den ganzen Zug, sagt einem trotzdem eine innere Stimme, sich davon entfernt zu halten. Es sieht aus wie im Trickfilm. Durch die Seitwärtsbewegungen des Zuges hat man wieder und wieder das Gefühl, schwerelos über dem Abgrund zu hängen. Genau so wie die Comicfiguren fünf bis acht Schritte durch die Luft gehen, bevor sie merken, dass sie keinen Boden mehr unter den Füßen haben und zurück hechten. Die Kunst besteht wahrscheinlich darin, dass der Zug nicht lange genug über der Schlucht hängt, um es zu bemerken und somit auch nicht runterfallen kann. Mit diesem Gedanken konnte ich erst einmal leben. Glücklicherweise war das Abteil so leer, dass wir die freie Platzauswahl hatten. Das heißt: links Schlucht - rechts gesessen; rechts Schlucht - ab zur anderen Seite. Es gab da nur folgendes Problem. Bei Fahrten über Brücken, dessen TÜV-Siegel, wenn es denn eines gegeben hätte, offensichtlich aus dem frühen 20. Jahrhundert hätte stammen müssen, gab es keine Flucht. Nur die Ignoranz. Also fing ich an zu lesen. Gutes Buch, so wurde mir bestätigt. Leider konnte ich mir zu diesem Zeitpunkt keine eigene Meinung darüber bilden, da ich grad eben wieder aufhörte zu lesen. Es erschließt sich einem der Sinn des Gedruckten halt nicht wirklich, wenn man einige Zeilen doppelt liest, um andere dafür auszulassen. ZU VIEL BEWEGUNG! Also versuchten wir es wieder mit etwas Konversation. Wir lernten die beiden netten Tiroler noch etwas näher kennen. Vorhin tauschten wir ja erst einmal nur das ganze Woher, Wohin und diese ganzen Sachen aus, nichts tiefgründiges also. Jetzt erzählte jeder schon ein bisschen mehr über sich selbst. Das ging eine halbe Stunde so und irgendwann merkte ich bei dem ganzen Gequatsche, dass ich eigentlich gar keine Lust zum Reden hatte. Demzufolge wendeten wir uns bald wieder unseren eigenen Angelegenheiten zu. Da saßen wir also. Das Panorama der peruanischen Anden huschte in farbenprächtigen Bildern mit cirka 25 km/h an uns vorbei, der gestrige Abend steckte noch tief in unseren Knochen und die Bequemlichkeit der Sitze beschränkte sich nach wie vor aufs pure ‚Sitzen' können. Das Huhn rannte immer noch über den Hof. Die Musik der Gleise hätte mich normalerweise leicht einlullen können. Nicht in dieser Situation. INKA-COACH ! Hey man, was will ich denn? Das war doch genau das, was ich aus Ostafrika gewohnt war und beim Gedanken an Peru auch erwartet hatte. Ja mir sogar wünschte! Im Luxusliner nach Ica dachte ich ja noch, ich bin im falschen Film. Hallo~o , Hurra! Dann bin ich jetzt wohl wieder in der Realität! Und es gibt, genau genommen, doch nix besseres.

Das Reißen in den Beinen und der Suff in meinem Kopf war ja auch meine eigene Schuld. That's life. Nichts kann uns aufhalten. "Vorwärts immer - rückwärts nimmer!" ...so habe ich es doch gelernt! Glücklicherweise hatte ich nichts Festes im Magen. Die wilde 13 zog uns also weiter furchtlos durch das Lummerland.

Wipp-wopp-schaukel-stoss .... Wipp-wupp-remple-los

Wipp-wapp----kr-----kkrrrrr-----rr-----Krach zack !!!!

... AUS ! . . .   Ruhe. . .!   Was?

.............WAS ? ? ?.............

WAS . . . ZUM . . . . . . .TEUFEL . . .
???????

Soeben rannte der Bauer anscheinend über den Hof und verpasste der Henne, dem Unglücks-viech, einen so mächtigen Tritt, dass das Vieh ent-gegen seiner eigenen Vorwärtsbewegung abrupt in einem 90° Winkel seitwärts geschleudert wurde, ein paar Meter flog und -platsch- völlig verdreht auf der Wiese landet. Ich armes Ei wurde dem Tier fast aus dem Arsch katapultiert!

Da liegt das Huhn jetzt, halb auf der Seite, hän-gend. Bewegungslos, geräuschlos, atemlos.

Der Bruchteil einer Sekunde. Eine Ewigkeit.

Da steht der Zug jetzt, halb auf der Seite, hän-gend. Bewegungslos, geräuschlos, atemlos.

Unendliche Sekunden der Stille. Kein Quiet-schen, kein Bersten von Eisen, keine Schreie. Was war das?

Nur das Wipp Wupp der Wasserflasche, welche ich krampfhaft in meinen Händen hielt und an welcher ich mich im Falle eines Sturzes in die Schlucht wohl hätte festhalten wollen, war zu hö-ren. Der Blick aus dem Fenster verrät uns noch auf den Gleisen, jedoch in enormer Schräglage. Die Panik parkte in unseren Gesichtern und schickte sich an, für einige Zeit dort zu verharren.

NICHTS ! ! ! Ewigkeiten voller Nichts und Stille. Gespitzte Ohren die ins Unendliche lauschen.

Immer noch NICHTS ! Doch . . .da . . . , nein, doch nicht. Doch... jetzt... hinter uns . . . Stimmen. Plötzlich herrschte in unserem Abteil eine bis dahin nicht da gewesene Betriebsamkeit. Vom hinteren Teil des Zuges her strömen Indios nach vorn. Zur Lok? Schieben helfen? Oder haben wir ein großes Tier überfahren und jetzt will sich jeder seinen Anteil an der Beute sichern? Wir wussten es nicht. Egal, wir wagen es uns nicht uns zu rühren. Durch die Seitenlage des Zuges sahen die Indios wie eine Horde Hanghühner aus, die um einen Berg wandern. Kurzes Bein, langes Bein, kurzes Bein . . . , dann waren sie verschwunden. Cirka 10 Minuten lang passierte nichts. Genug Zeit sich der Situation wegen gleichzeitig zu bedauern und zu beglückwünschen. Welches Pech wir haben, in diesem Zug zu sitzen, und welches Glück, _noch_ in diesem Zug zu _sitzen_. Vor meinem inneren Auge manifestierte sich die Schlagzeile in den deutschen Zeitungen " Bei einem Zugunglück in den peruanischen Anden sind X ausländische Touristen und viele Einheimische für immer ins Reich der Inkas eingekehrt.", oder "Die AN-DEN Fahrt führte IN-DEN Abgrund" und die Hoffnung, dass diese Zeilen niemals in den Druck gehen müssen. Also das ganze Horrorszenarium, die pure Panik, die langsam in Erleichterung umschlug. Das eben hier war zwar genau der Ruck, mit dem ich vor Jahren nachts, und unter bewusstseinserweiterndem Einfluss von Lariam, einem Malaria-Mittel, im Schlafabteil des Zugs von Dar es Salam nach Kigoma rechnete und vor dem ich mich im Bus nach Arequipa gefürchtet hatte.

Jetzt und hier hatte er mich völlig unvorbereitet erwischt. Dieser Ruck, dieses Krachen, diese enorme Seitenlage. Obwohl einen so etwas gewiss immer unvorbereitet trifft und ich mir im eigentlichen Sinne auch keine Vorbereitung für einen solchen Fall vorstellen könnte. Außer vielleicht, zu diesem Zeitpunkt nicht an diesem Ort zu sein.

Das wäre perfekt vorbereitet.

Egal, auf jeden Fall kommt gerade der Trupp Hanghühner zurück. Und zwar ohne blutige Fleischfetzen in den Taschen, dafür aber mit Plastikbechern, ich vermutete mal Tee. Einen in jeder Hand. Gute Idee. So unerwartet, wie sie erschienen, verschwanden sie dann auch sogleich und nahmen ihr Geplapper mit sich. Wieder Stille. Fragende Blicke rüber nach Österreich, doch von dort leider auch nur hochgezogene Augenbrauen und verhaltendes Schulternzucken als Antwort. Plötzlich zerreißt ein Pfeifen die Stille. Und noch einmal. Erneut geht ein mächtiger Ruck durch Zug und uns der Schreck durch Mark und Bein. Wir machen einen Satz nach vorn und fahren wieder. Folglich fahren wir wohl wieder. Hey man, die Reise geht weiter als wäre nichts gewesen. Das sollte doch wohl kein Bahnhof gewesen sein. Oder doch? - Bitte alle, die ihr Leben beenden wollen, hier aussteigen und ab in die Schlucht, alle Chinchillas und sonstiges Getier einsteigen, zurückbleiben, weiter geht die wilde Fahrt! Auf jeden Fall scheinen wir die Einzigen zu sein, die sich Gedanken darüber machen, denn der Rest des spärlich besetzten Abteils frönt schon wieder alltäglichen Beschäftigungen wie futtern, lesen oder Schlafstellung einnehmen. Schlafstellung.., ha! Bei mir macht sich unterdessen ein neues ungutes Gefühl breit. Irgendetwas Wichtiges ist während der letzten Minuten geschehen. Ich muss einen wichtigen Gedanken gehabt haben, welcher es aber ob dieser beängstigenden Situation nicht in mein Erinnerungszentrum geschafft hat. Er ist irgendwo in meinem Kopf. Ich weiß nur nicht wo und was es war. Es hatte nichts mit dem Zwischenstopp zu tun. Nichts mit der Todesangst. Es war etwas, das meine Augen zwar aufgefangen hatten, mein Gehirn jedoch nicht im Stande war, zu verarbeiten. Es geschah parallel zu der Situation, in der wir uns befanden. Irgendetwas ganz Elementares, Wichtiges. Es war weg. Wie der Name einer Band, der einem einfach nicht einfallen will, wenn man danach sucht, oder eine Melodie, welche man zwar tausende Male mitgeträllert hat, die einem jetzt aber auf Teufel komm raus nicht über die Lippen kommen will. Ich fragte Mone, aber sie wusste nicht, was ich meinte. Einfach weg. Ein lähmendes tumbes Gefühl in meiner Hirnrinde. Es war irgendetwas, was ich haben oder sagen wollte oder unbedingt vorhatte zu tun. Immens wichtig. WEG! Je mehr Mühe ich mir gab, mich zu erinnern, umso unzufriedener wurde ich. Was für eine Ironie. Da springt man dem Teufel von der Schippe, ist froh, dass man noch lebt und im nächsten Moment verkleistert man sich das Hirn schon wieder mit solch einem Quatsch. Wir Menschen sind schon eine echt unzufriedene Spezies.

Wipp-wipp--schaukel---stoss . . . Wipp-wapp--remple---los . . .

Um mich etwas abzulenken und herauszufinden, wie lange wir diese Organmassage in etwa noch über uns ergehen lassen müssen, nahm ich den Reiseführer heraus. Mal die Strecke checken, Ortsnamen entlang unseres Weges studieren und beim nächsten Stopp vergleichen. Leider war die Karte nicht präzise genug, also wollte ich den Faltplan aus dem Rucksack nehmen. Mein Griff ging ins Leere. Ich fragte Mone, die ihrerseits gerade mal wieder versuchte die ein oder andere Einschlafpositionen einzunehmen, ob sie wisse, wo die große Karte sein könnte.

" . . . !? " - Sie öffnet ein Auge. " . . . Hää ? ? ?

"Ich wollte wissen", sagte ich, "wo die grooooße Kaaarte ist."

"große . . . Hä?" stammelte sie teilnahmslos.

Ich wiederholte: "die grooo-ßeeeeee Karte!" ... „große Kaaaar---Teeeeeeee!

"JA, GENAU" durchzuckte es mich plötzlich, "das war es" sagte ich.

Jetzt verstand Simone überhaupt nichts mehr. „Wie, die Karte, das war's?" fragte sie und blickte mich ungläubig an. „Hör bloß mit diesen Cocktails auf, das bekommt dir irgendwie nicht" schüttelte sie wieder den Kopf. „Das ist ja gruselig!"

„Nicht Karte", hämmerte ich mit dem Finger gegen meine Stirn, „TEE war's". Sie schaute mich an, wie man jemanden ansieht, der so nicht angeschaut werden möchte. Auch nicht, wenn er ein wenig minderbemittelt ist. „Wie, Tee war's? Alles in Ordnung mit dir?" fragte sie besorgt. Natürlich war alles in Ordnung mit mir, nur war mir gerade wieder eingefallen, was mir entfallen war. Der Gedanke, an den ich mich händeringend zu erinnern versuchte. Schlicht und einfach: TEE!

Als die Indios eben auf dem Rückweg mit dem Tee in ihren Händen durch unser Abteil kamen, hatte ich Appetit bekommen. Das war alles. Simpel und doch anscheinend für mich von großer Wichtigkeit in diesem Moment. Ich hatte es in der angespannten Lage dann einfach nur wieder vergessen. Auch Mone gab zu, dass das jetzt als eine ziemlich gute Idee war, also machte ich mich auf den Weg. Dieser gestaltete sich natürlich alles andere als einfach. Man musste zwei Abteile durchqueren, um zum davor liegenden Speisewagen zu gelangen. Um jedoch von Wagon zu Wagon zu wechseln, hatte man jeweils zwei quietschende Schiebetüren zu öffnen. Natürlich klemmten diese! Hatte man es aber geschafft, eine davon unter Anstrengungen zu öffnen, gab es zwischen dieser und der Nächsten zwei lose Trittflächen. Diese, in ständiger Bewegung aneinanderscharrend, ähnelten einer überdimensionalen Schere, dessen Klingen sich immer wieder aufeinander zu bewegten, um im nächsten Moment wieder einen Spalt zu öffnen. Hier hätte bequem mein Fuß durchpassen können. Alles andere als schick! Die ganze Aktion stelle man sich jetzt mal bei der bereits beschriebenen Bewegung des Zuges vor!

Nichts desto trotz stand ich dann irgendwann an der Bar, bestellte zwei Tee und sah mich einem neuen Problem gegenüber stehend. Die Becher waren bis Oberkante gefüllt. Im Normalfall hätte mich das bis zu meiner Oberkante mit Freude erfüllt, doch angesichts dessen, dass der Tee kochend heiß war und der Becher selbst nicht aus Wärme isolierendem Material bestand, empfand ich das ganz klar als Nötigung. Wollen doch mal sehen, wie der dumme Gringo reagiert. Ich ließ mir nichts anmerken, lächle, nehme den Tee und hätte vor Schmerzen Scheiße schreien können. Aber ich lächle! Den jetzt folgenden Rückweg zu beschreiben wäre pure Papierverschwendung, da jeder Mensch ein gewisses Maß an Fantasie besitzt. Ich möchte nur so viel anmerken, dass meine Hände beim Eintreffen an unserem Platz einer frittierten Fleischwurst ähnelten, meine Hose aussah, als ob ich mich bepinkelt hätte und der Tee immerhin noch fast halb voll war. Ich zog innerlich meinen Hut vor den Indios. Ich musste zugeben, dass nur ein Halten des Zuges, und sei es um fast von den Gleisen zu kippen, der geeignete Zeitpunkt war, sich einen Tee zu holen.

Er schmeckte nicht.

Der Blick aus dem Fenster schaffte es nach nunmehr gut 8 Stunden auch nicht mehr wirklich, uns Lobgesänge auf die Umgebung zu entlocken und wir beteten inständig, dass dieses Martyrium endlich ein Ende finden würde. Ich machte mich dann noch einmal auf den Weg, einen Moment lang zwischen zwei Wagons zu verweilen. Erstens um meinem Abenteuergeist gerecht zu werden und zweitens, um etwas von der Stimmung der einsetzenden Dämmerung einzufangen. Man stand immerhin draußen und konnte sich, an einem Geländer festhaltend, zur Seite lehnen, um den Fahrtwind im Gesicht zu spüren.

Da stand ich also auf dieser überdimensionalen Fußnagelschere. Locker in der Hüfte wie ein Lambadatänzer, aber die Griffe links und rechts an den Wagons fest fixierend wie ein Schraubstock. Ein genialer Augenblick. Mittlerweile befanden wir uns auf einer großen Ebene. Die Berge waren in den Hintergrund gerückt und gaben vor dem sich langsam rot färbenden Himmel abermals ein prächtiges Panorama ab. Eine Meute Hunde jagt den Zug entlang und mit Leichtigkeit an mir vorbei. Wahrscheinlich sind diese erst am frühen

Nachmittag in Puno losgerannt und würden trotzdem lange vor uns in Cuzco ankommen.

Nach elf Stunden hatten wir es dann aber auch endlich geschafft. Natürlich gab es in diesen elf Stunden auch die allerfeinsten Erlebnisse auf der Toilette. Diese jedoch unterschieden sich im Wesentlichen von Denen im letzten Zug nur insofern, dass ich hier keine Taschenlampe im Mund hatte.

Kapitel 15

Ankunft in Cuzco

Nach einer absolut Landes untypischen, viel zu kurzen Wartezeit, wurden wir mit einem Kleinbus vom Bahnhof abgeholt und mit Barbara und Martin zusammen ins Hotel gefahren.

Die Beiden hatten zufällig die gleiche Buchung wie wir. Das war etwas, was uns sehr gefiel, da man sich so mit anderen auch mal wieder in seiner Muttersprache austauschen konnte und B&M schienen darüber hinaus sehr nett zu sein. Das Hotel selbst war überaus gemütlich eingerichtet. Einfach, aber geschmackvoll. Unser Zimmer war am Ende eines Ganges mit einer schweren Holztür verschlossen. Diese Tür, so fiel es mir auf als ich aufs Klo gehen und die Türe dabei abriegeln wollte, hatte als Schloss jedoch nur einen kleinen hölzernen Riegel aufzuweisen. Das verwunderte uns etwas, sprach dann ja aber wohl für die Ehrlichkeit der Stadtbewohner und des Hotels. So hofften wir. Das Hotel selbst lag etwas oberhalb der von recht hügligen Kopfsteinpflasterstraßen durchzogenen Stadt, so dass man aus dem zweiten Stock, in welchem sich unser Zimmer befand, eine recht gute Sicht auf Cuzco hatte. Wunderschön anzusehen im abendlichen Lichterspiel der Straßenlaternen. Die sich windenden Lichtpfade zogen ihre geheimnisvollen Wege durch die jetzt heran brechende Nacht und verschwanden irgendwo in der Ferne, in dieser von Geschichte und Geschichten nur so strotzenden alten Stadt. Jeder Abend, an dem ich in einer mir unbekannten Stadt ankomme, birgt für mich immer auch eine ganz besondere Art der Magie. Die wunderschönen Plätze mit ihren alten Gebäuden und die Möglichkeit, sich in den ver-winkelten, farbenfrohen Gassen zu verirren, das beispielsweise war es, worauf ich mich schon freu-te. Nicht in der Nacht, versteht sich. Nein, den heutigen Abend wollte ich am Fenster verbringen. In der Dunkelheit loszugehen wäre zu gefährlich. Ich für meine Person bin ein Vertreter der Spezies Mensch, bei dem der Orientierungssinn eine eher untergeordnete Rolle spielt. Es könnte mir selbst heute noch, in meinem Alter, in meiner Heimat-stadt Berlin passieren, dass ich eine halbe Stunde im Taxi sitzend nicht bemerken würde, wenn der Fahrer den selben Block aus verschiedenen Rich-tungen immer wieder kreuzte, nur um die Rech-nung in die Höhe zu treiben. Ich zahle dann rund 25 € für einen Weg, den man mit Ortskenntnis be-quem in 10 Minuten hätte zurücklegen können. Zu Fuß. Das ist natürlich böse Geschäftemacherei! Beim Anblick mancher Taxifahrer hingegen, mit ihren riesigen Schnurrbärten, unterstelle ich hier nicht einmal eine böse Absicht, sondern lediglich absolute Ortsunkenntnis.

-"In die Wisbyer Straße bitte." -- "Wüsbüyen, . . . ? Ich kenne Gürlüsyer . . ." Da sollte man eigent-lich schon ausgestiegen sein. Na egal.

Ich sollte am heutigen Abend aber doch noch die Möglichkeit bekommen, Cuzco besser kennen zu lernen.

Mit dem Zimmer waren wir, so ausgelaugt wir waren, sehr zufrieden. Besonders, da es mal auf Anhieb warmes Wasser gab. Das war auch alles, was wir brauchten. Eine heiße Dusche und ein Bett. Gesagt, getan. Unter der Dusche verbrachten wir eine gefühlte halbe Stunde. Das ließ nicht nur den Dreck, sondern auch die Anspannung der letzten Stunden von uns abblättern wie schuppige Haut. Glücklicherweise hatten wir noch nicht allzu viel ausgepackt, als Simone das Bett vorbereiten wollte. Ich saß bereits verträumt am Fenster. „Komm doch mal her" sagte sie in einem recht bestimmenden Ton. Ich folgte den Anweisungen und kam, etwas lustlos vielleicht, aber augenblicklich zu ihr rüber. Ekelhaft! Was uns beim Aufschlagen der Bettdecke entgegenlinste, machte uns mit einem Schlag wieder hellwach. Nicht nur, dass das Laken völlig zerknüllt war, es schlummerten dort auch noch massig genetische Zeugnisse unserer Vormieter. Das ganze Bett war voller Haare. Schwarz und lang, sowie kurz und gekräuselt. Es würgte mich. Ich sprang in einem Satz wieder in meine Hose und stand sofort an der Rezeption. Da stand ich nun. Ein paar Minuten lang. Ein paar Minuten länger. Keine Menschenseele in Sicht. Also ging ich runter, raus, über den Hof und dann fand ich endlich Jemanden. Ich erklärte ihm freundlich, was los ist. Er sagte nur "NO". Auch beim zweiten Versuch, ihn von der Richtigkeit meiner Aussage zu überzeugen, erntete ich lediglich einen missbilligenden Blick. Er versuchte mir klar zu machen, dass alle Zimmer frisch bezogen seien und so etwas gar nicht passieren könnte. Diese Konversation fand zum Glück in feinstem Englisch statt, so dass eventuelle Missverständnisse ausgeschlossen werden konnten. Schlagartig wich das Lächeln aus meinem Gesicht. Wenn ich etwas auf den Tod nicht ausstehen kann, ist es, wenn man offensichtlich gemachte Fehler durch Dreistigkeit zu verdecken versucht. Ich nahm ihn zu seiner Überraschung an die Hand und zog ihn hinter mir her in unser Zimmer. Welch Theatralik in seiner Gestik, als er das Bett sah. Ein ‚WIE-KONNTE-DAS-NUR-GESCHEHEN' mit den Armen Gewackel, ein halber Kniefall, es hätte nur noch gefehlt, dass er sich bekreuzigt. Auf jeden Fall hatten wir binnen zwei Minuten ein neues sauberes Laken. Es spannte sich faltenlos über das Bett, so wie es ein Laken tun sollte, um müden Gliedern ein wohliges und gesundes Heim zu bieten. In feinstem Alpinweiß. Supersauber und superfeucht ! Ich erwischte ihn gerade noch auf der Treppe, bevor er wieder verschwunden wäre. Das gleiche Spiel noch mal. Ab ins Zimmer, Laken angefasst, genickt und dann ging er wieder raus. Wir warteten gespannt darauf, dass er uns nunein sauberes und trockenes Laken bringen würde. Erstmal geschah nichts. Wir warteten weiter. Minuten verstrichen. Ereignislos.

Wenn man mal generell das Warten, ähnlich dem Schlaf, zur Kategorie der Ruhephasen zählen möchte, dann haben wir in diesem Urlaub wirklich eine Menge an Ruhe und Erholung genossen.

Es rührte sich nichts. Das Licht auf dem Gang war und blieb aus.

Langsam wurde uns bewusst, dass wir mit dieser Aktion offensichtlich das Budget des Hotels gesprengt hatten. Konnte es denn tatsächlich sein, dass wir sein letztes, leider feuchtes Laken verschmäht hatten? Anscheinend war genau dies der Fall. Nach fast einer halben Stunde machte ich mich abermals auf die Suche nach meinem neuen Freund. Erfolglos. Weder im Hotel, noch auf dem Hof. Ich ging zurück zu Simone, die schon eifrig dabei war, unsere Sachen zusammen zu packen. Mein Versuch, sie doch noch zum Warten zu überreden, hatte ein jähes Ende, als der Hotelmensch mit einem breiten Grinsen und einem Bügeleisen in der Tür stand. Ohne wirklich wissen zu wollen, ob er jetzt wohl das ‚Dreckige' ‚gerade' oder das ‚Nasse' ‚trocken' bügeln wollte, oder wie lange es wohl noch dauern würde, ein Bügelbrett zu organisieren, nahmen wir unser Gepäck, und gingen. Wir verlangten die Hotel-Voucher zurück. Lieber auf eigene Faust durch die Stadt und ein vernünftiges Hotel gesucht, als das hier noch länger zu ertragen. Dafür brauchte ich logischerweise die Voucher, also die Schecks oder die Gutscheine der Agentur zurück, welche quasi das Zimmer bezahlen. Gebucht und gezahlt hatten wir ja bereits alles bei Reiseantritt vor knapp drei Wochen. Diesen, so versuchte mir der Typ verständlich zu machen, könne ich aber nicht mehr von ihm bekommen. Es entbrannte eine kurze, aber handfeste Diskussion, in welcher mein Gegenüber einen vagen Eindruck von der tonalen Kraft meines Brustkorbes bekam. Er weigerte sich weiter mit der Ausrede, er wisse nicht, wo sie liegen. Ich wusste es und bat auch nicht länger darum! Glücklicherweise unterließ er es, mich daran zu hindern, hinter die Rezeption zu gehen und die Schubfächer danach zu durchkämmen. Dann hatte ich sie! Er stand nur da und guckte dumm. Nun begann mein kleiner Ausflug. Es war mittlerweile 22 Uhr, aber als wir vor rund 2 Stunden ankamen, hatte ich gesehen, dass sich noch mindestens 4-5 Hotels in der Nähe befanden. Da musste doch was gehen. Simone blieb mit dem Gepäck sicherheitshalber erst einmal hier im Hotel zurück, auch für den Fall, dass B+M auftauchen würden. Dann kann sie die beiden über unser Glück informieren. Ich mache mich also guter Dinge auf den Weg. Endlich wieder etwas selbst in die Hand nehmen, so finde ich es sowieso viel besser. Eigentlich. Ein nettes kleines und vor allem sauberes Hotel werde ich uns suchen. Dürfte ja wohl nicht so schwer sein. Ich hatte plötzlich richtig gute Laune. Rein ins erste Hotel, nix frei. Na und ? Gibt ja noch mehr davon. Im Zweiten und Dritten auch Fehlanzeige. Na ja! Gut, auf der anderen Seite sind ja auch noch zwei. Im fünften erfuhr ich dann an der Rezeption, dass morgen Nationalfeiertag ist, und meine Chancen, für heut Nacht ein Doppelzimmer ohne Reservierung zu bekommen, tendenziell eher gegen Null gehen.

Na Klasse!

Sollten wir doch etwa dazu verdammt sein, unsere Ruhe in diesem feucht haarigen Knäuel von einem Bett zu finden? Das ganze Programm etwa? Zurück zum Hotel, demütig den Voucher zurückgeben, ab ins Zimmer, bügeln, warten, was auch immer, um mir dabei irgendwelche dummen Sprüche in einer mir größtenteils unbekannten Sprache anzuhören? Und dabei immer schön Lieb-Kind lächeln? Sieht verflixt danach aus! Aber so leicht gebe ich mich nicht geschlagen. Da ich meine Schwachstelle Orientierung kenne, notierte ich mir jetzt jede Straße und jeden Abzweig, den ich nahm. Oh ja, ich habe die Stadt sehr gut kennengelernt! Und die ganze Zeit hatte ich verblüffend gute Laune. Genau mitgezählt habe ich nicht, aber es müssen so um die 15 bis 20 Hotels gewesen sein, die ich wie ein geprügelter Hund, aber mit wedelndem Schwanz, abgraste, bis ich endlich Erfolg hatte. Hostel André, drei Sterne und etwas teurer, aber egal. Ich hatte sowieso nicht vor, es selbst zu bezahlen. Dank meiner Notizen war ich knapp 90 Minuten später wieder zurück im Hotel und bei Mone, die sich schon wahnsinnige Sorgen um mich gemacht hatte. B+M waren in der Zwischenzeit nicht aufgekreuzt, aber weder hatten wir Lust auf sie zu warten, noch ihnen eine Nachricht von diesem Fleisch gewordenen Bügeleisen zustellen zu lassen.

Wir würden einfach morgen hier erscheinen, um unser Verschwinden aufzuklären. Also schnappten wir die Säcke und los! Im André angekommen bemerkten wir, als wir das Zimmer betraten, den seifigen stockenden Geruch. War mir vorhin überhaupt nicht aufgefallen. Ich war vorhin auch viel zu froh, überhaupt noch etwas bekommen zu haben. Da hatte meine Qualitätskontrolle leider versagt! Mone merkte kleinlaut an, dass die Wände verschimmelt waren, oder auch frisch gestrichen. Auf jeden Fall waren sie feucht. Da ich bei der Buchung vorhin dem Typen an der Rezeption von unserer Misere mit dem Laken erzählte, kam ich mir jetzt irgendwie blöde vor, so kleinlich wegen des Schimmels oder was auch immer zu sein. Ich sagte trotzdem was, denn Simone hatte schon des Öfteren eine Bronchitis. Sie war da sehr empfänglich. In einem feuchten Zimmer zu schlafen kommt da glaub ich nicht so gut! Ich fand ja auch, dass es stank. Trotzdem war es mir äußerst unangenehm, mich schon wieder zu beschweren. Das war natürlich totaler Quatsch und das hatte der Chef hier auch so gesehen. Also zogen wir sofort in ein anderes Zimmer um, tranken in der Lobby noch einen Coca - Tee und schliefen ein. Also natürlich erst im Zimmer!

Es war ein tiefer, guter Schlaf.

Nur einmal dadurch unterbrochen, dass Mone wie verrückt an mir zerrte und sagte: "Ich will hier nicht sein, ich will hier nicht sein. Ich will festen Boden ..., Boden unter den Füßen". Dann kippte sie ins Kissen zurück, viel ins Koma und schnarchte los. Ich schlief sofort wieder ein.

Ein tiefer, guter Schlaf.

Zur selben Zeit versuchte ein kleiner Schwarm Meteoriten, jeweils nicht größer als eine handelsübliche Tischlampe, auf der Erd abgewandten Seite des Mondes händeringend der Anziehungskraft unseres Erdtrabanten zu entrinnen und hätte es auch fast geschafft, plumpste dann jedoch aufgrund des langen und zermürbenden Weges durchs Universum kraftlos wie ein Sack fauliger Kartoffeln auf ihn herab und verursachte dabei einen Höllenlärm.

Dem Mond war's recht. Mir schon lange.

Ein guter, tiefer Schlaf.

Kapitel 16

Der Nabel der Welt

Als sich am nächsten Morgen der Sternenstaub endlich gelegt hatte, waren wir längst wieder auf den Beinen. Vielmehr waren wir zu diesem Zeitpunkt bereits im Büro von INKA WASI in eine handfeste Diskussion verwickelt, welche natürlich unseren abendlichen Umzug zum Inhalt hatte. Glücklicherweise hatte die Agentur ein Büro in jeder großen Stadt, was eventuell auftretende Probleme schneller und besser lösen lässt. Eine Einigung schien hier jedoch nicht in Sicht. Als sich jedoch während unseres Gespräches der Bügelmeister persönlich per -Ring Ring / Muschel ans Ohr- lautstark über uns, oder in diesem Falle über mich beschwerte, wurde meinem Gegenüber hier anscheinend klar, wie energisch ich am gestrigen Abend meinem Wunsch Nachdruck verliehen hatte. Er legte wieder auf. Ein kurzer Denker, einen Blick auf sich im Spiegel und zwei weitere Blicke auf mich darauf, offenbarte er uns, dass das natürlich überhaupt kein Problem sei. Wir müssen lediglich abermals das Hotel wechseln, da mit dem 'André' kein Vertrag bestünde und dieses auch zu teuer sei. - Haa ha hih hiiih thhiiih - Ein klitzekleiner Anflug leichten Wahnsinns überkam mich! . . . Umzug ... eine unserer leichtesten Übungen!

Ich bin kein Querulant. Ich bin lediglich jemand, der die Dinge anspricht, welche ärgerlich sind. Bevor man sich den Rest des Urlaubs ärgert, sollte man halt versuchen, diese Dinge zu ändern. Das gilt natürlich auch für das Leben generell! Wenn nötig, auch mit Nachdruck!

Korrekt und freundlich mit einem Lächeln in den Augen, aber sehr bestimmt und immer auf Zack. So wie ein Mungo, allzeit bereit nach allen Seiten auszuweichen und überraschend, wenn auch nur mit Worten, anzugreifen! Das ganze natürlich ohne Bürste!

Okay, dann bin ich eben ein Querulant. Aber gerne doch!

Als Ergebnis sitzt der Mungo mit seinem Weibchen 3 Stunden in der Sonne auf seinem Hab und Gut und wartet darauf, zu seinem mittlerweile dritten Hotel in Cuzco abgeholt zu werden. Na immerhin, einen Platz an der Sonne hatten wir doch nun schon lange genug suchen müssen ... es könnte ja immerhin auch anfangen zu regnen! Es fing nicht an!

Unser neues Domizil hatte ein sehr kolonial anmutendes Ambiente, hieß es doch auch ‚Kolonial Inn'. Sehr schön eingerichtet, das Personal wie überall in Peru sehr freundlich, sehr sauber und trocken, also das Zimmer und die Wände. Ebenso gaben uns die Betten dieses mal keinerlei Grund, uns zu beklagen. Somit taten wir es auch nicht, sondern genossen den Aufenthalt hier und konnten uns endlich dieser wunderschönen alten und geschichtsträchtigen Stadt widmen. Dem Mittelpunkt der antiken Welt der Inkas. Ihr geistiges, wirtschaftliches und politisches Zentrum. Sozusagen ,Der Nabel der Welt'! Dies, so erfuhren wir von einem Hotelangestellten, war damals auch der Beiname der Stadt. Ich selbst hatte nur wenige Jahre vorher, also mit rund 25 Jahren, lernen müssen, dass ICH nicht der Nabel der Welt war. Das verstörte mich damals zwar ein wenig, ließ mich jedoch einen besseren Platz für mich in dieser Welt finden. 25 ist vielleicht ein bisschen spät, um diese Erkenntnis zu erlangen, aber viele Andere lernen dies leider bis ins hohe Alter nicht. Zumindest bekommt man den Eindruck, wenn man so manchen Menschen reden und klagen hört, und beobachtet, wie er sich benimmt. Hier in Cuzco angekommen musste ich auch wirklich zugeben, diese Stadt war weit besser gebaut als ich! Wunderschön. Das ging über die Augen direkt in die Seele. Der Nabel der Welt also.

Der Plaza de Armas hier ist der von allen Städten, die wir in Peru besucht haben, wohl der imposanteste. Die Sonne schien von einem tiefblauen und wolkenlosen Himmel mit einer Kraft aus uns herab, dass wir uns am liebsten auf die alten Inkamauern gelegt hätten, um den Rest des Tages nichts weiter zu tun, als Kaffee zu schlürfen und abzugammeln. Man, diese Quader müssen Tonnen wiegen, sind glatt wie ein Stück Seife und sie fügen sich mit all ihren Ecken und Kanten perfekt ineinander. Wenn ich Quader sage, stimmt das auch nicht ganz und wird diesen riesigen, teilweise zwölfeckigen Felsbrocken in keinster Weise gerecht. Ja, ich habe gezählt! Es passte nicht einmal ein Blatt Papier zwischen die Fugen. Auch das habe ich probiert! Seit hunderten von Jahren sind diese Dinger der Witterung ausgesetzt und seit einiger Zeit auch diversen Trekking-Schuh besohlten Touristenfüßen. Keine Erosion, keine Bruchkanten und auch keine Spuren von Mauerspechten, wie an der Berliner Mauer. Tja, hätte der Walter damals die richtigen Steine benutzt, würde die heute vielleicht auch noch stehen.

Von unserer Seite stand unserem Vorhaben, sich hier niederzulassen und einfach mal eine Runder zu faulenzen, eigentlich nichts im Wege. Man sollte ja bei dem ganzen herum Gerenne, Souvenirs Gekaufe und sonstigem Sightseeing nicht vergessen, einfach auch mal anzukommen und alles auf sich wirken zu lassen. Viele verpassen das leider! Nur waren hier alle ‚Quader' bereits belegt. Es ließ sich kein freies Plätzchen mehr finden ohne sich dabei in den Hoheitsbereich ebenfalls hierher gereister Eroberer multikultureller Abstammung zu begeben. Aus entsprechender Höhe muss es ausgesehen haben, als ob dieser Platz mit bunten Blumen übersäht sei, jedoch waren dies bei näherer Betrachtung keine schönen Pflanzen! Rucksacktouristen sind kein Labsal für die Augen. Genau so wie wir! Ein emsiges Knipsen und Filmen und Abgammeln um uns herum. Unsere neidvollen Blicke schienen sie nicht zu stören. Also legten wir diesen Plan erst einmal ad acta.

Außerdem wollten wir ja eh zu B&M aus Ö, um unser plötzliches Verschwinden aufzuklären. So redeten wir uns das schön und schlenderten halt noch ein bisschen umher, bevor wir unser erstes Hotel abermals aufsuchten, um die Tiroler zu treffen. Untypischerweise kannte ich ja den Weg.

Als wir ihnen, im Hotel angekommen, von unserer Odyssee erzählten, erzählten sie uns, dass wir, als wir unsere Reise mit allen Transfers und Tickets in Lima geplant und gebucht hatten, wohl unbewusst absolut richtig gehandelt hatten. Teilweise hatte ich das ja letzte Nacht bereits erfahren, oder besser erlaufen müssen, als sich nur durch Hartnäckigkeit überhaupt noch ein Zimmer für uns finden ließ. Nun erfuhren wir außerdem, dass unser im Zug geplantes Vorhaben, gemeinsam mit den Beiden zum Machu Picchu zu fahren, wegen Überbuchung des Zuges ins Wasser fällt. Die Tiroler konnten die Tour erst zwei Tage später machen. Ihr Zimmer und vor allem ihr Bett war übrigens völlig in Ordnung. War halt Pech für uns. Wir verabredeten uns zum Abendessen und machten alleine noch ein bisserl Kulturschnappen. Nach ein paar Kirchen und einem wunderschönen Kloster war der Tag auch schnell rum und wir trafen uns wie verabredet am großen Springbrunnen. Wieder zum Mexikaner. Eigentlich hatte ich mir vorgenommen, noch einmal das Projekt "Meerschweinchen" in Angriff zu nehmen, aber jeder Versuch, ein einheimisches Gasthaus zu betreten, weckte in mir wieder die Erinnerung an die Garküchen von

Ica, beziehungsweise an das Schnitzel aus Nasca. Glücklicherweise habe ich einen stabilen Magen, sonst wäre ich auch niemals aus Ostafrika heimgekehrt! Da meine drei Begleiter (gemeint sind Simone, Barbara und Martin ... nicht meine ständigen Begleiter Lebensfreude, Wahnsinn und Selbstüberschätzung), da also meine Begleiter generell nicht viel Reizvolles an diesem Gedanken finden konnten, begrub ich den kulinarischen Wunsch 'Kuscheltier' auch wieder und es gab mal eben Nachos! Und Tequila ... für den Fall der Fälle!

Die Diskothek, die wir im Anschluss besuchten, taugte leider auch wieder nur zum trinken, nicht zum tanzen. Also taten wir das, aber dieses Mal in Maßen. Martin erzählte uns dort so ganz nebenbei, dass die beiden nach ihrem Peru-Urlaub eine Woche Erholung auf Aruba gebucht hatten. Da war er wieder, dieser Dorn, der in uns bohrte. Jenes Problem, welches uns schon die ganze Reise begleitete. Wir wollten doch auch so gern dorthin dürfen! Da waren die beiden wohl cleverer gewesen als wir. Sie hatten das alles schon von zu hause gebucht. Oh wir Idioten!!! Na vielleicht klappt es doch noch. Und hoffentlich preiswerter als befürchtet. $1400 extra... nö! Immerhin haben wir ja bis zum 5. August Zeit. Vielleicht haben unsere Leute in Lima bis dahin auch was Günstigeres erwirken können. Klappt schon! Auf jeden Fall merkten wir grade, dass wir zum selben Zeitpunkt wie sie im Urwald, genauer gesagt in Puerto Maldonado sein werden. Und zwar sogar in der Selben Lodge! Das selbstverständlich nur, wenn wir nicht wieder umziehen, wie Barbara treffend bemerkte. Jedenfalls freuten wir uns darauf, die beiden wieder zu sehen, verabschiedeten uns aber recht früh am Abend, da wir den morgigen Tag und die uns bevor stehende Zugfahrt besser ohne Restalkohol durchstehen wollten. Dort wird es ja wohl was zu trinken geben!

Also gingen wir mal nüchtern ins Bett.

Kapitel 17

Wir müssen hier raus!

Mitten in der Nacht werd ich wach und merke, wie Simone im Bett sitzt und ihre Fingernägel in mein Fleisch gräbt. Zum Glück war es zu kalt, als dass Blut hätte fließen können, jedoch drang der Schmerz ungehindert bis in meinen Traum und dann ins Bewusstsein vor. Mit weit aufgerissenen Augen schaute sie sich NICHT im Zimmer um und mich auch NICHT an, eventuell durch mich hindurch und sagte zitternd: "die Anderen sind schon alle weg!" Dabei deutete sie immer nach rechts. "Wir müssen auch raus" … nickte immer mit dem Kopf nach rechts. "Wir müssen weg!" wimmerte sie und zeigt immer unters Fenster, wo sich anscheinend der Notausstieg von was auch immer befinden sollte. Das machte mir ganz schön Angst. Ich stand also auf und nahm ihre Hand um ihr zu zeigen, dass da nur ne Wand ist. Jetzt schaute sie mich an. Aber so, wie man jemanden anschaut, der nix, aber auch gar nix verstanden hat. Sie tastete immer wieder die Wand unterm Fenster ab, suchte anscheinend eine Klinke oder so. „Wir müssen …"

Man, dass musste sie alles echt mitnehmen hier. Sie schlief immer noch tief und fest. Der Weg aus dem Fenster hätte zwar nicht nach draußen geführt, aber eine Etage tiefer in die Hotelhalle. Auch nicht so gut! Wir legten uns wieder hin und ich versuchte, sie zumindest an ihrem Schlafshirt festzuhalten, während ich einschlief, so dass ich hätte bemerken können, wenn sie wieder ‚raus' will. Nicht, dass sie hier aus Fenster springt und halbnackt und ohne Fallschirm in der Hotelhalle landet!

Tage später kam mir der Gedanke, dass das vielleicht der direkte Weg nach Aruba gewesen wäre und wenn ich nur einmal auf sie gehört hätte, uns eventuell viel Ärger erspart geblieben wäre!

Doch dazu später mehr…

Kapitel 18

Machu Picchu

Als wir morgens um 5:30 aufstehen, weiß sie natürlich von nix mehr, jedoch steckten ja die Beweise in Form von kleinen Vertiefungen in meinem Arm. Leicht blutunterlaufen passten diese genau zu ihren Fingernägeln und sie bekam ne gehörige Gänsehaut bei dem Gedanken, schlafgewandelt zu sein. Und das auch noch mit der Option Fenstersprung!

Wir sind ziemlich schnell fit. Frühstück gibt's in der 5 Etage, so informierte uns gestern die Dame an der Rezeption. Und das für uns sogar schon um diese Uhrzeit, da man die angesetzten Zeiten für die Touren zur Ruinenstadt ja gewöhnt war. Über diesen Umstand waren wir nun sehr glücklich, denn die Nachos waren bereits wieder verdaut und der Hunger nagte leicht an uns. Wie sich so ein Körper nach ein paar Wochen doch umzustellen vermag. Hunger, um diese nachtschlafende Zeit, das war für mich sonst undenkbar. Darüber, dass wir die Tour für heute geplant hatten, wurde sie ebenfalls gestern von uns in Kenntnis gesetzt. Falls wir es trotz Hungergefühl doch noch nicht schaffen sollten zu essen, wollten wir uns aber zumindest ein paar Brötchen für die Fahrt schmieren. Also ab ins Frühstücksrestaurant. Ab in den Fünften Stock. Nur war die 5. Etage nicht auffindbar!

Unglaublich, aber wahr. Wir gingen die Treppe rauf und runter … nix. 1 .. 2 .. 3 .. 4 .. Ende! Wir suchten in der Vierten. Auch kein Restaurant. Das erinnerte mich irgendwie an den Flughafen von Los Angeles. Das versuchten wir Mitte der Neunziger Jahre in der 1. Etage unseren Mietwagen zurück zu geben. Mit mäßigem Erfolg, denn die Rolltreppen gingen nur vom Erdgeschoss in die zweite Etage. Die gewünschte Ebene zog zwar jedes Mal, wenn wir hoch oder runter rollten, an uns vorbei, jedoch ohne die Möglichkeit dort zu landen. Nur auf Kamikaze-Art, aber dazu waren wir nicht bereit und alle, die dort herum liefen, sahen auch nicht so aus, als wären sie gesprungen. Es musste also einen regulären Weg geben. Wir wanderten eine ganze Weile, bis wir endlich eine Treppe gefunden hatten, der uns auch auf gefahrlose Art und Weise in die Erste brachte. Um das Wort ‚Weile‘ mal etwas zu konkretisieren: wir mussten, um zurück zu kommen, cirka 10 Minuten mit einem Bus fahren, um dann so unseren Freund, der zwei Wochen vor uns die Rückreise nach Hause antreten musste, noch rechtzeitig verabschieden zu können. Dem gaben wir nebenbei gemerkt unsere bis dahin geschossenen Fotos unserer Californien, Arziona und Nevada Rundreise in Form von zehn unentwickelten Filmen mit. Die sollte er in der Zwischenzeit in einem Fotoladen abgeben, damit wir, wenn wir in 14 Tagen nach Hause kämen, diese sofort in den Händen halten könnten. Das mit dem Entwickeln dauerte damals alles ein bisschen länger als heute. In schwachen Momenten erwische ich mich manchmal heute noch dabei, wie ich darauf hoffe, dass mir irgendjemand diese Fotos zeigt. Er war es leider nicht. Anstatt sie zum Fotolabor zu bringen, ließ er sie in der Bahn liegen. Jeder Versuch, sie zurück zu bekommen, ging leider ins Leere. Man, ich brauchte mehr als zehn Jahre, um ihm das wahrscheinlich verzeihen zu können.

Nun, wir befanden uns ja jetzt tatsächlich in Peru. Auf der Suche nach Nahrung. Genau genommen, nach dem Frühstücksrestaurant. Oder besser, nach der 5. Etage! Um die Geschichte jetzt und hier abzukürzen, irgendwann erfuhren wir von einem der anderen Gäste, dass es wohl in der 3. Etage, ganz hinten im Gang, eine zusätzliche Treppe gäbe, welche in die 5. Etage führt. Die so genannte ‚Restauranttreppe'. Junge was taten mir die Beine weh!

Aber immerhin hatten wir nun mittlerweile echt Hunger bekommen. Im Restaurant war niemand. Nun, das stimmt so auch nicht ganz, es warteten außer uns noch drei weitere Gäste auf ihr Frühstück. Außerdem war da noch diese, sich aber lediglich als ‚Tassen-von-hier-nach-da-Trägerin' herausstellende, Dame mittleren Alters. Sie deckte alle Tische in Erwartung einer größeren durstigen Menschenmasse wunderschön ein. Sie verrichtete diese Arbeit in einer himmlischen Ruhe und mit einer göttlichen Zufriedenheit im Gesicht. Nun, wir waren ja bereits da. Sie signalisierte jedoch keinerlei Interesse an uns und trug weiter fein säuberlich die Tassen umher. Die Zeit wurde langsam knapp und das brummende Geräusch im Loch unserer Bäuche wurde immer dumpfer. Wie hofften wir auf das Erscheinen einer Bedienung oder eines Koches. Umsonst! Stattdessen durften wir dann doch noch die wundersame Verwandlung der guten Frau von der taubtrüben Tontasseträgerin zur freundlichen und sich bemühenden Kellnerin erleben. Wir gingen in diesem Moment einfach mal davon aus, dass sie uns vorher wirklich nicht wahrgenommen hatte. Ist ja auch wirklich verdammt früh! Kaffee oder Tee? Sehr freundlich! Mit den Kannen in den Händen und einem Doppel-Schnalzen stellte sie fest, dass wohl irgendwer vergessen haben muss, unseren Tisch einzudecken. Ohne Idee, wohin mit dem Inhalt, verschwand sie also wieder mit der nach einer Mischung aus peruanischem Hochland, afrikanischer Sonne und brasilianischer Leidenschaft duftenden Kaffeekanne. Ich hielt sie in letzter Sekunde, zwar mit einem Lächeln, aber unmissverständlich am Arm zurück und erlaubte es mir, das Geschirr-Ensemble von Nachbartisch zu zerstören. So bot ich ihrem Dasein mit zwei leeren Tassen vor unserer Nase wieder einen Sinn. Sie füllte Diese. Das ganze hatte bis dahin einige Zeit in Anspruch genommen und wir fingen uns langsam an zu fragen, wann, oder besser ob sich uns wohl noch die Gelegenheit bieten würde, unsere Kaumuskeln zu bemühen, ohne im Anschluss zum Bahnhof sprinten zu müssen. Also versuchte ich Sie abermals an unseren Tisch zu winken, beziehungsweise mit einem Lächeln, zwecks Aufnahme einer Bestellung, zu uns herüber zu zaubern. Das Überraschende war dabei, dass eine nette und wie ich in diesem Moment feststellte, auch recht hübsche junge Frau zurück lächelte. Nur war sie nicht die Kellnerin, sondern gehörte zu den ebenfalls Wartenden und saß an dem Tisch zwischen uns und dem Tresen. Für einen Augenblick lang trafen sich unsere Blicke und das sollte den gerade anbrechenden Tag noch in einer Art und Weise verändern, die ich nicht für möglich gehalten hatte. Und zwar bis zum späten Nachmittag! Es fing im Zug an.

Na ja, eigentlich fing es wahrscheinlich im selben Moment an, nur bemerkte ich es noch nicht. Im Zug fiel es mir dann jedoch auf. Es. Oder besser das Fehlen dessen. Genau genommen das Fehlen der am laufen gehaltenen Kommunikation.

„Ja!" … „Nein!" … „Ja!" … „Bla!" … Ultrakurze Antworten eben. Und dann platzte es aus ihr heraus. "Na …" starrte sie mich an, "ich staune ja, dass du überhaupt noch mit mir hier bist!"

"Hää…..? Was bitte ist los??" fragte ich völlig verwirrt.

"Hättest dich wohl am liebsten zu ihr an den Tisch gesetzt" zischelte es mir wieder entgegen.

Ich wusste immer noch nicht, worum es ging! Eigentlich war ich grade völlig fasziniert, wie der Zug im Zickzack den Berg rauf machte, aber irgendwie rückte das mal eben in den Hintergrund. "An welchen Tisch bitte ... und mit wem überhaupt?" wollte ich wissen.

"Na im Hotel!!!" ... "Nun tu nicht so,..." Sie wurde puderrot. "...als wüsstest du nicht, um wen es hier geht!"

Ja, genau Das!

Das alles war nun mehr ein schnippiges Zischen schmaler blutleerer Lippen, als ein Gespräch.

"Im Hotel ... beim Frühstück" sagte sie mit einem Unterton, der jeden Zuhörer hätte vermuten lassen, sie hätte mich inflagranti an den Brüsten einer fremden Frau erwischt. "Hast sie doch fast aufgefressen mit deinen Augen." Oh ja, wir hatten Zuhörer.

Ich musste lachen, was der Situation zugegebener Maßen nicht gerade dienlich war. Aber immerhin wusste ich in diesem Moment, was an ihr nagte.

An mir nagte grade noch der Hunger, denn alles das geschah erst in gut 2 Stunden.

Noch immer war ich auf das Heftigste bemüht, die vermeidliche Kellnerin, welche sich inzwischen aber anscheinend in eine ‚Hinterm-Tresen-Auf-Und-Ab-Wackel-Dackel-Applikation' verwandelt zu haben schien, zwecks zielgerichtetem Bestellungsgespräch an unseren Tisch zu locken. Der Aufmerksamkeit der Fremden Schönen am Nebentisch konnte ich mir sicher sein. Nun verhält es sich mit mir so, dass ich generell ein dankbarer Betrachter von schönen und interessanten Dingen bin, speziell von schönen Menschen, ganz speziell schönen weiblichen Menschen. Im Besonderen stechen mir da natürlich dunkelhaarige schöne weibliche Menschen ins Auge, eventuell mit leicht gelocktem Haar. Also wie bereits gesagt, nur ganz im Allgemeinen. Da ich bekanntermaßen so gestrickt bin, machte ich mir auch keine Gedanken darüber, dass mir ihr Anblick eventuell das eine oder andere Lächeln ins Gesicht zauberte. Man muss darüber hinaus auch bedenken, dass sich hier in diesem Urlaub nicht jeden Tag so was wie ein Augenschmaus bot. Natürlich, Geschmäcker sind verschieden, und obwohl ich die indigene Ethnie sehr interessant finde, sind die Indios für mich jedoch nicht hübsch. Erschwerend hinzu kommt eine Art von Betriebsblindheit, welche nach einer gewissen Zeit hin und wieder von der eigenen Frau ablenkt … usw. … usw.

Auf jeden Fall bekamen wir soeben von der ‚Kellnerin' ungefragter Weise abgepackte Sandwichs serviert. Das Ganze mit der Geste, sie unterwegs essen zu können/sollen/wollen. In Anbetracht der Zeit war das auch völlig korrekt so, denn ganz überraschend wurden wir wie selbstverständlich pünktlich um 7:00 abgeholt und zum

Bahnhof gebracht. Das war ja nun schon das zweite Mal! Jetzt konnte man sich nicht mal mehr auf die Unpünktlichkeit hier verlassen. Na ja. Am Bahnhof angekommen hatte der Zug dann wenigstens etwas Verspätung. Das hielt uns jedoch nur für kurze Zeit vom 3 ½ Stunden ,Beine im Reißverschlussverfahren' -Sitzvergnügen ab.

Wahnsinn, die Bänke im Zug waren wirklich so eng gestellt, dass nur jeweils ein Beinpaar in den Zwischenraum passte. So klebten da also 8 Knie aneinander. Nun finde ich es ja einerseits immer etwas albern, wenn zum Beispiel in einem Aufzug alle ,Passagiere' betroffen zu Boden schauen, sobald jemand hinzu steig. Berührungsängste eben. Auf der anderen Seite hatte ich in diesem Moment ebenfalls kein Interesse, mit meinem Gegenüber, welcher mir immer wieder gegen mein Knie stieß, ein Gespräch zu führen! Zack, da war er schon wieder dran. Oder ich an seinem. Das war mir zu intim! Allen Anderen ebenfalls. Auch unter den Sitzen gab es keinen Platz, die Beine mal eben zu strecken. Also standen alle in gewissen Abständen immer wieder auf, um ein wenig Blut in die Füße rutschen zu lassen. Wir müssen ausgesehen haben wie eine Horde Präriehunde. Auf ab auf ab. Blöder Weise war alles so eng, dass man, sobald sein Gegenüber mal wieder aufstand, fast mit der Nase gegen seinen Hosenstall stieß. Viel zu intim!!! Irgendwann reichte es mir und ich stellte mich in den Gang. So konnte Simone ihre Füße wenigstens bequem quer auf die Bank legen und sich dem Neid ihres Gegenübers sicher sein!

Außerdem konnte ich mich so wenigstens dem zu erwartenden Anklage-Plädoyer entziehen, welches mein vermeintliches Verhältnis mit der hübschen Dunkelhaarigen zu Inhalt hatte. Die beiden Männer gegenüber dürften zwar sicherlich von alledem nichts verstanden haben, trotzdem war es mir sehr unangenehm, dass meine Begleiterin keine Ruhe gab. Selbst für den Fall, dass jemand was verstanden hat, hätte ich den überwiegenden Teil der anwesenden Passagiere nicht als Geschworene akzeptiert! Ich stand im Gang und es kehrte Ruhe ein.

Angekommen in Aqua Caliente, wo wir den Zug dann verlassen hatten, ging das Zischen weiter und wurde leider auch mit zunehmendem Abstand vom Zug nicht leiser. Ich stieg erstmal nicht weiter darauf ein.

Von Aqua Caliente aus hätte man bei Bedarf eine 2- oder 3-tägige Trekking-Tour zum Gipfel buchen können. Das wäre mit Sicherheit ein unvergessliches Erlebnis gewesen, doch hatten wir ja den kompletten Ablauf der Tour schon Wochen vorher gebucht und daran nicht gedacht. Außerdem wäre Simone zu diesem Zeitpunkt sicherlich auch eher alleine zurück nach Berlin, als mit mir auf den Gipfel gewandert. Sie zog sogar in Betracht, einen Rettungshubschrauber, welchen wir auf einer Anhöhe stehen sahen, als Rückreisemöglichkeit nutzen zu wollen.

Ich bemerkte nur mit einem Grinsen, dass sie ja versuchen könne, dem Verantwortlichen klar zu machen, dass es sich bei ihrem „gebrochenes Herz" um einen echter Notfall handle der einem Herzinfarkt gleich käme. Ich stänkerte also wieder mit.

Zisch zisch ...... sie könne ja auch zahlen ... zisch. Man, hab ich wirklich unbewusst so intensiv hingeschaut?

Jedenfalls einigten wir uns darauf, dass wir, da wir ja nun schon einmal hier waren, auch zum Machu Picchu rauf zu wollten.

Weiter ging es dann mit einem Reisebus. Der brauchte noch ungefähr eine halbe Stunde bis wir vorm Eingang zur Inka-Stadt standen. Wir traten ein.

Ein kolossaler Anblick und Ausblick. Viele Treppen gingen rauf und runter. Wir mit ihnen. Die Masse der Besucher verteilte sich überraschend schnell und man konnte fast ein schönes Gefühl der Verlorenheit bekommen.

Ganz anders als zum Beispiel beim Besuch der Akropolis in Athen, wo man das Bauwerk wegen der rauen Menschenmassen überhaupt nicht sehen, oder vielmehr niemals in seiner Gesamtheit betrachten kann.

Die Ruinen hier boten sich dem Auge größtenteils menschenleer dar. Zumindest waren die paar Leute, die man in der Entfernung sehen konnte, nicht unbedingt als Touristen zu erkennen. Man konnte sozusagen einen Eindruck vom ehemaligen „Stadtleben" gewinnen, in dem Bauern an den Berghängen ihr Tagewerk verrichteten, Kinder durch die Gassen rannten und wichtige Personen an den heiligen Stätten verweilten, um dort wichtige Aufgaben zu erfüllen.

Lediglich die Dächer der Behausungen fehlten diesem Ensemble und doch umrahmte der tiefblaue Himmel mit seinen feinen Federwölkchen die Szenerie, als wäre es niemals anders gewesen. Als wäre es erst gestern gewesen, dass Priester die alten Götter anbeteten und ihre Welt noch nichts von unseren westlichen Errungenschaften wissen musste. Auch der Gedanke, dass es sich bei dieser Stadt in den Wolken vielleicht um eine Gefängnisstadt handeln könnte, änderte nichts an dem friedlichen Gefühl, welches mich umfing.

Diese um sich greifende Ruhe war es dann wohl letztendlich auch, welche uns wieder versöhnte und die Unwichtigkeit solch nichtssagender Missverständnisse erkennen ließ.

Manche Wege führten unmittelbar am Abgrund vorbei und ich fragte mich, wie viele der Inka wohl den kurzen Weg ins Tal genommen hatten.

Wir besuchten den Sonnentempel, einen Opferplatz, viele Wohnhäuser und hielten Siesta mitten auf der zentralen Wiese. Da wir hier oben nur begrenzte Zeit zur Verfügung hatten, konnten wir beileibe nicht in alle Winkel vordringen. Dieser Besuch sollte ja auch nicht in Stress ausarten! Ich denke aber, das was wir hier gesehen hatten, schuf in unseren Köpfen ein ausreichendes Bild dessen, was man heute noch hier finden kann. Natürlich wäre der dreitägige Aufstieg über den uralten Inka-Trail, inklusiver Übernachtung in Zelten und dem Besuch der heiligen Stätten am Wegesrand, ein vollkommeneres Erlebnis gewesen, jedoch hatte Simone bis zu diesem Zeitpunkt noch nie einen derartigen Urlaub erlebt. Somit wäre das eindeutig zuviel verlangt gewesen.

Die Rückfahrt war dann keiner besonderen Erwähnung wert. Lediglich, dass ich mich von Anfang an auf den Gang stellte. Das Gute an dem ganzen Stress heute aber war:

„Schlimmer konnte der Tag wohl nicht mehr werden."

Weit gefehlt!

Beim Betreten unseres Hotelzimmers stellte ich sofort fest, dass unsere Sachen durchwühlt wurden. Ich habe mir irgendwann einmal angewöhnt, mein Gepäck in fremden Zimmern, sobald ich Dieses für längere Zeit verlasse, auf eine bestimmte Art und Weise zu hinterlassen. Das bedeutet, dass ich verschiedene Gepäckteile so speziell anordne, dass ich sofort erkennen kann, wenn sich jemand daran zu schaffen gemacht hat. Genau dies war nun der Fall gewesen.

Beim genaueren prüfen stellten wir dann auch fest, dass unsere Finanzen ein leichtes Defizit aufwiesen. Es fehlte nur 20 $, 20 DM und ein paar Bolivianos, aber jetzt war das Maß irgendwie voll. Zwar konnten die Angestellten dieses Hotels überhaupt nichts für die teilweise äußerst verkorksten Situationen der vergangenen Wochen, aber wenn man so viel erlebt hat, was schief gegangen ist, hat man irgendwann auch mal die Schnauze voll. Wir gingen zur Rezeption und verlangten den Chef zu sprechen. Dieser trat dann auch sogleich in Erscheinung. Wir legten Ihm den Sachverhalt glaubhaft dar. Er versprach uns daraufhin Klärung bis zum nächsten Tag um 10:00 Uhr.

Wir aßen zu Abend und ließen es gut sein mit diesem Tag.

In dieser Nacht hatte mir Morpheus wieder eine Menge mitzuteilen.

Ich befand mich in meinem Traum wieder im Hotel am Alexanderplatz, wo ich Anfang der Neunziger gearbeitet habe. Sämtliche Fahrstühle im Hause, welche völlig sinnfrei überall und auf allen 37 Stockwerken verteilt waren, fuhren nie in die Etage, in welche man gerade wollte. Meine Aufgabe in diesem Traum war es anscheinend, verschiedene Dinge in bestimmten Ebenen zu erledigen. Wie in einem Videospiel. Ich hatte nur keine Ahnung was ich zu tun hatte und wo. Durch die schiere Unmöglichkeit, irgendwo hin zu gelangen, war dies sowieso ein erfolgloses Unterfangen. Irgendetwas trieb mich trotzdem an. Fahrstühle die auch seitwärts fahren konnten, brachten mich immer wieder zum Anfang. Dorthin, wo anscheinend alle Fäden zusammen liefen. Das war unsere alte Kofferaufbewahrung in der Hotelhalle. Eine kleine Kammer, die offensichtlich Dreh und Angelpunkt des Traums war. Diese Kammer war jedes Mal, wenn ich hierher zurück geschickt wurde, leicht verändert. Einmal war es eine Reinigung, einmal anderes Mal ein Restaurant. Dann wieder eine Gepäckaufbewahrung, kurz darauf ein klitzekleiner, ganz enger Zug. Eventuell bestand meine Aufgabe ja darin, all diese Stationen einfach nur rein zufällig zu absolvieren, nachdem ich krampfhaft erfolglos versuchte hatte, diese bewusst zu erreichen. Das war ein extrem anstrengender Traum. Eigentlich fast wie ein Fiebertraum. Zu guter letzt war die Kammer eine Art Dampfbad, nur mit wenig Dampf. Da saßen einige Typen herum, nackt. Leider keine interessanten, schönen, dunkelhaarigen weiblichen Wesen, nur ein paar gut gebaute Typen. Zwei von denen spielten sehr gelangweilt mit ihren mächtig großen Fleischwürsten und schienen etwas zu suchen. Standen nur da und wedelten damit herum. Ich ging wortlos, beschämt und leicht irritiert vorbei …. Machte dann aber kehrt, schaute sie an und fraget sie:

„Jungs, soll ich euch einen Napf Senf bringen?"

Ich wachte unter schallendem Gelächter auf. War nur mein Lachen, aber es dauerte, bis ich endlich aufhören konnte.

Was zum Henker war denn das? Was sollte das denn bitte bedeuten?

Ein Zug oder eine Wäscherei? Ja okay, das leuchtete mir noch ein. Die ‚Unmöglichkeit', in andere Etagen zu wechseln? Auch das war die reine Verarbeitung von hier Erlebtem.

Aber was zum Teufel bedeutete das mit den beiden Typen? Ich rätselte unter immer wieder aufflackerndem Lachen und entschied dann dafür, dass ich wohl einfach nur mal wieder Lust auf deftige deutsche Hausmannskost hatte.

Gute Nacht.

Kapitel 19

Immer noch Cuzco

Der nächste Morgen. Endlich konnten wir uns auch mal wieder richtig ausschlafen. So schafften wir es nach dem Frühstück, bei dem es natürlich nichts mit Senf gab, gerade noch pünktlich um 10:00 auf den Chef zu warten. Man wie das langsam nervte! Nach ca. einer halben Stunde kam er dann auch endlich und verschob die Klärung der Angelegenheit jedoch auf den Abend, da die eventuell verantwortliche Zimmerfrau nicht zum Dienst erschienen ist.

Für uns war das ja so etwas wie ein Schuldeingeständnis, aber er meine nur, dass das wohl häufiger vorkommt und erst einmal nichts zu bedeuten hätte. Nun gut, wir lassen uns davon nun auch nicht weiter ärgern und bummeln ein wenig durch Cuzco.

Das gestohlene Geld stellte für uns auch gar kein Problem im eigentlichen Sinne dar. Nur, dass die Sachen durchwühlt wurden, das ist schon immer etwas unangenehm. Und hierfür hatte der Schuldige meines Erachtens auch eine Strafe verdient. Ich bin und war immer jemand gewesen, der bei entsprechendem Service auch einen großzügigen Obolus für das Personal, in diesem Falle für die Zimmerfrauen, hinterlassen hat. Erst später habe ich mir angewöhnt, hiermit sogar in Vorleistung zu gehen und die Angestellten dahingehend schon bei meiner Ankunft zu motivieren. Ich bin auf diese Art und Weise bis jetzt auch immer auf der sicheren Seite gewesen und von einem Vorfall wie damals kann ich seither nicht mehr berichten.

Wie gesagt, wir beließen es erst einmal dabei und streunten durch die Stadt. Bei einem fliegenden Händler wollte ich ein paar Postkarten, Zigaretten und noch etwas Süßes kaufen, um den ollen Qualmgeschmack wieder aus dem Mund zu bekommen. Leider hatten wir nur noch große Scheine, dass heißt 50 Soles, was den Warenwert des geplanten Einkauf um ein Mehrfaches überstieg. Dessen war ich mir im Klaren, weshalb ich auch erst einmal freundlich anfragte, ob es ihm wohl möglich sei, diesen Schein zu wechseln. Das schien für ihn überhaupt kein Problem zu sein, so gab er es mir zu verstehen, er müsse nur schnell im Laden gegenüber wechseln gehen. In Ordnung, der Laden war 20 Meter entfernt, also stimmte ich zu. Als er wieder kam hatte er den 50er zwar in zwei 20er und einen 10er getauscht, machte mir aber klar, dass das immer noch zu großes Geld sei und er mir deshalb nichts verkaufen könne. Hä? Was war denn das für eine unnötige Aktion eben? Na dann eben nicht der Herr! Nun gab es zwar auch nicht an jeder Ecke Zigaretten zukaufen, trotzdem hatte sich für mich das Geschäft mit dem Typen erledigt.

Wir schlenderten weiter. Postkarten holten wir dann an einem kleinen Stand, Marken gleich dazu. Glimmstängel hatten wir zum Glück noch ein paar, also war das erstmal nicht so wichtig. Als wir an einer Pharmacia, sprich Apotheke vorbeikamen, nutzten wir die die Gelegenheit, unsere Reiseapotheke wieder etwas aufzufüllen. Etwas für den Magen und für den Hals. Ach so, und natürlich noch etwas gegen den bösen Geist, welcher nun schon mehrfach in unserem Dünndarm gehaust hatte und sich immer mal wieder pfeifend und brüllend zu Worte meldete.

Am Tresen stehend und die Sachen in den Rücksack verstauend bemerkten wir, wie die Miene der Verkäuferin plötzlich versteinerte. Auf meine Frage hin, ob etwas nicht in Ordnung sei gab sie keine Antwort. Eine zweite Apothekerin kam hinzu. Dann noch eine dritte Angestellte. Langsam fühlte sich die Situation leicht verschroben an, wir warteten auf unser Wechselgeld, bekamen jedoch lediglich verstohlene Blicke in kleinen Beträgen herüber gereicht.

„Hallo", wurde ich etwas lauter, … „¿que pasa?"

Oh, das war dann wohl zu laut. Sie schreckten allesamt zusammen. Sogleich eilte auch der Polizist herbei, der am Eingang stehend die Situation längst beobachtete. Oh, oh! Da wir noch immer nicht wussten, was eigentlich los war, wurden wir nun etwas nervös. Die Polizei hier, in ihren schwarzen Uniformen, ist durch ihr Erscheinungsbild etwas beeindruckender, als Unsere im beruhigenden deutschen Grünlook. Um hier keine internationale Krise auszulösen, ging ich fürs erste einmal in die Defensive und sagte nichts mehr.

Der Umgang mir der hiesigen Polizei, so sagte man mir im Vorfeld unseres Urlaubs, sei als recht schwierig zu bezeichnen, da hier die öffentliche Sicherheit, wie im kompletten Lateinamerikanischen Raum, des Öfteren durch bewaffnete Konflikte mit organisierten Banden oder politischem Hintergrund gefährdet ist. Die Ordnungshüter seien demzufolge jederzeit auch zum Äußersten bereit. Den Wahrheitsgehalt dieser Aussage einfach mal hinnehmend, hatten wir höchsten Respekt. Letztendlich stellte sich dann heraus, dass die Apotheker uns beim Einsatz von Falschgeld zu entlarven wähnten, der Polizist jedoch sehr umsichtig die Frage zu klären versuchte, wo wir diese Scheine her bekommen haben. Die Angelegenheit gestaltete sich trotzdem als recht schwierig, da meine Spanischkenntnisse den juristische Verteidigungsfall natürlich nicht wirklich abmantelten. Wir versuchten also ganz ruhig zu bleiben und etwas Licht ins Dunkel zu bringen, aber anfangs hatten wir ja auch überhaupt keinen Plan, wie die Blüten in unsere Taschen gekommen sein könnten. Erst als wir uns wirklich wieder beruhigt hatten, fiel uns der Zigarettenhändler ein.

Mit Händen und Füßen stellten wir die Geldwechsel-Aktion mit dem fliegenden Händler nach. Mit Erfolg! Er machte über Funk Meldung in der Zentrale und wir durften gehen.

Nur das Geld war natürlich futsch. Glücklicherweise handelte es sich nur um einen der Zwanziger.

Trotzdem überaus zufrieden, der dieser Situation schadlos entkommen zu sein, gingen wir etwas essen. Irgendwie war uns die Aktion auf den Magen geschlagen. 20, das war dann ja wohl unsere neue Glückszahl! Erst 20 $ und 20 DM in Hotel geklaut, jetzt 20 Soles. Es läpperte sich langsam.

Mir fällt nicht mehr ein, was wir aßen, aber auf jeden Fall lief der kleine Scheißer mit seinem Handelsgut plötzlich am Restaurant vorbei. Er schaute hinein, sah mich und fing an zu rennen. Ich schmiss Mone das Geld fürs Essen auf den Tisch und spurtete hinterher.

Ich stand damals noch recht gut im Training und demzufolge dauerte es nicht lange, bis ich den Typen am Kragen hatte. Ein lautstarkes Tohuwabohu entwickelte sich. Das war mir völlig Wurst! In dem Moment, als der Knabe losrannte, weil er mich gesehen hatte, wusste ich, dass er mir absichtlich Falschgeld gegeben hatte. So mein Freundchen, vorbei mit lustig! Ich nahm sein Zeug in die linke und ihn am Kragen in die rechte Hand und zerrte ihn die Straße lang. Alle schauten uns an. Der Kerl schrie wie ein Affe. Mir egal, es griff auch niemand von den Passanten ein. Nach 2 Querstraßen kam mir auch schon Simone entgegen. Ich sagte ihr, sie solle einen Polizisten herholen. Ein bisschen hilflos fragte sie mich, wie sie das denn wohl anstellen möge. Sie sprach ja noch weniger Spanisch als ich. Ich meinte, notfalls am Kragen!

Sie rannte los. Unterwegs rannte sie einen Mann fast um, drehte sich zu ihm und anstatt „disculpe", also ‚Entschuldigung' zu sagen, rief sie ihm ein „gracias", also ‚Danke' zu. Völlig verwirrt entzog sich der Mann der Situation, und ging kopfschüttelnd weiter. Ich zerrte den Betrüger weiter in die Richtung, in die Mone verschwunden war. Glücklicherweise erschien sie auch sogleich mit einem gut bewaffneten Gendarm. Als dieser den Händler am Arm packte, ließ ich ihn los und er hörte endlich auf zu schreien. Mit Sicherheit würde er jetzt nicht mehr zu fliehen versuchen. Da Simone und ich nun ja bereits Übung in der pantomimischen Darstellung der Situation hatten, stellten wir diese gekonnt pantomimisch dar.

An anderer Stelle hätte man uns sicherlich Münzen in den Hut geworfen. Man waren wir gut!

Den zweiten Teil der Vorstellung ersparten wir uns jedoch und verlagerten die Bühne eine Querstraße weiter, wo sich, wie wir uns zum Glück noch erinnern konnten, die Pharmacia befand. Dort eingetroffen verhieß uns der Blick des dort immer noch anwesenden Wachpolizisten seine ganze Hochachtung. Wohl dafür, dass wir die Gegend wieder einmal sicherer machten, indem wir den Betrüger dingfest gemacht haben und der örtlichen Gerichtsbarkeit überstellen konnten. Armes

Schwein! Wir bekamen das Geld von ihm zurück und ich kaufte ihm noch schnell ein paar Zigaretten ab. Ich hoffte in diesem Moment schon, dass er alsbald wieder auf freien Fuß gesetzt würde, aber seine Lektion gelernt hatte. Das sollte sich dann auch am Abend bewahrheiten, als wir in einem anderen Restaurant zu Abend aßen und er wiederum herein schaute. Er grinste. Er lief nicht weg. Ich lächelte. Alles war gut!

Bleibt noch zu erwähnen, dass wir am Nachmittag nach der ganzen Polizeiaktion ins Büro von INKAWASI gegangen sind, um unseren Hoteltausch noch einmal genauer zu beleuchten. Man trat uns mit viel Verständnis entgegen und zahlte uns sogar das im Hostel André verauslagte Geld zurück. Unaufgefordert! Wow, was für ein Tag.

Kurz darauf erklärte uns der Chef im Hotel, dass sich zwar keiner der Angestellten zu dem Diebstahl bekennen wolle, er uns aber trotzdem die fehlenden Dollar und D-Mark ersetzen wird.

Hey, meine Hartnäckigkeit mit dem Straßenhändler hatte wohl die Runde gemacht! Cuzco erzitterte vor mir! Na uns sollte es Recht sein, denn für uns hieß das am heutigen Tage: 3 x Geld zurück!

In dieser Nacht schliefen wir glücklich ein, denn unser Tagtraum vom Sonnenurlaub auf Aruba schien nun auch nicht mehr so abwegig zu sein. Immerhin hieß es für uns ja morgen früh: „Ab in den Urwald!" Und das, nachdem wir doch unsere

Impfpässe versaubeutelt hatten. Anscheinend fand ja doch alles irgendwie ein gutes Ende.

Welch ein Irrglaube.

Kapitel 20

Auf in den Urwald

An diesem Morgen klappte alles wie am Schnürchen. Unser Wecker klingelte um 5:00, eine halbe Stunde später gab es auch tatsächlich Frühstück und 30 Minuten darauf war unsere Mitfahrgelegenheit zum Flughafen wie geplant da und abfahrbereit.

B&M blieben noch einen weiteren Tag länger in der Stadt. Somit hatten wir uns wieder für uns alleine. Auf ging's zum Flughafen.

Aufgrund des perfekten Zeitplans waren wir dann auch überpünktlich vor unserem geplanten Abflug um 7:30 am Ziel. Eigentlich unnötig zu erwähnen, dass unser Flieger noch nicht bereit war. Es wurde etwas umdisponiert und knapp 2 Stunden später wurde uns wegen Technischen Mängeln eine andere Maschine zur Verfügung gestellt. Ich beäugte das Fluggerät und verbot mir das weitere Denken.

Dann ging es los.

Gleich nach dem Start gab es einen kleinen Snack und ein paar Drinks. Es war sozusagen alles so, wie man es gewöhnt ist. Die Sitze waren bequem und wir waren soweit guter Dinge. Wir brachten diesen Teil der Reise auch ohne weitere nennenswerte Zwischenfälle hinter uns. Da einzige was nervte, waren die beiden Rotoren, welche uns durch ihre phonetische Präsenz zu jedem Zeitpunkt daran erinnern, dass wir uns in einer sehr kleinen und offensichtlich bereits ausgedienten Propellermaschine befanden. Eines dieser Flugzeuge also, in denen man noch unmittelbar spüren kann, dass man startet, fliegt und landet. Man ist also wirklich Teil der Reise. Und der Landung.

Was es nicht gab, waren die obligatorischen heißen Lappen kurz vor der Landung. Das fand ich jetzt nicht so schlimm, da ich sowieso nie genau weiß, was ich damit anstellen soll. Meistens packe ich mir die Dinger ins Gesicht und linse leicht verstohlen hervor, um zu beobachten, was die anderen Fluggäste damit machen. Ich bin dann immer zufrieden, wenn die Stewardessen die Teile wieder einsammeln. Diese gab es also nicht!

Die Anschnall-Lämpchen leuchteten auf. Was nun folgte, war eine sehr weiche Landung. Man merkte gut, wie sich die überweiche Federung des Fahrwerkes bei jedem Kontakt mit dem harten Boden bis aufs Äußerste dehnte, um uns, im warmen und sicheren Schoß der Maschine wähnend, jegliche Erschütterung zu ersparen.

Klappte leider nicht!

Übertroffen wurde diese unter Pfeifgeräuschen bereitwillig vollbrachte Arbeit, wohl die Hydraulik, nur noch von der sich schrill quietschend äußernden Freude der porösen Bereifung, welche sich dem Bersten nahe an der Sicherstellung dieses Landevergnügens beteiligte. Bei jedem Kontakt mit dem Boden. Immer wieder. Immer wieder. Immer und immer wieder!

Nun,... man sollte die Maschine, mit der man fliegt, vor dem Start ja auch nicht zu genau begutachten, zumindest nicht, wenn man nicht ernsthaft vor hat, dem Piloten den Start zu untersagen. Das vermiest einem die Flugfreude. Immerhin aber befanden wir uns ja jetzt schon im Modus ‚Landungsspaß' und was konnte da denn noch passieren.

Es war eigentlich schon fast lustig, dieses Herumgehüpfe. Eigentlich. Wäre da nicht der Gedanke gewesen, dass die Landebahn mit Sicherheit nicht endlos sein könne. Verängstigt versuchten alle Passagiere, möglichst entspannt zu wirken.

Jedenfalls stand die Maschine dann doch irgendwann am Ende der Landebahn, drehte um und fuhr zum Hauptgebäude. Niemand klatschte. Die Türen öffneten sich.

Beim Aussteigen klatschte es dann doch. Und zwar uns der vermeidlich heiße Lappen ins Gesicht.

Ein Brett aus Hitze und in der Luft stehendem Wasser schlug uns mit voller Wucht entgegen. Dieses fette Gemisch aus feuchtwarmer Luft drang durch unsere Nasen und Münder in unsere Lungen ein und ließen uns leicht hüsteln.

Na bitte! Willkommen am Padre Aldamiz International Airport in Puerto Maldonado.

Spontan umfing Trägheit unsere Körper. Jede Bewegung fiel extrem schwer.

Puerto Maldonado, ein Ort mit nettem Kleinstadtcharakter im Bungalowstil und schön viel Vegetation. Ich war zwar ein wenig enttäuscht, da ich gehofft hatte, mitten im Urwald zu campieren, meiner Begleitung hingegen reichte die Konzentration an Natur völlig aus. Erwarteten wir doch in diesem Klima, selbst in einer Stadt schon mit genügend geflügelten Kleinstlebewesen umgeben zu sein. Wir waren gerüstet! Autan in rauen Mengen.

Ein Mitarbeiter von INKA WASI erklärte uns dann, als wir das Flughafengebäude verlassen hatten, dass wir noch nicht am Ziel seien und zur Weiterfahrt zum Busbahnhof müssten. So schleppten wir uns also zum Bus.

Ich machte 3 Kreuze, dass wir alles im Voraus gebucht hatten und nun zumindest damit keinen Stress mehr hatten.

Nach cirka 2 Stunden Fahrt im Kleinbus kamen wir an. Man wies uns, nachdem ich in der Hitze unser beides Gepäck alleine geschultert hatte, den Weg hinunter ans Ufer. Dies war kein einfacher Weg. Es sah wohl so aus, als ob wir immer noch nicht am Ziel angekommen waren. So warteten wir, und zwar ausschließlich wir, scheinbar auf ein Boot, welches uns zum anderen Ufer übersetzen sollte. „Noch eine kurze Tour", so sagte der Guide zu uns. Die restlichen Mitreisenden waren allesamt in einem kleinen Hotel verschwunden. Nur allzu

gern hätte ich in diesem Moment alle Unannehm-
lichkeit der Weiterfahrt und damit auch meine
Naturverbundenheit, mit der Möglichkeit getauscht, in diesem kleinen Hotel zu bleiben. Einfach nur des Gefühls wegen, angekommen zu sein!
Wir warteten! Ich legte die Rucksäcke, welche aus
Freundlichkeit und dem Verständnis dem schwä-
cheren Geschlecht gegenüber immer noch beide an
mir lasteten, am Ufer ab und ging zum Wasser
hinunter.

Fast rutschte ich in den Fluss, denn der lehmige
Boden war völlig durchnässt und bot meinen
schwachen Beinen keinerlei Halt.

Beim Blick über meine Schulter wurde mir bewusst, dass die Rucksäcke jetzt spontan aussahen,
als wären wir schon 3 Jahre und nicht erst 3 Wochen unterwegs.

„Schön gelb unsere grünen Säcke!" zischte mich
etwas von hinten an. Oh ja, ich kannte dieses Geräusch nur zu gut. Es begründete sich im fehlenden Verständnis dem praktischen männlichen Geschlecht gegenüber.

"Sack schwer - Sack runter! - Sack dreckig -
Sack waschen!"

Um nichts in der Welt hätte Simone die Dinger
in den Matsch gelegt … Frauen würden so etwas
nie tun. Niemals! Nun, SIE hatte sie ja eben auch
nicht getragen!

Gut, … wenn ich mich genau erinnere, musste ICH sie ja auch später nicht waschen.

Oftmals sind es doch die kleinen Dinge, die der Beziehung zwischen Mann und Frau die nötige Würze geben. Und manchmal ist es eben zu scharf!

So standen wir nun an einem der Nebenflüsse des Rio Madre del Dios und taten das, was wir langsam bis zur Perfektion gelernt hatten. Wir warteten.

Allmählich verebbte der Strom an Nettigkeiten, welche man sich in solchen Situationen zuzuspielen pflegte und es kehrte wieder Ruhe ein. So konnte man aus der Entfernung ein erst Surren, dann ein brummendes Geräusch hören. Zu gleichmäßig für ein großes Insekt. Das musste dann wohl die Fähre sein. So war es dann auch und der Kahn legte an. Viele Passagiere lud dieses Ding nicht. Musste er ja auch nicht, es waren ja lediglich wir Zwei, die weiterfahren mussten oder durften. Abgesehen von dem Pärchen, welches ebenfalls mit uns im Bus angekommen war und plötzlich wie aus dem Nichts auftauchten. Die hatten die Wartezeit lieber im Hotel bei Kaffee und Kuchen verbrachten! Hm. Mit sauberem Gepäck und trauter Zweisamkeit bestiegen sie das Boot. Ich fand sie auf Anhieb sehr unsympathisch!

Unsere nur kurz gewähnte Überfahrt entwickelte sich hingegen mittlerweile zu einer ausgedehnten Bootstour. Das hatte hier mittlerweile einen echten Forscher-Charakter und stimmte mich daher recht fröhlich. Wir mussten kleine Inseln aus Baumstämmen und Gestrüpp umschiffen, leichte Stromschnellen durchqueren. Der Weg auf diesem manchmal schmalen, doch größtenteils recht breiten Flusses führte uns vorbei an vereinzelt gelegenen, einfachen Siedlungen. Bei jedem Erblicken eines dieser Zeichens menschlicher Präsenz, wähnten wir uns bereits am Ziel unserer Entdeckungsreise. Nach und nach glaubten wir dies immer hoffnungsvoller, zog sich dieser Trip doch nun schon sehr in die Länge. Der Wecker am heutigen Morgen hat immerhin bereits um 5:00 geklingelt! Es dauerte. Während der Fahrt machten wir die Bekanntschaft eines der Vertreter aus der Familie ‚Blauen Elise'.

Der arme Kerl wurde durch unser Boot völlig um seinen gewohnten Tagesablauf gebracht. Er befand sich ungefähr in der Mitte des Flusses und änderte ständig die Richtung. Ich machte mir ernsthafte Gedanken, ob ihn die Kraft verlassen und er ertrinken würde. Nebenbei erwähnt hätte ich auch nie gedacht, dass diese Viecher überhaupt schwimmen können. Immerhin sind sie mit einem überaus üppigen Fellwuchs gesegnet!

Letztendlich stellte der Captain den Motor ab. Wir hielten an einer der kleinen schwimmenden Buschinseln und beobachteten sein Verhalten. Glücklicherweise gab es in diesem Bereich nur eine eher schwache Strömung, so dass sich der Ameisenbär, um den es sich hier im Übrigen handelte, alsbald erholte und als guter Schwimmer das andere Ufer schnell und sicher erreichte. Mit viel Wasser in der Nase, aber Boden unter den Füßen. Nur schaffte er es leider nicht, die völlig aufgeweichte Uferböschung hinauf zu klettern, rutsche immer wieder ab! Na, ... kleine Pechsträhne Elise? Wir wissen, wie du dich fühlst.

Es ging weiter. Nach und nach tat uns aufgrund des einsetzenden Taubheitsgefühls auch der Hintern auf den harten Bänken nicht mehr so weh und ehe wir uns versahen, steuerten wir urplötzlich einem flachen Steg entgegen und hielten an. Na bitte, hat ja dann doch nicht einmal ganz eine Stunde gedauert. Kam uns bestimmt nur so unendlich vor, weil wir schon den halben Tag unterwegs waren.

Einem schmalen Weg folgend, krackselten wir hinauf zu einer engen Hütte, in der ein kleiner Mann mit einem kurzen Stift saß, um winzige Zeichen in unsere Pässe zu machen. Man hielt uns an, völlige Ruhe zu bewahren! Anscheinend stellte er eine wichtige Figur im Urwaldtheater da. Wenig Zeit später verließen wir den kleinen wortlosen Mann in seiner engen Hütte wieder, folgten dem schmalen Pfad zum flachen Steg, setzten uns in den kleinen Kahn und fragten uns, was zum Teufel das eben eigentlich war. Hatten wir bereits das Land verlassen und befinden uns jetzt schon in Brasilien?

Ohne eine Antwort darauf zu erhalten oder auch nur zu fragen, setzten wir etwa 500 Meter weiter in Fahrtrichtung aufs andere Ufer über, wo sich beim Blick durch die wild wuchernde Vegetation die wunderschöne, auf Stelzen stehende Anlage des Explorers Inn offenbarte.

Hurra. Angekommen!

Kapitel 21

Unsere schöne Urwald - Lodge

Eigentlich sollte das Explorers Inn, in welches wir uns soeben begaben, für sich in Anspruch nehmen, ein eigenes Buch zu füllen.

Weniger der fantastischen Lage, der Schönheit der Umgebung und der Anlage selbst wegen, sondern vielmehr dem Umstand schuldend, dass sich hier, irgendwo im nirgendwo, ein scheinbar autarkes Biotop menschlicher Logik entwickelt zu haben scheint. Weitgehend abgekoppelt von der Zivilisation wie wir sie kennen, ein eigenes Zeitgefüge bedienend, fern der Hektik und dem stetigen Streben nach Anerkennung, ja fast fern den uns bekannten Geräuschen und Farben und für meinen Geschmack ebenfalls fern jeder Logik. Eingebettet in Unmengen frischer und gesunder Luft. Insoweit das für unseren Organismus überhaupt noch gesund sein kann. Punktum fast paradiesisch eben.

Und alles regiert und organisiert, in Zepter schwingender Weise, mit schlabberig starker Hand von Murks. Dies war selbstverständlich nicht sein richtiger Name, zumindest gehe ich mal davon aus, sondern ein von mir verliehener Leihname sozusagen. Warum…? Nun, alles der Reihe nach.

Der Weg vom Boot hinauf war steil und glitschig. Dementsprechend trug meine bessere Hälfte wieder sich selbst und ich das gesamte Gepäck nach oben. Ich machte mich also auf den Weg und dachte nur noch, man … schwer wie Sau! Dann stand sie plötzlich da. Die Sau. Mitten auf dem Weg. Die mächtige Sau. Mich exakt fokussierend. Keine Miene. Keine Regung. Sie stand einfach nur so da. Eine mir den Weg versperrende Wildsau. Nett!

"Guten Tag ..grunz.. ich beiße / äh heiße Sie ..grunz grunz.. herzlich willkommen ..grunz.. und gedenke ..grunz schmatz.. Ihnen meinen Schädel ..grunz schnaub .. in den Wanst zu rammen!"

Ich suchte einen Baum, auf den ich mich hätte flüchten können, aber alles um mich herum war Busch. Und ich war mir sicher, in dem kannte sich die Bestie besser aus. Ich schätzte also die Entfernung zurück zum Boot und überlegte, ob ich die Säcke gleich wieder in den Dreck werfe oder diese als eventuellen Schutzschild gegen die Beißattacken am Leib behalte.

In beiden der Fälle würde ich wieder Mecker von Simone bekommen. Oh, ich konnte sie schon fast hören:

"So mein Freund, ich hoffe du hast Nähzeug dabei, darum kümmerst DU dich jetzt aber wohl, oder was!??" Mone schickte sich gerade an, aus dem Kahn zu steigen, bekam also hiervon erstmal gar nix mit. Sie hätte sicherlich auch nicht ernsthaft zur Klärung der Lage beitragen können.

Ich könnte mich immer wegschmeißen vor Lachen, wenn Frauen in Filmen ihren Autoschlüssel in gefährlichen Situationen wie heiße Nudeln befingern und fallen lassen, anstatt ihn einfach ins Schloss zu stecken und los zu fahren.

Ich fragte mich, wie die Hilfe wohl ausgesehen hätte. „ein Schwein ein Schwein, oh Gott ein Schwein … guck doch mal, ein Schwein! Was macht denn nur ein Schwein dort? Nun schau doch dieses Schwein. Oh Gott, oh Gott. Aarrgghhh….Schwein"

Sie war noch auf dem Steg.

Ich stand also immer noch allein Aug in Aug mit der Bestie, also dem Wildschwein. Was also tun? Jede Bewegung von mir würde doch unweigerlich eine Gegenreaktion auslösen, oder nicht?! Also erinnerte ich mich an den Film "Die Götter müssen verrückt sein", in dem ein kleines Mädchen eine Hyäne in die Flucht schlug, indem es sich mit einem Stück Holz über dem Kopf größer erscheinen ließ, als sie in Wahrheit war. Ich hob einen Rucksack über meinen Kopf und rannte mit lautem Gebrüll auf das Vieh los. Nichts passierte. Jetzt war ich noch verunsicherter als vorher. Ich denke das Schwein nicht minder. Nun, es trennten uns jetzt nur noch wenige Meter und ich entschied, nachdem mein Angriff anscheinend ins Leere lief, einfach drum herum zu laufen und das Ding zu ignorieren. Bei jedem Meter, den ich näher kam, verlor das Biest auch an Größe, was mich mutiger werden ließ. Anscheinend war es doch noch nicht ganz ausgewachsen. Genau so tat ich es dann auch und ich glaub, das Schwein ignorierte mich ebenfalls.

Siegreich zog ich ins Fort ein. Ein Typ in der Lodge schaute zu mir rüber und schüttelte mit dem Kopf. Unterdessen verschwand das Schwein hinter mir im Busch.

Ich habe die Bestie in die Flucht geschlagen …yeah … na genau genommen eher nicht, lediglich meine Panik habe ich in den Griff bekommen. Na immerhin auch ein Sieg! Meine erschöpfte Begleiterin traf kurz nach mir ein sagte nur: „wie Schwein, alles klar mit dir?" „Da war kein Schwein!". Ja sicher!

Die Anlage selbst bestand aus ca. 10 Blockhütten, welche sich wunderbar in die Umgebung, sprich in den nur wenige Meter entfernten Primärurwald einfügten. Im Zentrum befand sich ein etwas größeres Haupthaus, in welchem die Rezeption, das Restaurant und, wie wir später erfuhren, in der zweiten Etage ein kleines Museum zu finden war. Alles sehr geschmackvoll.

Ich aber freute mich vorerst nur auf meine Dusche. Ich schmiss die Rucksäcke in den Staub. Genau genommen bröckelte der Dreck eher von den Dingern ab und hüllte uns und unsere nähere Umgebung in eine Staubwolke. Ich riss mir die Klamotten vom Leib und schob meinen triefnassen Körper unter die warme Brause. Leider geschah das aber nur in meinen Gedanken. Natürlich befand ich mich noch längst nicht im Bungalow.

Natürlich immer noch bekleidet wurden wir vorerst in das Hauptgebäude geführt, wo wir an der Rezeption die Schlüssel zeitnah in Empfang zu nehmen hofften.

Nach kurzer Zeit des Wartens erschien bereits erwähnter Chef der Enklave. El Murks. Er geisterte um uns herum und erinnerte mich dabei durch seine Gestalt und Körperhaltung an eine Mischung aus Pittiplatsch und einem entfernten Verwanden des Herrn Gollum. Nur seine Bewegungen waren langsamer und er selbst irgendwie farblos oder unscharf in seinen Konturen. Vielleicht drückte mir auch nur die Luftfeuchtigkeit auf die Linsen.

Außerdem lernten wir gerade Sophie kennen, ihrer Erklärung nach unsere persönliche Führerin hier im Urwald. Sie war eine peruanische Studentin, welche hier irgendwelche Beobachtungen dokumentierte und nebenbei die Gäste herumführte. Sie musste auch sofort wieder los, um sich um eben diese Dinge zu kümmern. Aber sie versprach, uns zum Abendbrot näher kennenlernen zu wollen.

Jetzt gab es erst einmal einen Willkommens-Cocktail, welchen ich hastig hinunterstützte, denn erstens hatte ich mächtigen Durst und zweitens fühlte ich mich für eine längere Cocktail-Party nicht entsprechend gekleidet.

Murks schlich um uns herum und fragte in seiner Art, eigentlich nicht wirklich anwesend zu sein, wo wir herkommen. Bevor wir antworten konnten wünschte er uns einen „Schönen Aufenthalt". Dieser Wunsch beschäftigte uns noch des Öfteren.

Bevor der Austausch von Unwichtigkeiten ausarten konnte, machte ich dem krümmlichen Mann, durch deuten auf unsere schmutzige Erscheinung, lieber schnell klar, dass ein schneller Besuch unserer Dusche schon mal ein toller Anfang wäre. Er verstand und reichte uns den Schlüssel zum Bungalow, nachdem wir unsere Personalien in das vorgelegte Formular eingetragen hatten. Bis hierher gestaltete sich alles sehr freundlich und unkompliziert. Sekunden später war ich dann doch splitternackt. Selbstverständlich erst im Bungalow!

Dieser gliederte sich in ein teilweise gefliestes Bad mit WC und Dusche und in einen recht großen Hauptraum, in dessen Mitte ein großes Bett stand. Mosquitonetze waren ultimativ vorhanden. Versehen mit zwei Nachttischen und einem Kleiderschrank am Fußende, war diese Blockhütte außerdem mit einer eigenen Veranda ausgestattet, dass man sich hier echt wohl fühlen konnte. Ich sah mich schon abends draußen sitzend ein gutes Buch lesen oder im Tagebuch kritzeln. Jedoch nicht nackend, wie ich grad war. Die Kampagne Körperreinigung lenkte meinen Weg schnurstracks unter die Dusche.

Klitschnass drehte ich die Wasserhähne auf. Tropfnass drehte ich sie wieder zu. Jedoch leider nur im Schweiße meines Angesichts. Aus der Leitung drang nicht mal ein Knarren oder Glucksen. Da meine Klamotten eh noch wie von selbst standen, zog ich mich stimmungsmäßig leicht angesäuert wieder an und trabte zur Rezeption. Da war nicht wer, die stand ganz leer! Ha … meine Laune besserte sich auch durch reimen nicht besonders.

Okay. Ich ging zur Küche rüber, wo ein Angestellter herumstand und fragte ihn, Verzeihung …ich versuchte ihn zu fragen, wer bei dem Problem ‚kein Wasser' wohl behilflich sein könnte. Nachdem er begriff, dass er dem Gespräch nicht so einfach ausweichen konnte, fing er endlich an zu reden. Mein Spanisch war dem nicht gewachsen. Durch Kopfschütteln und stetiges Deuten auf mein Ohr verstand er nun auch diese Problematik, und begann ebenso heftig zu gestikulieren, wie er eben noch redete. Dabei zeigte er hinter mich. Ich drehte mich um, doch da war nichts außer einem leeren Raum. Er deutete nach links. Nichts! Sein Finger ging nach Rechts. "…"!

Wie zu erwarten war zeigte er, um die 4 Himmelsrichtungen komplett zu machen, auch noch hinter sich in die Küche und zuckte mit den Schultern. Mich kurz annickend ging er kurzerhand hinein, um Hilfe zu holen. Na endlich! Doch ganz freundlich der Kerl. Ich schaute mich in der Zwischenzeit ein wenig um.

Die Einrichtung des Haupthauses war geschmackvoll dem Thema Urwald entsprechend gewidmet. Nun, was auch sonst hätte man hier erwarten sollen. Gewiss keine "Apre Ski Baude"! Ich freute mich schon aufs Essen, irgendetwas extrem leckeres würde ich mir bestellen. Oder noch einmal ein Alpakasteak. Man achte auf die Unterscheidung! Es stellt sich sowieso die Frage, wie frisch ein Alpaka hier im Dschungel, äh Urwald wohl auf dem Teller landen könne, wenn es nicht aus eigener Kraft die Reise hierher bestritten hat. Ich dachte da unsere Reise im Bus nach Nasca und die dort im Handgepäck vermuteten Ziegenhälften.

Erstaunlicherweise bekam ich grad mächtig Hunger. Zuvor wollte ich meinen zerschunden Körper jedoch mit einer reinigen Dusche bedenken, was mich zu meinem ursprünglichen Problem zurück führte. Die anscheinend blauäugige Erwartung meinerseits, mein neuer Freund wäre zur Lösung Desselben in die Küche gegangen, bewahrheitete sich nicht. Das musste ich mir nun eingestehen. Also folgte ich seinem Weg. Die Küche schien leer zu sein. Ich suchte weiter. Hinter einer Ecke stand er, Gemüse oder irgendetwas anderes zerhackend und tat mit voller Überzeugung sehr überrascht, mich wieder zu sehen! Und das auch noch ungeduscht und in dreckigen Sachen. Sogleich versuchte er mich mit seinen Fingerfinten nach links und rechts wieder davon zu überzeugen, sich abermals (haha) um meine Dusche kümmern zu wollen. Ich grinste nur, aber das schien ihm nichts auszumachen. Er fuchtelte mit seinen Händen in der Luft herum, das Beil hatte er zwischenzeitlich zur Seite gelegt und zeigte zu guter Letzt aus der Küche heraus. Ich grinste immer noch. Schon schickte er sich an zu starten, um die Küche zu verlassen. „Ohne mich mein Freundchen!" sagte ich. Ich stellte mich ihm in den Weg. Jetzt war er völlig verdutzt. Ja wollte ich denn seine Hilfe plötzlich nicht mehr? Glücklicherweise wand ich meinen Blick zur Seite und sah aus dem Augenwinkel, wie eine kleine Gestalt in der Tür stand und ebenfalls heftig gestikulierte. Er war nicht wie ein Koch gekleidet. Es war der Murks von vorhin. Also nahm ich an, es würde sich lohnen, ihm die Situation zu erklären. Eventuell könne er mir ja behilflich sein. Buaahhaah ha.

Aber nachdem ich mal wieder mit Zimmerwechsel drohte, schien er sehr zuversichtlich, das mit dem Wasser geregelt zu bekommen. Anscheinend war ihm diese Schwäche der Anlage bereits bekannt. Nun, das ließ mich hoffen, denn ein immer wiederkehrendes Problem bedeutet im Umkehrschluss ja auch immer eine stetige, wenn auch nicht endgültige Lösungsmöglichkeit!

Er bestellte mich 10 Minuten später an die Rezeption, zur ‚Problem behoben Kontrolle'. Na gut. Ich erschien wie verabredet. Nach 30 darauf folgenden, sinnlosen Minuten an der unbesetzten Rezeption hatte ich die Schnauze voll. Ich klebte am ganzen Körper und ging wutentbrannt durch die Anlage, um diesen Typen zu suchen.

„Einen Schönen Aufenthalt"… ha. Er war weder in der Küche, noch in seinem Zimmer, bzw. Büro. Wo sich dieses befand, hatte ich mittlerweile in Erfahrung bringen können, aber niemand konnte mich über den Verbleib des Chefs aufklären. Ich sah keine andere Möglichkeit, als Sophie von Ihren Studien abzuhalten und sie mit unserem Problem zu behelligen. Nebenbei bemerkt war sie auch die einzige, die ein verständliches Englisch sprechen konnte. Mein Spanisch war zwar ausreichend, Dinge klar zu legen, jedoch nicht um Diskussionen zu führen. Sie war sofort bei der Sache und schickte einen Angestellten, um das Wasser bei uns checken zu lassen. „Aqua no bien!" Oder besser: „No aqua, no bien!" Sie half mir den Gnom suchen. Er war immer noch nicht an der Rezeption, nicht in der Küche, nicht im Museum. Nirgends. Sie versuchte es noch einmal in seinem Büro und siehe da, er öffnete die Tür.

Bestimmt war er schon die ganze Zeit da, hatte aber keine Veranlassung gesehen, mir, einem Gast, zu öffnen. Es sah auch so aus, als würde sie gerade Ärger bekommen, weil sie sich um diese Angelegenheit kümmerte. Das reichte ja wohl! Ich ging sofort dazwischen und fragte ihn in langsamem und deutlichem Deutsch, ob er mich verarschen wolle. Dabei machte ihm mein Blick und mein Zeigefinger auf seiner Brust unmissverständlich klar, dass ich von ihm weder eine Antwort, noch weitere anklagende Worte gegenüber Sophie hören wollte. Zusammen gingen wir wortlos zur Rezeption. Er telefonierte. Na bitte, warum denn nicht gleich so! Kurz darauf kam jemand mit Werkzeug und begleitete mich in unsere Hütte. Er checkte die Lage abermals, ging nach draußen und schraubte irgendetwas hinter dem Bad. Wir sollten jetzt noch ca. eine Stunde abwarten. Dann möge das Wasser fließen. Ich verharrte also für die nächsten 60 Minuten im ‚Stand By Modus'. Nach der angekündigten Zeit funktionierte auch endlich alles. Nun, zwar nur wenig Wasser und kein Druck, aber immerhin konnten wir duschen. Was für ein Gefühl. Es war nun schon später Nachmittag und es fühlte sich an, als ob man sich häutete. Ein tolles Gefühl. Selbstverständlich handelte es sich um Flusswasser und es war nicht wirklich warm, aber das war in Ordnung. Es ging mir auch nicht vorrangig darum, sauber zu werden, sondern frisch. Der braune Sand, welcher sich im Flusswasser gelöst auf unsere Körper legte, verschwand im Handtuch. Alles gut! Jetzt stand einem erholsamen und interessanten Aufenthalt nichts mehr im Wege. Und einem leckeren Abendessen ohne sich ständig kratzen zu müssen. Es gab ein leckeres Reisgericht. Ausreichend und sehr gut gewürzt.

Den restlichen Abend verbrachte ich nicht wie geplant lesend und schreibend auf der Veranda, sondern wir wurden zu einer Flussfahrt unterm Sternenhimmel abgeholt. Das war ja viel besser, als mein Plan. Und vor allem die beste Zeit, die hier lebenden Kaimane zu beobachten.

Wir gingen also im Zwielicht der Dämmerung runter zum Fluss und stiegen zusammen mit 4 anderen Urlaubern in ein kleines Holzboot. Der Motor startete.

Ab ging es in die Jagdgründe der kleinen Verwanden von Krokodil und Alligator. Zum Anfang, und umso mehr mit fortschreitender Finsternis, beeindruckte mich der fantastische südamerikanische Sternenhimmel jedoch am meisten. Den ganzen bisherigen Urlaub hatte ich es komplett versäumt, den Blick des Nachts mal gen Himmel zu richten. Sicherlich, weil die Nächte bislang aufgrund der vorherrschenden Temperaturen nicht zum draußen Verweilen eingeladen hatten. Das war hier ganz anders. Die Luft war jetzt angenehm warm, nicht mehr so schwül und schweißtreibend.

Wir genossen die Fahrt und ich musste ernsthaft aufpassen, dass ich, nach hinten über Bord gelehnt um die Sterne besser sehen zu können, nicht ins Wasser falle. Frischfleisch für die Echsen. Das hätte die Fahrt sicherlich verkürzt, die Biester wären ja dann zu uns gekommen. Aber so fuhren wir noch ein Stück. Der Guide suchte die Wasseroberfläche mit einem Scheinwerfer ab. Nichts zu sehen. Okay, die Biester leben ja auch unter Wasser und werden für uns bestimmt kein Synchronschwimmen mit Schwanz in die Luft beginnen. Mehr als Nasenlöcher und Augen dieser Reptilien sieht man ja im Allgemeinen auch im Fernseher nicht. Im Hellen. In Nahaufnahme. Schon fragte ich mich, wie spektakulär dieser Ausflug wohl werden würde. Plötzlich blitzen in einiger Entfernung ein paar helle Punkte auf. War das etwa noch ein Boot mit Touristen auf der Jagt nach einem nächtlichen Erlebnis? Nein, in der Tat schienen dies ein Paar Augen eines Kaimans zu sein, welche das Licht des Scheinwerfers reflektierten. Schwupp, schon waren sie wieder weg. Dann wieder kurz zu sehen, um abermals zu verschwinden. Das erinnerte mich in diesem Moment irgendwie an die Lichter des Gegenverkehrs auf der finsteren Busfahrt nach Arequipa und ich hoffte, dass die Lichter hier nicht plötzlich einen Meter vor meinem Schädel aufblinzelten, um mir in den Kopf zu beißen. Es wurden langsam immer mehr Augenpaare, die uns anlinsten. Wir steuerten genau drauf zu. Irgendwann wurden alle Lichter an Bord ausgemacht, welche direkt an der Reeling waren. - Nein, das hört sich jetzt ja an, als hätte das kleine Boot eine Reeling gehabt. Die zusätzlichen Lampen hingen einfach an der sehr flachen Bordwand! - Als diese endlich aus waren, konnte man nun auch genau sehen, was direkt neben dem Boot passierte. Dunkle lange Schatten huschten vorbei. Auch ein paar Kurze. Mehr Kurze als Lange zum Glück! Ab und zu konnte man sogar das Gefieder erkennen, also natürlich die Schuppen oder die Haut der Kreaturen, aber manche glänzten durch die Brechung des Scheinwerferlichts im Wasser wirklich fast wie Paradiesvögel. Ganz ruhig zogen sie ihre Kreise. Immer enger. Ich saß mittlerweile nicht mehr so dicht am Rand, lehnte mich auch nicht mehr hinüber.

Ja, ... Angst. Oder zumindest großer Respekt! Aber eigentlich waren die ja viel zu klein, um mich ernsthaft als Nahrung in Betracht zu ziehen. Eventuell Teile von mir. Trotzdem wäre ein Unterwasserkontakt mit ihnen wohl nicht wünschendwert gewesen. Sicherlich war die zu einer Untergruppe der Alligatoren gehörende Spezies mindestens genauso neugierig wie wir, aber wie eine Begrüßung auf kaimanisch aussähe, mochte ich mir nicht ausmalen. Vielleicht ähnlich wie Douglas Adams „wassissnschen Schlammschweinen", die jedem neuen Besucher auf ihrem Planeten als Willkommendgruß freundlich und herzhaft in die Wade beißen!?

Als der Guide mit einem hämischen Grinsen im Gesicht zu mir meinte, ich solle einen der kleinen Babys am Schwanz packen, war dieser Gedanke eben leider noch nicht gedacht. Also packte ich das Ding am Schwanz, hielt es fest und zog es leicht nach hinten. Ja war ich denn verrückt geworden. Der Bootsführer signalisierte auch umgehend und heftig gestikulierend, dass es vorteilhaft wäre los zu lassen, falls ich weiterhin meine Hände benutzen und mit Messer und Gabel zu speisen gedenke. Vielleicht sollte seine Handbewegung auch bedeuten, dass die Kaimane jetzt Abendbrotszeit hätten. Jedenfalls ließ ich den kleinen Kerl wieder los und rettete meine Hand. Wer kann denn schon von sich behaupten, einen „Alligator" am Schwanz gezogen zu haben?

Mit fantastischen Eindrücken und zwei Händen ging es zurück zur Lodge und schnell ins Bett. Dort suchten wir dann in einer durchaus erwähnenswerten Geräuschkulisse Schlaf zu finden. Ich fand das Klasse. Simone so lala ... ein bisschen Angst ob der großen Tiere, die sich eventuell in unmittelbarer Nachbarschaft aufhielten. Die bestimmt hungrig waren. Und vielleicht sauer, dass die Hütten in ihr Gebiet gebaut werden mussten. Mit Sicherheit auch gereizt vom Geruch des Feuers in der Küche. Vom Duft des Essens. Vom Schnarchen des Typs nebenan. Und so weiter und so weiter ...

Vielleicht waren sie aber auch gar nicht da! Vielleicht war es nur das Schwein von vorhin. „Ja, Schwein ... alles klar Geliebter! Alles klar!" „Gute Nacht" sagte ich. „Ja, dir auch! Grunz grunz."

Das Konzert da draußen ging auf jeden Fall die ganze Nacht durch.

Kapitel 22

Warum Regenwald!

Um halb sechs gab es Frühstück. Normalerweise mal wieder nicht meine Zeit. Zumindest nicht im Urlaub. Hier schon, denn wie wir gestern noch beim Einchecken erfahren konnten, gab es feste Zeiten für die Mahlzeiten. 5:30 Frühstück, um 14:30 Mittagessen und dreieinhalb Stunden später schon Abendbrot. „ ... ??„ Der gesunde Menschenverstand konnte diese Zeiten nicht festgelegt haben. Na es wird ja wohl zwischendurch ne Kleinigkeit zu bekommen sein. So dachte ich mir das zumindest in meinem naiven Kopfe aus. Im weiteren Verlaufe unseres Aufenthalts sollte sich das dann zwar sogar als ,Richtig', jedoch keinesfalls als ,Einfach' erweisen. Unser Tagesplan für heute sah jedoch sowieso einen längeren Ausflug in den Primärurwald vor, was sinnvolleren Speisezeiten so und so den Garaus gemacht hätte. Also überzeugten wir unsere Mägen aus Angst eines späteren Hungergefühls mit viel Geduld davon, sich einfach mal füllen zu lassen.

Während des lustlosen Brötchen-Verzehrens im Restaurant also hörte es sich dann auf einmal so an, als ob in der näheren Umgebung mehrere rostige Klospülungen gleichzeitig losgingen. Hatten die Einheimischen hier etwa auch genormte feste Zeiten für ihren Stuhlgang? Wahnsinn!

Die Erklärung der Geräusche kam dann jedoch sogleich in Gestalt eines Kellners um die Ecke, welcher, mit beiden Händen unter den Achseln „Uh Uhh ... Uhhh Uuhhh" schreiend, durchs Restaurant rannte. Ah, Affen also! Auf jeden Fall beim Frühstück eine angenehmere Vorstellung als ein Haufen Gekacktes! Wir aßen weiter. Zu den Brötchen gab es kleine bräunliche Würstchen. Hmm...

Kurz nach dem Frühstück trafen wir uns mit Sophie. Sie setzte uns erst einmal ins Bild, was genau uns heute alles erwarten würde. Vor uns lag ein ca. 11 km langer Marsch durch die Wildnis, auf dem wir die Möglichkeit hatten, diverse Tiere und Pflanzen zu sehen. So etwa auf halbem Wege dieses „Spaziergangs" stand eine Kanufahrt an. Und zwar auf einem vor vielen Jahren abgetrennten und zum See gewordenen Seitenarm des Rio Madre de Dios. Der See hieß Cococha. Hier hatte man dann die Gelegenheit, seltene Vogelarten zu studieren. Für uns war mal wieder der Weg da Ziel, denn Ornithologie zählte mit Sicherheit nicht zu unseren ausgewiesenen Interessensgebieten, aber egal. Ein bisschen im Kanu paddeln klang auf jeden Fall gut. Sie erklärte auch nebenbei, dass es sich eben bei den röhrenden oder brüllenden Affen um Brüllaffen handelte. Ja ... Einleuchtend!

Gut instruiert packten wir genügend Wasser ein. Ebenfalls ein bisschen Marschverpflegung in Form von Keksen und Waffeln, die wir noch bei uns hatten, schnürten unsere Trekkingschuhe und brachen auf. Kaum, dass wir aus dem Lager raus waren, trafen wir meinen alten Bekannten vom Vortag wieder. Die Wildsau kam aus dem Wald und stellte sich uns in den Weg. Genau genommen war es für Mone ja das erste Aufeinandertreffen, denn sie hatte gestern ja nichts mitbekommen, ja attestierte mir sogar vorübergehende Unzurechnungsfähigkeit. Die Rache war mein!

Da ich nun zu wissen glaubte, wie man mit dem Biest umzugehen hat, ignorierte ich dessen Anwesenheit komplett und ging einfach vorbei. Meine bessere Hälfte war ganz aufgeregt. „Man, pass doch auf! Da ist ein Vieh … ein Wildschwein." Ich drehte mich um. „Welches Wildschwein bitte?"

„Na das an dem du gerade vorbei gelaufen bist." Meine Augen suchten den Weg ab. Ich sah kein Schwein. Natürlich war es da, aber ich wollte es nicht sehen.

Mone ging keinen Schritt weiter. Ängstlich und fragend sah sie erst das Schwein, dann mich, immer abwechselnd an. „Wie jetzt?" sagte sie ungläubig. „Was?" fragte ich. Unterdessen kehrte Sophie, die bereits ein wenig vorgegangen war, um und beruhigte uns, dass es sich hierbei um das zahme Hausschwein Pancho handelte.

Ich ging hin und streichelte Pancho ausgiebig und meinte nur: „Gestern, von wegen kein Schwein und ich bin verrückt Mäuschen." Mone grinste.

Pancho schien meine Behandlung zu gefallen, und er kuschelte sich eng an mich. Er schmiegte sich an meine Hosen. Ausgiebig! Um ihn los zu werden, trat Sophie nach ihm. Erst dann verschwand er. Schon stank ich wieder! Weiter ging es.

Unterwegs erklärte uns Sophie, welche Pflanzen man im Notfall essen könne und welche als Wasserspender in Frage kämen. Die essbaren und giftigen Pflanzen könne man sehr gut voneinander unterscheiden, da sie sich sehr ähnelten.

Ach so? Na dann!

Sophie führte es uns vor. Wir sollten einen Schluck aus einem herabhängenden Ast nehmen und hofften, dass sie bei ihrer Präsentation nicht mit einer giftigen Pflanze angefangen hat. „Eventuell eine Liane", so übersetzte ich ihre Bemerkung dazu. Eventuell?? Wir waren froh, dass wir vorsichtshalber ausreichend Wasser mitgenommen hatten. Im Ernstfall hätte diese Naturbrause natürlich auch unseren ersten Durst gelöscht, aber lecker war das nicht. Mit Naturbrause ist hier natürlich kein Natursekt gemeint. Der hätte wahrscheinlich nur meinem alten Kumpel Kamel den Tag versüßt.

Die Zeit verstrich und trotzdem lagen immer noch mehr Kilometer vor, als hinter uns. Beiläufig im Gespräch bedauerte Sophie, dass wir es wohl versäumen würden, der einzigen in Peru heimischen Großkatze zu begegnen, da ein Jaguar hier wohl seit Jahren nicht mehr gesichtet wurde. Schade! Hatte ich aber auch nicht wirklich erwartet, da dies eher scheue Tiere sind. Eine Begegnung mit einem Tapir lag da schon eher im Bereich des Möglichen und ich als Fleischfresser freue mich generell mehr darüber, ein saftiges Beutetier zu sehen, als einem rivalisierenden Jäger zu begegnen. Frei nach dem Motto: „Wo immer ich bin, ist mein Revier!"

Nach einigen Pausen und dazwischen liegenden, längeren Märschen über Trampelpfade, deren Verlauf ich zum Teil definitiv nicht gefunden hätte, breitete sich vor uns endlich besagter See aus. Unsere Führerin zauberte einen kleinen, dort versteckten Katamaran aus dem Dickicht hervor und wir stachen in See.

Junge, war das ein entspannter Moment. Mit gleichmäßigen Zügen steuerten wir über die Wasseroberfläche. Wir glitten so ruhig durch das Wasser, wie ein auffrischender leichter Wind, der durch ein Birkenwäldchen weht und jedes Blatt einzeln streichelt. Fast geräuschlos. Ohne Wellen zu machen und ohne jegliche Anstrengung. Augen und Ohren öffneten sich. Tatsächlich gab es hier zahllose Schwärme verschiedenster Vögel, deren Namen ich mir nicht merkte, weil es mich schlichtweg nicht interessierte. Aber es war echt wundervoll anzusehen, wie sie ihre Kreise über unseren Köpfen zogen, um sich wieder auf dem Wasser oder in den Bäumen nieder zu lassen. Was hätte ich in diesem Moment darum gegeben, eine

Angel mitzuhaben. Einfach nur um mal zu schau-
en, was der See untenrum zu bieten hat. Schade,
aber das war nicht vorgesehen auf dieser Tour.

Nach einer Weile steuerten wir eine kleine
Bucht an und machten ein Picknick. Unsere gute
Fee hatte belegte Brote für uns eingepackt. Toller
Service! Diese und unsere Kekse genüsslich ver-
speisend, ließen wir die Szenerie wortlos auf uns
einwirken. Friede in uns. Friede um uns herum.

Wir paddelten dann ruhig weiter bis zu einer
Art Palme am Ufer. Sophie schickte sich an, ein
paar der Früchte vom Baum zu pflücken. Sie nannte deren Namen und erklärte uns, dass man diesen
optisch am ehesten einer Lychee ähnelnden Früchten nachsage, dass sie in vielen Fällen für reichen
Kindersegen verantwortlich seien. Einheimische
Frauen kochen aus den Früchten eine Art Tee,
wenn sie planen ein Kind zu bekommen. Dieser
wird dann kalt getrunken und es dauere nicht lange, bis der ersehnte Kinderwunsch erhört würde
und die Frau zur Mutter wird. Ich ging in diesem
Moment einfach mal davon aus, dass auch die
Männer noch eine untergeordnete Rolle in dieser
Geschichte zu spielen hatten, sprach es aber nicht
an. Bei den vielen Kirchen und Kathedralen im
Lande rüttelt man nicht an der unbefleckten Emp-
fängnis! Eine andere Art der Zubereitung war,
einen leckeren Kuchen mit diesen Früchten zu backen. Sozusagen einen Mutterkuchen... Wir packten eine Tüte voll und verstauten diese gut. Geplant war, damit Simones alte Freundin zu Beglü-

cken, da diese in der Hinsicht schon seit geraumer Zeit am Backen war, der Kuchen aber aufgrund anscheinend überlagerter Zutaten einfach nicht fertig werden wollte.

Ein dumpfes Grollen zog durch den Wald. Für uns noch im Verborgenen, zog in einiger Entfernung ein Gewitter auf. Wir schauten immer noch den Vögeln beim starten und landen zu. Sophie indessen erkannte die Zeichen und ließ uns zurück zum Ufer paddeln, wo wir unser Gefährt wieder im Busch versteckten. Es donnerte nun schon recht heftig und der Himmel zog sich langsam zu. Da dämmerte mir dann auch, dass der Regenwald seinen Namen gewiss nicht umsonst bekommen hatte. Also nischt wie los! Nachdem wir dann so eine halbe Stunde einen strengen Fußmarsch hingelegt hatten, fing es an. Erst langsam, dann immer heftiger. Der Regen brauchte anfangs ja etwas länger, um sich seinen Weg durch die Baumkronen hinunter zu uns zu bahnen. Als das Blätterdach jedoch gesättigt war, ergoss sich ein mächtiger Schwall Himmelstränen auf unsere Köpfe. Und auf unser Gemüt. Nass waren wir ja sowieso schon aufgrund der schwülen Luft, die uns seit Sonnenaufgang umschloss und unsere Körper fast zum kochen brachte. Nun aber wurde es fast unerträglich. Sophie versprach, uns über eine Abkürzung schneller zur Lodge zu führen. Dass diese Idee vielleicht doch nicht die beste war, musste sie wenig später auch erkennen.

Die ausgetretenen Pfade, welche wir jetzt be-
wanderten, waren vollkommen glitschig und zum
Teil unter Wasser. Jetzt wurden wir also auch noch
von unten nass.

Der Regen ließ dann irgendwann genauso
plötzlich wieder nach, wie er begonnen hatte. Das
änderte jedoch recht wenig an unserer Situation,
denn die Tropfen, die vorhin noch im Blätterwerk
hängen blieben, wurden nun mit einer Gleichmä-
ßigkeit an uns weitergereicht, die an einen ausgie-
bigen Landregen erinnerte.

Die Wolken verzogen sich und der Planet
drückte wieder. Jetzt platterte es von oben auf uns
herab, verdampfte in sichtbaren Nebelschwaden
von unten an uns empor und wie stiefelten mit
voll gelaufenen Schuhen schmatzend durch kleine
Bäche, die mal ein Weg waren.

Um nicht permanent durchs Wasser waten zu
müssen, balancierten wir auf ungekippten Baumstämmen durch die nun immer fetter werdende,
schwüle Luft. Die Stämme waren, fast überflüssig
zu beschreiben, ebenfalls aufgeweicht und extrem
rutschig. Wir gaben uns gegenseitig Hilfestellung.
So kamen wir nur langsam vorwärts. Sophie kannte hoffentlich den Weg. Hätte ich überhaupt je einen Überblick gehabt, hätte ich ihn spätestens jetzt
verloren. Plötzlich rutschte ich ab und wäre fast in
einen ca. 2 Meter tiefen Graben gefallen. Das hätte
bedeutet, dass mich die beiden Mädels hätten tragen müssen. Nun, vielleicht hätten sie mich ja auch

dort liegen lassen müssen. So hätte ich dann eventuell doch noch mit der Bekanntschaft mit einem Jaguar prahlen können. Auf dem Weg ins Licht! Bei der Vorstellung entglitt mir ein dem Wahnsinn nahes, schrilles Lachen.

Glücklicherweise war es gerade noch gut gegangen. Ich stand noch, aber trotzdem waren wir alles andere als glücklich in diesem Moment.

Dank der perfekten Ortskenntnis unseres Guides dauerte der Rückweg nicht einmal halb so lang wie der Hinweg. Wir waren gerettet.

Als wir endlich in der Lodge waren, kamen uns schon die beiden Österreicher aus Cuzco freudestrahlend entgegen. „ Man, toll hier! Tolle Anlage und Suuper Wetter." bemerkten Sie uns etwas merkwürdig musternd. „Was zum Teufel habt ihr denn gemacht?" „Ihr seht ja aus, als kämt ihr aus dem Vietnamkrieg!"

Unsere Antwort war recht kurzsilbig. „ Trip ….seit früh …. Urwald …. Gewitter ….Scheiße!" Wir wollten nur ins Zimmer. Ich drehte mich beim Vorbeigehen noch einmal um und meinte noch: „später …. Abendessen" dann ließen wir sie stehen.

Das Mittagessen hatten wir auch verpasst, so blieb uns wenigstens die Ruhe zur Pflege und Regeneration.

Pflege und Regeneration. Von wegen. Im Zimmer angekommen meinte ich scherzhaft, dass ich mal eben prüfen wolle, ob unsere Dusche Wasser hat. Nix plätscherte! Ich sagte Mone ganz ruhig und entspannt, sie solle schon mal die Sachen zusammenpacken. „Wir ziehen um!" Ich ging leicht benommen zur Rezeption. Auf dem Weg dahin prüfte ich durch einen Blick ins Fenster der Hütte neben uns, ob diese belegt war. Sie sah leer aus. Bungalow Nummer 8.

An der Rezeption angekommen sah ich mich außerstande, eine Diskussion zu führen. Also ging hinter den Tresen und nahm den Schlüssel mit der entsprechenden Nummer heraus. Der Typ am Tresen schaute mir nur ungläubig hinterher wie ich den Raum wieder verließ. Zurück bei Simone nahmen wir unser ganzes Zeug und gingen nach nebenan. Ich wollte gerade aufschließen, da kam diese krümmliche Gestalt von einem Chef an und schüttelte mit dem Finger. „ no no no"

Ich sagte nur „Si si si - No aqua ... no bien!", schloss auf und wir gingen rein. Er wollte hinterher kommen. Ich schloss die Tür und kümmerte mich einen Kehricht darum, was er dachte oder wollte. „Einen Schönen Aufenthalt!"

Sein Glück, dass ich gerade körperlich am Ende war! Er klopfte gegen die Tür. Ich klopfte nur zurück, aber richtig! Dann verschwand er wieder.

Glücklich pfeifend wie Hans Bolle im Bonbon-Regen stand ich kurz danach unter einer funktionierenden Dusche.

Simone ging es mittlerweile richtig dreckig. Sie hatte schon des Öfteren mit ihren Bronchien zu kämpfen, aber die Aktion heute war wohl eindeutig zu viel für sie. Sie hatte deftige Halsschmerzen, war heiser und bellte wie ein Hund. Nach der Dusche legt sie sich sofort ins Bett. Um ihr den Aufenthalt etwas angenehmer zu gestalten, stelle ich meine Hose vor die Tür. Ja, sie stank nicht nur nach Schwein, sondern stand mit all dem Dreck auch wirklich von ganz alleine. Ich holte uns einen Tee und schrieb unser soeben Erlebtes ins Tagebuch ein.

Zum Dinner ging es ihr noch schlechter. Fiebermittel hatten wir dabei, aber am schlimmsten waren wohl die Halsschmerzen. Sie sah keine Möglichkeit, mich zum Abendessen zu begleiten. Also ging ich alleine und versprach, ihr etwas für später, wenn sie sich hoffentlich wieder besser fühlen würde, mitzubringen. Es gab Reis. Dieses mal mit noch mehr Reis! Das brauchte ich Ihr sicher nicht mitzubringen, denn schon gestern machte sie lange Zähne beim Essen. Also bestellte ich etwas Brot und Aufstrich, für später.

„There is only rice" verriet mir der Kellner mit einem Lächeln und einem leicht indischen Akzent. Beim nachfolgenden Versuch, die Situation zu erklären, um doch etwas anderes zu bekommen, bemerkte ich, dass genau das die einzigen 4 Worte waren, die der Kellner auf englisch sagen konnte. Und er wiederholte sie bereitwillig. „There is only rice" Somit war mir auch klar, was es die nächsten

Tage zu essen geben würde. Ich ging in die Küche. Antwort: „Reis!" Ab zur Rezeption, hier die Antwort: „Reis!"

Nun, vielleicht war ich mittlerweile auch kein gern gesehener Gast mehr, aber das war mir gerade auch herzlichst egal. Dann konnte ich mich wenigstens auch entsprechend benehmen. Simone ging es schlecht und sie brauchte etwas Vernünftiges zu essen. Ich ging also wieder in die Küche und suchte selbst. Immer freundlich lächelnd, aber alle Abwehrversuche ignorierend. Ich suchte die Schränke ab.

Dann trat der offensichtliche Küchenchef an mich heran. „que pasa?"

Ich ging davon aus, dass er ebenfalls kein Englisch sprach und stammelte: „pan blanco seco por favore … mi esposa enferma … caliente … no cenar" dabei machte ich die entsprechenden Handbewegungen an den Kopf und den Hals. Mit den entsprechenden Geräuschen wurde diese Darbietung untermalt. Er nickte, ging um die Ecke und kam mit einem Teller Brötchen und Belag wieder. Na fantastisch! Alle Abgestellten hier waren nicht nur willens, sondern auch fähig! Man musste ihnen nur die Möglichkeit geben. Alle, mit Ausnahme des Geschäftsführers.

Der Chefkoch gab mir zu verstehen, dass ich eine halbe Stunde später noch einmal in die Küche kommen sollte. Wozu, … keine Ahnung! Ich brachte die Brötchen in die Hütte und ging erst mal essen, denn Simone schlief sowieso.

Barbara und Martin warteten unterdessen schon auf unseren Bericht vom heutigen Tage. Was ich ihnen zu berichten hatte, weckte ihr Mitgefühl für Mone und einige Sorgen und Ängste für sich selbst, da sie genau den gleichen Trip am morgigen Tage vor sich hatten. Ich versprach, dass dieser Tag ohne Wolkenbruch einer der schönsten des gesamten Urlaubs hätte werden können. Wir tranken noch 1 oder 2 Bier miteinander, dann ging ich zurück zu meiner kranken Muse.

Vorher huschte ich aber noch schnell neugierig in der Küche vorbei. Was mich dort wohl erwartete... Hurra. Es war ... ein Becher ... voller ... ... Sumpf!

Der Koch übergab mir einen Becher, randvoll mit einer dickflüssigen, braunen Masse gefüllt. Er gestikulierte, sie solle damit gurgeln. Skeptisch, aber enorm gerührt von seiner Anteilnahme, nahm ich den Gral dankend entgegen und entwich zu meiner Kranken. Sie schlief immer noch. Da das ja bekanntlich wohl die beste Medizin ist, beließ ich es dabei und ließ den Modder erst mal in der Tasse. Ich holte mir noch ein Bier und las ein wenig Douglas Adams ‚Die Letzten ihrer Art‘ bei Kerzenschein auf der Terrasse. Zur Symphonie der Urwaldklänge um uns herum, gesellte sich nun auch endlich mal wieder ein schallendes Gelächter, und zwar tief aus meinem Innersten. Es kam mir vor, als hätte er dieses Buch teilweise über unseren Urlaub geschrieben. Ich glaube an diesem Abend reifte der Gedanke, mein hier geführtes Tagebuch etwas ausführlicher auszuformulieren.

Als meine Kranke dann gegen Mitternacht aufwachte, versuchte sie nach langer Überzeugungsarbeit etwas Nahrung zu sich zu nehmen. Aufgrund der heftigen Halsschmerzen konnte sie jedoch nicht mal ein klitzekleines Stückchen schlucken. Ich kannte solche Halsschmerzen leider nur zu gut aus meiner Kindheit. Zum Glück fiel mir die „Medizin aus der Küche" wieder ein.

„NIEMALS" erhielt ich als Antwort. „Niemals werde ich dieses ‚Was auch immer' in den Mund nehmen." „Das kannst du schön alleine machen!" quälte sie sich heraus.

Nur war ich ja gerade nicht derjenige von uns beiden, der das Problem hatte seine eigene Spucke irgendwo zu lassen, weil er sie nicht schlucken konnte. Nach langem hin und her gab ich dann schließlich doch nach und bewies ihr, dass das Zeug harmlos und nicht giftig sei. Vermutlich!

Ich steckte meinen Finger hinein und zeigte, dass sich das Fleisch immer noch am Knochen befand. Sie winkte kopfschüttelnd ab und ging ins Bett.

„Na gut" sagte ich, „wenn ich damit gurgle machst du es aber auch! Versprich es!"

Sie nickte und beobachtete mich gut.

Ich kann nicht behaupten, dass ich irgendeinen Geschmack hätte erkennen können, aber jedenfalls waren meine Zähne sofort nach dem Kontakt mit der braunen schweren Masse stumpf. Wie 10 Tage keine Zähne geputzt und Cola getrunken.

Ich gurgelte. Kurz darauf fühlte ich meine Zähne gar nicht mehr. Waren sie jetzt doch weggeätzt oder ausgefallen? Ich spuckte schnell aus und blickte in den Spiegel. Alles war an seinem Platz nur war die Zunge so taub, dass ich sie mir hätte abbeißen können. Ich gurgelte also noch mal. Es gab ‚oh sole mio'. nach den ersten 2 Zeilen ward es Ruhe im Wald um uns herum und ich merkte nun auch meinen Hals nicht mehr. Perfekt! Nicht nur, dass sich spontan jegliche Nerven verkrochen haben und der Rachen damit völlig gefühllos geworden ist. Nein, noch besser! Man schmeckte auch nichts mehr. So konnte Mone nicht nur wieder schlucken, sondern sogar den so sehr von ihr ‚geliebten' Reis essen, ohne würgen zu müssen. Perfekt.

„na lllos!" gab ich ihr mit schwerer Zunge zu verstehen. Sie traute sich endlich auch und es wirkte bei ihr ebenfalls sofort. Somit schaffte sie es, wenigstens eines der Brötchen mit Käse zu sich zu nehmen, bevor sie schmerzfrei wieder einschlummerte.

Ich endlich auch!

Kapitel 23

Willie

Um in den zweifelhaften Genuss des Frühstücks zu kommen, drangen am Morgen pünktlich um 5:00 Uhr die gestern noch bestellten Klopfgeräusche an die Tür. Und in meinen Traum. Dort rissen sie mich aus einer Hölle aus Grün und Matsch. Ich ließ mich bereitwillig retten. Die ganze Nacht kämpfte ich mich durch den nassen Urwald, manchmal knietief im Matsch steckend, meistens aber aus einer Vierfüßer-Perspektive. Als müsse ich krauchen, immer auf der Suche nach dem Ausgang. Ab und zu begegneten mir ein paar Gestalten mit gestrickten Mützen, welche ich nach dem Weg fragen wollte. Ich konnte jedoch nicht sprechen. Ich glaube, ich hatte keinen Mund. Kein Gefühl in der Zunge. Keine Zähne. Keine Lippen. Schrecklicher Traum!

Als ich endlich wach war merkte ich, dass ich kein Gefühl in der Zunge hatte. Aber ich hatte Zähne... Lippen. Alles war da, nur wirkte immer noch das Gebräu aus Wurzeln, Erde und vermutlich Spucke. Ich musste mir die Zähne und die Zunge fast wund putzen, um eine leichte Verbesserung zu spüren. Egal, dann schmecke ich eben nichts. Ich schaute nach Mone. Sie rührte sich nicht, aber sie atmete. Immerhin.

Also ging ich allein zum Frühstück. Als ich dann am Tisch saß, gab es kommentarlos auch nur ein Gedeck für mich. Ich meine, meine Begleitung hätte ja auch gleich nachkommen können. Nur noch kurz auf dem Topf oder so. Hatten sie mich etwa gefragt und ich habe es mal wieder nicht mitbekommen? Ich denke nicht. Hatten sie etwa Simone gefragt, ob sie zum Frühstück kommt? Nee, die liegt ja im Bett und kämpft sich bestimmt immer noch durch ihre eigene grüne Hölle. Na eigentlich reichte ja auch eine kurze Überlegung und dann war glasklar, dass überhaupt kein Frühstück für sie eingeplant war. Das hatte ich ihr ja schon gestern Abend gebracht!!! Alles sehr abgezählt!

Ich verschmähte den Belag und aß die Brötchen mit Butter und Salz. Man muss in diesem Klima ja immerhin auch auf seinen Elektrolyt-Haushalt achten. Somit war ein Salzbrötchen wohl nicht das schlechteste, was man essen konnte.

Ebenso tun es die Aras, die in aller Welt bekannten und beliebten Papageien. Diese nämlich sind hier heimisch und eine große Attraktion für die Besucher aus aller Herrenländer. Nun vielleicht nicht die Aras selbst, jedoch deren spektakuläres, tägliches ‚Salzlecken'. Sie futterten nämlich selbstverständlich keine Salzbrötchen, sondern das Salz direkt aus dem Boden. Diese Attraktion war heute für uns geplant.

Man muss sich das so vorstellen: Schwärme von roten, grünen, blauen, grüngelben, blauroten, gelbblauen, rotgrünen, gelbroten und diversen dreifarbigen Vögeln sammeln sich täglich an einem bestimmten Flußabschnitt. Sicherlich sind auch ein paar Albinos dabei! Diese Schwärme also schwärmen oder kreisen über unseren Köpfen, über dem Wald und dem Fluss und lassen sich dann gemeinsam am Ufer nieder. Unruhig steigen sie wieder in die Höhe um abermals ihre Kreise zu ziehen und sich nach und nach an einer Abbruchkante des Ufers niederzulassen. Das gesamte gegenüber liegende Ufer ist gesäumt von bunten Punkten. Rote, grüne, blaue, grüngelbe, etc. .... Die weißen Punkte sieht man nicht so gut! Welch eine Pracht. Selten wird dem Auge ein derartiges Spektrum an Farben auf so begrenztem Raum geboten. Fabelhaft!

Meinem Auge blieb dieses Schauspiel verborgen, denn wegen heftigem Regen in der Nacht fiel das Salzlecken heute einfach aus und ich kannte all diese Pracht nur vom ‚Hören Sagen'! Alles war Matsch! Sicherlich kann man mit einem solchen riesigen Schnabel nicht gut schlürfen. Schade.

Ich schlürfte gerade meinen Kaffee und überlegte, was ich heute sonst so tun könne. Da die beiden Tiroler heute zum Cococha marschierten und Simone ihr Bett wohl nicht so schnell verlassen würde, stand einem ruhigen Tag im Grünen nichts im Wege.

So ging ich entspannt erst einmal wieder ins Bett und schlief mich traumlos aus.

Gegen späten Vormittag wurde ich wach. Mone saß ziemlich kaputt auf ihrem Bett. Jetzt hatte sie auch noch etwas mehr Fiber. Schlecht, aber so erfüllte sich meine Planung für heute. Sie gurgelte noch einmal mit der Schlammspucke, welche ich jedoch vorher etwas mit Wasser verdünnen musste und betäubte damit wieder ihren gesamten Kopf. Das Fieber kämpfte seinerseits gegen die diversen angesammelten Erreger in ihrem Körper und schmerzfrei, aber eben leicht überhitzt, schlief sie wieder ein. Ich vertrieb mir den Tag bei schönstem Sonnenschein.

Allein, endlich mal ganz allein! Na völlig allein bin ich ja nie, so kann jeder bestätigen, der mich etwas näher kennt! So war es hier auch. Dieses Mal handelte es sich einen hüpfenden Papagei, selbstverständlich ein Ara. Er hieß Willie und war türkisblau. Ja ist schon klar, es müsste heißen ‚türkis oder blau', aber nein, er hatte eben blaue und türkise Federn! Türkisblau!

Er verfolgte mich auf Schritt und Tritt. Nur hab ich das anfangs gar nicht für voll genommen. Er machte das sehr geschickt, bewegte sich nur, wenn man nicht hinsah. Also er folgte mir jetzt nicht bis zu unserer Hütte, aber sobald ich mich in der Nähe des Restaurants befand, hatte ich einen bunten Schatten. Ich saß und las. Einen Tee trinkend. Da kam er wieder. Hüpfte auf dem Geländer der Terrasse auf mich zu. Ich sah ihn nie fliegen, nur laufen und hüpfen. Wahrscheinlich war er der festen Meinung, ein kleiner Mensch in einer fetzig bunten

Jacke zu sein. Immer wenn ich zu ihm rüberschaute, verharrte er augenblicklich. Irgendwie sah es, als er näher kam, so aus, als würde er mich anlächeln. Na klar … den Schnabel zu einem Grinsen verzogen. Man Viessmann, was geht nur in deinem Kopf vor?

Ich guckte ob keiner guckte …. und sprach ihn an. Man war ich beruhigt, dass er nicht antwortete. So konnte ich immerhin davon ausgehen, dass es sich hier wirklich um einen echten Vogel handelte. Nicht Meiner, nur Einer! Und obwohl Willie nicht antwortete, hatte ich das sichere Gefühl, dass er mich verstand.

Ich fragte ihn, ob er einen Tee wolle. Er hüpfte näher, was ich selbstverständlich als Nicken deutete und ich goss ihm etwas auf meine Untertasse. Er beäugte die kleine Pfütze, beugte sich darüber und trank. Das Eis war gebrochen. Was hatten wir ab diesem Zeitpunkt für einen Spaß. Er ließ sich von mir streicheln, hüpfte sogar auf meinen Arm und ich konnte ihm alles erzählen, was mir auf der Seele lag. Pah, scheiß Salzlecken! Das hier war doch mal was. Eine Teeparty mit einem Ara. Mit meinem Ara. Mein bester Freund! Ich holte nach und nach immer noch einen Tee und erfreute mich an meiner quasi Einsamkeit. Kaffee wollte er nicht, also trank ich den selbst. Der Keks zum Kaffe war ihm jedoch recht. So verstrich allmählich die Zeit. Der ganze Getränkekonsum fing langsam an mir auf die Blase zu drücken. So entschied ich, dem peruanischen Regenwald einen zweiten Besuch

abzustatten und ihm mal einen echten ostdeut-
schen Gewitterguss zu spendieren.

Mutig ging ich also entgegen allen Warnungen
einen guten Kilometer alleine in den Urwald. Aber
das mit dem „Alleine" hatten wir ja bereits geklärt!
Ich also rein und man, was hab ich es dort regnen
lassen. Ich glaub so ein/zwei Donner hab ich auch
gehört...Ich hatte aber auch wirklich ne Menge Tee
konsumiert! Den Rückweg fand ich dann auch
ohne Brotkrumen. Ich saß und quatschte noch ein
wenig mit meinem neuen Kumpel und kritzelte
ein bisschen was in mein Tagebuch. Dann wurde
auch schon die Essensglocke geläutet. Schon, um
halb drei!

Meine erwachte Begleiterin begleitete mich. Der
ging es nun langsam nach dem Auffüllen ihres
Schlafdefizits auch wieder etwas besser. Es gab
Reis. Sie war überrascht. Da sie jedoch vorhin noch
mal mit der Urwaldmedizin gegurgelt hatte,
schmeckte eh alles nach Pappe. „Na besser als
Reis", sagt sie. Nach diesem Gaumenschmaus
stellte ich ihr meinen neuen bläulichen Kumpel
vor, der mir natürlich schon wieder untreu geworden war und die nächsten Gäste begeisterte, die
soeben eintrafen. Aus den Augen, aus dem Sinn.
Von Sofie erfuhren wir dann später seinen Namen
und was es mit dem Gehüpfe überhaupt auf sich
hatte. Er wurde wohl als Jungvogel nach einer Ver-
letzung seines Flügels von den Angestellten wieder aufgepeppelt und ist seit dem ein festes Mit-
glied der Crew. Er konnte also gar nicht fliegen.

Nun wahrscheinlich hätte er es schon gekonnt, aber es gab wohl niemanden unter den Angestellten, der es ihm hätte beibringen können. Ich hätte ja gern den Manager fliegen lassen, vielleicht hätte sich Willie da was abschauen können. Dafür war es nun aber bestimmt schon zu spät. Für Beides. Damit war das Thema Papagei gegessen.

Nach dem Essen legt sich Simone wieder hin. Ich denke mal, das hier war auch absolut nicht ihr Klima. Durch die hohe Luftfeuchte war jede Bewegung beschwerlich. Und das auch noch mit einer Bronchitis die sie nun hatte, da wollte ich nicht wirklich mit ihr tauschen. Also ließ ich sie lieber schlafen. Ich schrieb und las noch bis in den Abend. B&M waren zwar auch bereits wieder von ihrer Tour zurück, jedoch hatte der Trip sie ihrerseits so mitgenommen, dass auch sie erstmal ihre Kojen beschliefen. Somit hatte ich wieder mal nur mich. Es wurde langsam dunkel und das Kerzenlicht rundete abermals das faszinierende Ambiente auf unserer Terrasse ab. Die Glocke läutete.

Zum Abendessen war Simone nicht mehr so überrascht, dass es abwechslungsweise mal wieder Reis gab. Wir quackelten noch bei ein paar Bier mit unseren österreichischen Tischnachbarn über Gott und die Welt, und verabredeten, uns in ein paar Tagen auf Aruba wiederzusehen. Dort, so hofften wir, würde unser Urlaub ja seinen paradiesischen Abschluss finden. Der Plan war geplant, die Route gesetzt, morgen in Lima dann nur noch ein bis zwei Telefonate, dann würden wir, um ein paar

Euro ärmer, dort landen. Dann würden der Mann aus dem Meer und seine Nixe ihre Füße in den warmen Sand stecken. Caipirinhas trinken und nach Muscheln tauchen. Juchuu!!! Um die niederländischen Antillen herum soll es ja angeblich eines der weltweit besten Tauchgebiete geben. Na das werden wir ja bald selbst feststellen können. Meinen Taucherpass hatte ich sicherheitshalber mitgenommen.

Ich gehöre ja nicht zu den Leuten, die jährlich ihren Tauchurlaub und auch NUR ihren Tauchurlaub machen, aber als Abschluss dieses fast 4 wöchigen Erlebnisurlaubs kann man gerne mal ein paar Tauchgänge machen. Das deckt dann für mich nahezu das gesamte Spektrum dessen ab, was ich irgendwo machen will. Man, wie ich mich schon darauf freute! Simone hatte es nicht so mit dem ,unter Wasser atmen', aber die Strände dort sollen ja auch wundervoll sein. Selbstverständlich waren die Caipis nach dem Tauchen geplant!

Wieder einmal ging es früh ins Bett, denn morgen hieß es für uns „Tschüß Willie und ade Regenwald". In aller Herrgottsfrühe, also um 3:45 Uhr, ist unsere letzte Nacht hier vorbei.

Kapitel 24

Ausgewiesen?

Ein dumpfes Grollen zog durch die Steppe. Weites Land. In der Entfernung sah ich ein paar schneebedeckte Berge. Kaum Vegetation. Steppe eben! Trocknes Gras, vereinzelnd stehende, vertrocknete Bäume oder besser Baumreste. Keine Wolke am Himmel. Wir fahren mit dem Jeep die Piste entlang. Was für ein herrlicher Tag. Die Berge scheinen überhaupt nicht näher zu kommen. Da, schon wieder dieses donnernde Geräusch. Gewitter? Sah nicht danach aus! Ich weiß überhaupt nicht, wo wir eigentlich hinfahren. Keinen Plan. Ich kann mich auch überhaupt nicht erinnern, wo wir hier eigentlich sind und wie wir hier her kommen. Anscheinend müssen wir vom Strand kommen, denn ich habe keine Schuhe an. Fährt sich total komisch, so ganz ohne Schuhe. Irgendwie ist der Sitz auch zu weit hinten. Ich muss meine Beine richtig strecken, um ans Gaspedal zu kommen. Egal, das Auto fährt fast wie von alleine.

Da hinten scheint etwas zu sein. Auf der Straße. Irgendwas Flaches. Wir fahren weiter. Irgendwas Buntes. Wieder dieses Grollen. Hmm, vielleicht der Motor? Die Fahrt ist aber sehr ruhig, es ruckelt kein bisschen.

Sehr bunt! Und flach. Was ist das? Irgendwie werden wir langsamer. Doch das Auto? Hmm...

Es bewegt sich, nicht sehr schnell, aber jeder einzelne dieser farbigen Punkte, welche man nun beim näher kommen gut ausmachen konnte, schien unruhig hin und her zu schwimmen.

Dong dong dong, ... da war es wieder. Ich ignorierte das Geräusch erstmal weiter, obwohl es immer lauter zu werden schien.

Also diese bunten Flecken, ja so kann man sie wohl bezeichnen, hüpften aufgeregt hin und her. Jetzt hielt das Auto an. Wir stiegen aus. Von der staubigen und steinigen Piste, auf welcher wir die ganze Zeit unterwegs waren und nun standen, merkte ich, obgleich ich keine Schuhe anhatte, nichts. Ich ging langsam weiter. Kein Steinchen piekte in der Sohle. Überhaupt Nichts!

Jetzt konnte ich es erst nur schemenhaft, dann immer besser erkennen. Als ich nah genug heran gekommen war, erblickte ich hunderte, wenn nicht sogar tausende von Vögeln, Aras, welche den Asphalt von der Straße knabberten. Was zum Teufel .... Dong dong ..... dong ... poch .. poch ....

Man der schlägt die Tür ja gleich aus den Angeln, ... „Ja ja, wir stehen ja schon auf."

Ich war völlig neben mir. Hier, im Explorers Inn, Puerto Maldonado, Peru. Um 3:45 Uhr, oder wahrscheinlich schon viel später. Sitzend in meinem Bett. Immer noch grübelnd, wo ich gerade noch war und ob ich jetzt wirklich hier bin.

Steppe? Papageien? Asphalt?

Simone schlief immer noch. Sehr gute Fiber- und Schlafmittel. Nur so konnte sie die letzen zwei Tage faktisch durchschlafen.

Ich stecke, immer noch den Kopf schüttelnd, meine Füße langsam aus dem Bett und stelle sie auf den Boden. Sehr behutsam begab ich mich in die Senkrechte und ging ein paar Schritte. Ja, ich konnte die Dielen spüren, auf denen ich stand. Damit war mir jetzt eines klar: Ich war hier und nicht in irgendeiner Steppe!

Die Rucksäcke hatte ich bereits gestern Abend gepackt. Auch besser so, in meinem jetzigen Zustand hätte ich sicherlich die Hälfte vergessen und mit Sachen aus dem Zimmer aufgefüllt. Das wäre im Grunde gar nicht so schlimm gewesen, denn unsere Klamotten waren mittlerweile auch schon wieder reif für eine Entkeimung. Wir natürlich auch, aber jetzt noch, bzw. schon duschen? Nee! Ich weckte Simone, wir zogen uns an und ich schulterte unser Gepäck. Dann stiegen wir nach einem kurzen Frühstück, welches es heute aus- nahmsweise mal noch früher gab als sonst, in den kleinen Kahn, welcher uns am ersten Abend zu den Kaimanen gebracht hatte.

Unseren Platz eingenommen und eine der be- reit liegenden Decken als Sitzkissen auf die harte Holzbank ausgebreitet, freuten wir uns auf die ca. 45 minütige Rückreise im offenen Boot. Um diese Uhrzeit war es doch noch ganz schön frisch, aber bis zum matschigen Ausgangsort, an dem wir vor drei Tagen unsere Flussreise begonnen hatten, halten wir das schon aus. Hofften wir zumindest! An unseren Brötchen, welche wir mangels Appetit nicht gleich aßen, sondern lieber als Wegzehrung geschmiert und sicher im Rucksack verstaut hatten, wollten wir uns dort beim Warten auf den Bus genüsslich tun.

Es war dunkel und der Fahrtwind war kalt. Ja in der Tat, es war bitterkalt. Da die Sonne noch nicht entflammt war und wir uns mitten auf dem teilweise recht breiten Fluss befanden, wo der Wind die schwüle Luft vom Vortag wegwehte, waren wir entschieden zu dünn bekleidet. Ah, dafür waren die Decken sicherlich gedacht. Wir entschieden uns auch sogleich für einen harten, aber warmen Patz und hüllten uns jeder in eine Decke ein. Es konnte ja nicht so lange dauern!

Langsam erschienen einige Silhouetten des Ufers am Horizont. Man konnte jetzt sogar den Flussverlauf erkennen. Das freute mich enorm für den Kapitän, und somit auch für unsere Sicherheit. In das dunkelgrau und dunkelblau der Nacht über unseren Köpfen, schoben sich nun auch langsam andere Farben. Was für ein Sonnenaufgang. Der ganze Himmel war in ein violett, purpurn und kaminrot getaucht. Kleine lila Federwölkchen setzten ein paar Akzente in diesem Meisterwerk der Natur. Dazu das immer gleich bleibende Brummen des Motors. Dieser Augenblick hätte fast vergessen machen können, dass die geplanten 45 Minuten nun gewiss schon doppelt vergangen waren.

Langsam plagte uns der Hunger und seit geraumer Zeit schmerzte der Hintern.

Da die Rucksäcke in einer Art Luke ganz vorn im Boot verstaut waren, dauerte es eine Weile, bis ich mich endlich aufrappelte, um unsere belegten Brötchen her zu organisieren. Es konnte ja auch nicht mehr lange dauern! Somit war mein erster Weg nach hinten zum Captain, um zu fragen, ob wir gleich anlegen. Er nickte leicht gelangweilt mit dem Kopf. Was auch immer das zu bedeuten hatte. Ich setzte in diesem Moment einfach voraus, dass er meine Frage definitiv mit „Ja" beantworten wollte, wobei er mit Nichten wusste, was ich wollte.

Das war natürlich sehr voreingenommen von mir und wie sich herausstellte, auch absolut richtig.

Also ging ich den Weg vom Heck bis nach ganz vorn zum Bug. Nicht, dass dies mehr als zehn Sekunden meiner Zeit in Anspruch genommen hätte. Klingt nur besser. Dort angekommen, pellte ich meinen Rucksack aus den anderen hervor, zauberte das Lunch-Paket und noch zwei Handtücher zum darauf sitzen heraus und ging wieder zu Mone. Diese hatte in der Zwischenzeit wieder eine der Decken als Sitzunterlage verdingt, natürlich Meine, und stellte überrascht fest, dass ich wohl vergessen hatte, etwas zum Anziehen mitzubringen. Da hatte sie wohl recht! Ich mochte die Aktion jedoch nicht mehr wiederholen, da ich mir schon jetzt der neidvollen Blicke unserer Mitreisenden sicher sein konnte. Mit deren Mägen gab sich der kleine Hunger eventuell auch schon ein knurrendes Stelldichein, in ihren Rucksäcken befand sich jedoch anscheinend keine Marschverpflegung. Tja, ich hatte mit Simone eben einen fähigen Versorgungsoffizier an meiner Seite! Also setzten wir uns wieder wie von mir geplant auf die Handtücher und hüllten uns abermals in die Decken ein.

Wir aßen. Glücklicherweise hatten wir nichts zu trinken mit, denn meine Blase dehnte sich schon jetzt bis aufs äußerste. Lange Flussfahrten sind Harn fördernd! Ich musste wieder an meine linguistische Verfehlung auf dem Weg nach La Paz denken, wo ich anstatt eines Klos, gleich nach einer ganze Wanne oder der Bademeisterin verlangte.

Ich lachte kurz auf und verschluckte mich fast am Brötchen. Wieder diese Blicke. Ohne nach dem „Warum" zu fragen, wandte sich Simone wieder ab. Satt und zusammengekuschelt in die Decken genossen wir den Sonnenaufgang. Das monotone Brummen des Außenborders lullerte uns ein und ließ uns fast wieder einschlafen. Die Gedanken schweiften weit.

Zurück nach Nasca und den Geoglyphen, nach Cuzco, zu den herrlichen alten Kirchen an der Plaza del Armas, zu den Vulkanen von Arequipa und zu allen anderen wundervollen Orten, die wir in den letzten Wochen besucht hatten. Ich dachte an zu Hause und an Aruba. Viele Bilder im Kopf. Viele Gedanken. Unter anderem die Frage, ob Asphalt wohl salzhaltig sei, oder warum die Viecher das Zeug in meinem Traum sonst fressen wollten. Ich muss irgendwann einmal an einer Straße lecken, um mir diese Frage endgültig zu beantworten.

In diesem Dämmerzustand erreichten wir unser Ziel. Nach gut 3 Stunden! Unser Ziel war, wer hätte das jetzt gedacht, bereits der Flughafen. Dankbar dafür, dass wir nun nicht mehr in den Bus steigen mussten, stellten wir uns nicht einmal die Frage, warum wir hinzu so und jetzt anders gefahren waren. Egal, wir waren hier und es konnte schnell weiter gehen. Das ging es dann auch. Eins fix drei saßen wir in einer kleinen, sehr gepflegten Maschine, mit welcher wir am liebsten auch nach Hause fliegen würden. Das aber bitte erst später, viel später! Jedoch hielt der Tag noch so einige Überraschungen für uns bereit.

In Lima gelandet, telefonierten wir als erstes mit INKA WASI. Vielleicht hatten sie es doch noch geschafft, unsere Rückflüge wie ursprünglich geplant, einfach umzubuchen. Es konnte doch ehrlich nicht so schwer sein, unsere Zwischenlandung von 4 Stunden auf eine Woche auszudehnen.

Leider gab es in der Hinsicht keine guten Neuigkeiten für uns. Nun gut, wir hatten ja glücklicherweise eine zweite Option. Also fuhren wir schnurstracks in die Innenstadt ins Reisebüro, in dem wir telefonisch aus Arequipa unsere teuren

Flüge gebucht hatten. Bis einschließlich heute gab man uns ja Zeit, die Flüge zu bezahlen. Das schmerzte zwar finanziell, aber was soll's. Und danach bitte einfach nur noch:

- ab in den Flieger,

- raus aus Peru,

- runter auf die Insel und

- Uuuurlaubb ...ba...ba..ba .. .. .. blub-blub!

So leicht jedoch wollte es uns das Schicksal nicht machen. Dort, also in der Reiseagentur angekommen, ereilte uns der nächste Schock: Unsere gebuchten Flüge wurden gecancelt! Wieso? Warum? Liegt es etwa an uns? Oder an ,el niño'? Ich hatte in Arequipa alles richtig angegeben. In sauberem englisch. Letzter Termin war heute. Alles war korrekt! Nichts funktionierte. Ich hätte Scheiße schreien können. Ich schrie Scheiße!

Der Flieger war angeblich voll und es führte für uns kein Weg nach Aruba. Wir wären ja auch nach Curacao oder nach Bon Air geflogen .... Nichts! Das konnte doch wohl nicht mit rechten Dingen zugehen. Ich stellte jetzt auf stur und behauptete einfach, ich hätte aufgrund unserer Buchung bereits das Hotel auf Aruba reserviert und angezahlt. Ich drohte mit einer Schadensersatzklage.

Simone war den Tränen nahe, immerhin war sie immer noch recht angeschlagen mit ihrer Bronchitis und hatte sich seelisch und moralisch auf Entspannung eingestellt. Je mehr ich mich mit den Leuten stritt, umso schlechter ging es ihr denn mittlerweile erregte ich großes Aufsehen in der Agentur. Das schien den Angestellten nun auch nicht unbedingt recht zu sein, denn siehe da, plötzlich gab es doch noch zwei Flüge! Für 700 $ pro Person. Auch wenn das für uns doppelten Stress bedeutete, weil wir nach dem Aruba-Aufenthalt nun doch noch mal für einen Tag nach Peru fliegen mussten. Völlig egal. Nach zweieinhalb Stunden, so lange hatte diese Aktion hier übrigens mal wieder gedauert, wollte ich die Sache jetzt nur noch zu einem erfolgreichen Abschluss bringen. Also zückte ich meine Citibank VISA-Karte und wollte endlich bezahlen. Nichts! Auch bei den nächsten beiden Versuchen passierte nichts. Ich war einer Ohnmacht nahe. „This card not good! Another card?" Na selbstverständlich nicht! Warum sollte ich noch eine zweite Kreditkarte mithaben? Ich meine, das leuchtete mir jetzt schon ein, ich hatte nur keine. Diese hatte ja auch immer funktioniert! Nur jetzt ganz offensichtlich nicht. Ich versuchte mit VISA zu telefonieren, um den Grund hierfür zu erfahren. Die Summe war in jedem Falle gedeckt. Also rief ich die 24 Stunden Hotline an und befand mich sogleich in einer 24 Stunden Warteschleife. Über 30 Minuten lang hörte ich schlechte Fahrstuhl-Musik, abwechselnd auf dem linken und dem rechten Ohr. „Willkommen bei der VISA Hotline ... lalala ... Sie werden mit dem nächsten freien Mitarbeiter verbunden ... lalala ... Feelings,

Nothing more than feelings ... Willkommen bei der Visa Hotline... Lalala...".

Warum die Hotline heißt? Na weil meine Ohren anfingen zu glühen!

Unsere traurigen Blicke trafen uns. Adios A-ruba. Adios Strand. Adios Tauchen, Schwimmen, Caipirinha. Wir gaben frustriert auf!

Am Schalter wollten wir die soeben hart er-kämpfte Reservierung stornieren, als die gute Frau auf Idee kam, dass es auch daran liegen könne, dass die Summe von 1400 $ eventuell zu hoch für eine Kartenzahlung sei.

Ja, klingt gut, klingt zwar blöde, aber gut! Wir hatten noch Traveler Checks für 1000$. Die Zah-lung per Traveler Check war hier jedoch nicht möglich, sondern nur direkt am Airport. Buah-haahhaahhh......! Der Schwachsinn fraß sich durch mein Gehirn und steckte mir die Zunge heraus!

Trotzdem, an diesem Grashalm klammernd, schwangen wir uns ins Taxi in Richtung Flugha-fen. Auf dem Weg dahin wollten wir aber noch schnell bei INKAWASI vorbei huschen, um uns das Geld für das bereits gezahlte Hotel heute Nacht zurück geben zu lassen. Unser Flug auf die Insel sollte ja immerhin bereits heute Abend star-ten, wenn es denn klappt! Da werden wir wohl vorher nicht mehr einchecken. Also gesagt, getan. Hin zu INKA WASI.

In der Agentur angekommen freute man sich ungemein, uns zu sehen. Man war auch sehr froh, uns geholfen zu haben. Geholfen? Hatte es etwa doch noch geklappt? Wir trauten es uns nicht zu glauben. Man zeigte uns freudestrahlend die Umbuchung unserer Rückflüge. Jawoll, Hurra und Heissassa!

„Jetzt können wir", so zeigten sie uns mit einem Lächeln, „wie gewünscht, morgen nach Hause fliegen." Hääääääää? Nach Hause? Morgen?

Wer zu Teufel will denn DAS?

Ohne ein Wort sagen zu können ließ ich alles fallen und rannte schreiend aus dem Büro. Ich rannte den Gang entlang, brüllte und trat dabei gegen alles, was sich mir anbot. Am Ende angekommen sprang ich ungebremst gegen die Wand und krümmte mich vor Schmerzen. Dort lag ich einige Minuten. Zusammengekauert und wimmernd. Ich war am Ende! Man hatte uns ausgewiesen! Sozusagen wie Staatsfeinde des Landes verwiesen. „Verlassen sie augenblicklich das Gelände!" Okay, das war ein Comicfilm, ‚Werner beinhart', aber diese Worte hallten gerade in meinem Kopf! Langsam, sehr langsam stand ich irgendwann auf und ging völlig leer ins Büro zurück.

Das Missverständnis erkennend erklärte der Chef, er würde das schon wieder hinbiegen. Man, so viel Hilfsbereitschaft. Wenn teilweise auch völlig fehl am Platze. Wir saßen da und warteten. Wir konnten es uns ja sparen, am Flughafen die Flüge zu bezahlen, wenn wir doch morgen schon nach Hause sollten. Er telefonierte immer wieder mit KLM. Das heißt, er versuchte es. Keiner da. Es war nun schon 16:30 Uhr und die Zeit wurde knapp, denn unsere potentielle Urlaubsmaschine würde in ein paar Stunden ohne uns abheben.

Er beschloss es aufzugeben und schickte uns stattdessen mit seinem Fahrer, welchem er die Problematik erklärte, direkt zum Flughafen. Der solle das für uns regeln. Also fuhren wir los. Schon wieder. Der Fahrer selbst verstand kein Wort englisch, und was mein spanisch verursachen konnte, wussten wir ja nun bereits. Also vertrauten wir darauf, dass er richtig instruiert wurde.

Am Flughafen angekommen war der Stand von KLM glücklicherweise besetzt. Das wahrscheinlich auch schon die ganze Zeit, denn zwischendurch klingelte immer wieder das Telefon, welches jedoch strikt ignoriert wurde. Jetzt waren wir ja hier. Wir mischten uns nicht ein. Nach ein paar Minuten kam der Fahrer auf uns zu, hob den Daumen, lächelte und nickte. Alles wäre gelöst, so gab er uns zu verstehen. Wir gingen also zum Schalter und erfuhren, dass wir nun morgen doch nicht nach Deutschland fliegen sollen. Nein! Heute, …. In ein paar Stunden! Die Maschine, welche uns nach Aruba hätte bringen sollen, soll uns heute Abend endgültig von hier verschwinden lassen und nach Hause schaufeln.

Ich hämmere mit meinem Kopf auf den Tresen. Entweder fiel jetzt bröckchenweise Erekenntnis aus meinem Schädel oder aber mein abnormes Verhalten suggerierte meinem Gegenüber, dass etwas gar nicht ‚muy bien‘ lief. Mein letzter, absolut emotionsloser Versuch einer Erklärung trug dann endlich Früchte. Er buchte die Rückflüge auf unseren ursprünglich geplanten Abreisetag und kassierte die 1400 $ für die zusätzlichen Flüge nach Aruba. Einen mit Traveler Checks, den anderen per VISA-Card. Wir haben es geschafft!!!!!

Na war denn das soooooooo schwer?

Ich konnte es noch gar nicht richtig glauben. Nach all dem Hin und Her sollte unser Wunsch doch noch in Erfüllung gehen? Wir trauten uns nicht, uns zu freuen.

Was jetzt folgte, stellte aufgrund der Einfachheit diese ganze verzweifelt verzwickte Umbuch-Arie der letzten Wochen ad absurdum.

Einchecken, Gepäck aufgeben (an der richtigen Stelle), warten, einsteigen, abheben, ein kleiner Imbiss, ein/zwei Drinks, einschlafen, aufwachen, landen und ankommen. Ankommen!

Endlich ankommen im Paradies, Karibe, die Insel, der Traum, ARUBA!!!

Das ‚A‘ der ABC-Inseln. Der Urlaub konnte beginnen.

Kapitel 25

Da

Die erste Nacht wollten wir ein einem günstigen Hotel verbringen und uns morgen selbst auf die Suche nach einer passenden Residenz am Strand machen.

So sagte ich es dem Taxifahrer. Er brachte uns in ca. 20 Minuten zum Hotel Suffer, oder so ähnlich.

Natürlich berechnete er meiner Meinung nach viel zu viel für die Fahrt hierher, aber das ist immer so, wenn man gerade gelandet ist und die Preise selbst noch nicht so gut einschätzen kann. Also ließ ich es geschehen, lächelte, zahlte und wir checkten ein.

Auch das Hotel lag mit knapp unter 100 $ nicht in dem Bereich, welchen ich mir eigentlich für die erste Nacht und weit ab vom Strand vorgestellt hatte, aber es war schon sehr spät und wir waren nach den Ereignissen dieses Tages total geschafft und überglücklich. Sehr bequeme Betten!

Innerlich bis in die letzte Faser unserer Körper zufrieden, unseren Willen bekommen zu haben und endlich hier zu sein, machten wir einfach mal die Augen zu und schliefen ein.

Kapitel 26

Alles auf Anfang

Frisch ausgeruht und guter Dinge zogen wir unsere besten Sachen an, die wir mit hatten. Der knappen Auswahl wegen handelte es sich hierbei lediglich um nicht komplett verschmutzte Hosen und T-Shirts. Nach einem üppigen Frühstück machten wir uns dann frisch und munter auf den Weg, die Hotels am Strand zu begutachten. Herrlichstes Wetter und ein schöner Weg! Nach einigen Preisanfragen in diversen Häusern mussten wir feststellen, dass das „Suffer" tatsächlich eines der billigsten, wenn nicht sogar das preiswerteste Hotel der Insel war.

Na halleluja, das wird teuer!

Aber wenn schon teuer, dann doch bitte auch richtig luxuriös! Also checkten wir im Radisson ein, wohl einem der Besten Häuser auf der Insel. Alles ist schnell geklärt und bezahlt, somit hieß es für uns jetzt nur noch einmal ab ins „Suffer", die Rucksäcke holen. Dann sofort hierher zurück aufs Zimmer und an den Strand. Oder in den Pool, welcher sich prima verschlungen in die Strandlandschaft einfügte. Das „Radisson" selbst gliederte sich in ein 5 oder 6 geschossiges Hauptgebäude und je ein 3 und 2 geschossiges Nebengelass. Wir waren im Zwei-Geschosser untergebracht, welcher fast im Bungalow-Stil gebaut war. Man hatte sozusagen nicht das Gefühl einer Bettenburg.

Mit dem Taxi wieder in Suffer angekommen, der Preis letzte Nacht schien übrigens korrekt gewesen zu sein, schulterten wir die Säcke, fuhren zurück zum Radisson und gingen in die Lobby. Nun muss man sich bitte folgendes Bild vorstellen:

Zwei recht kaputte Typen in ungebügelten staubigen Klamotten, auf den Schultern je einen lehmverschmierten Rücksack, an denen die verkrusteten Schuhe außen baumelten, schleppten sich in die Hotelhalle des besten Hauses am Platze! Sofort war die Security da und verweigerte uns den Zutritt. In sicherem englisch fragte man uns höflich, aber bestimmt, was wir hier zu suchen hätten.

„Camping on the beach!" gab ich als passende Antwort. Wir fanden es lustig. Die nicht so. Also fingerte ich schnell unsere Reservierung hervor, zeigte sie und sofort wollte man uns mit dem Gepäck behilflich sein. Ich verwies noch mal auf den Lehm und auf seine saubere Uniform und wortlos waren wir uns einig, dass wir unser Zeug besser selbst tragen. Man wies uns den Weg zum Zimmer und das bot absolut keinen Grund zum Wechseln. Ebenerdig mit kleiner Terrasse, kolonial eingerichtet mit einem Bett so groß und hoch, dass ich fast einen Tritt brauchte, um hinein zu steigen.

Ja, so sah der Plan von Aruba in meinem Kopf von Anfang an aus!

Im Bad stand eine 10er Batterie Duschbad, Shampoo, Seife, Creme, AfterSun, PreSun, Lotion,

AloeVera, und was weiß ich noch alles. Täglich neu aufgefüllt. Somit verließen wir die Insel Tage später mit mehr Gepäck, als wir hergebracht hatten. Na bei dem Preis kann man das schon mal machen und es sind doch die schönsten Urlaubserinnerungen, wenn man beim Betrachten der Fotos auch noch nach der Hotel-Lotion riecht.

Was jetzt folgte, waren 7 Tage der Erholung und des Friedens. Simone kurierte sich richtig aus und steckte beim Schnorcheln sogar einmal ihren Kopf unter Wasser. Fantastisches Essen, Sonne, Strand, viele bunte Fische und nette Leute. Ein Labsal für unsere geschundenen Körper und Seelen. Hier schickten wir dann auch unsere Tochter ‚Emilia', die langhaarige ‚Ronja' aus ‚Aruba' auf ihre Reise in die Welt. Davon erfuhren wir aber erst viel später.

Auch hielten wir unser Versprechen, Barbara und Martin in der Mühle, einem anderen Hotel, welches sein Augenmerk mehr auf Individual-Touristen legte, zu besuchen und einen Abend mit ihnen zu verbringen. Das war mal wieder sehr lustig und feucht fröhlich.

Als so viel Luxus langsam anfing, langweilig zu werden, endete auch unser Aufenthalt. Endete unser Urlaub.

Endet dieses Buch!

Nachwort

Fast überflüssig zu berichten, dass wir nach unserer Woche im Paradies selbstverständlich wieder von Aruba nach Lima fliegen mussten, nur um dort eine Nacht zu warten und am nächsten Tag abermals von Lima nach Aruba zu fliegen. Dort hatten wir natürlich auch wieder fast 3 Stunden Aufenthalt. Im Transitraum. Schön wie überall. Trotzdem brachten wir es jetzt einfach nicht mehr fertig, uns darüber zu ärgern. Dazu war alles viel zu schön gewesen. Wir waren absolut entspannt. Alles ist herrlich gelaufen und letztendlich hatte auch alles wie am Schnürchen funktioniert. Gut, mit einigen Knoten und Verschlingungen, aber alles hatte sich irgendwie gefügt.

Das Leben sorgt für uns!